Masque vénitien

Mickey Friedman

Masque vénitien

Roman

Traduit de l'américain par Michelle Herpe-Voslinsky

Liana Levi

Du même auteur

L'Orage ne vient jamais seul, Série Noire, Gallimard, 1984.
La Grande roue de Brahma, Série Noire, Gallimard, 1985.
Sous le sceau du Phénix, Série Noire, Gallimard, 1987.

Nous remercions Michel Friedman qui a bien voulu nous conseiller cet ouvrage.

Maquette de couverture : Yves le Houerf.
Photo de couverture : Yann Arthus-Bertrand, *Pierrot à sa fenêtre.*

Les masques sont silencieux
Et la musique est si lointaine
Qu'elle semble venir des cieux
Oui je veux vous aimer mais vous aimer à peine
Et mon mal est délicieux

Marie, Guillaume Apollinaire

Première partie

A Venise, au temps du carnaval, on voit parfois un voile se tordre et se dérouler dans la brise, un masque apparaître dans l'ombre à une fenêtre du premier étage. Du campo voisin on entend chanter des madrigaux. Tout cela est encore fréquent de nos jours.

Le XVIIIe siècle libertin consacrait six mois au carnaval. On dissimulait les traits inaltérables, comme le sexe, l'âge et le rang, sous des dominos noirs, des tricornes et des masques blancs. La silhouette déguisée pouvait aussi bien appartenir à un aristocrate débauché en route vers un tripot, une belle religieuse d'un couvent de Murano se hâtant d'aller retrouver son amant, ou une servante chargée d'un message secret. Dans les bras de leurs mères masquées, les bébés portaient aussi des masques. Tous étaient égaux dans l'anonymat. Dévoiler la réalité, c'était commettre une trahison.

Récemment, on a ressuscité le carnaval, on l'a fait renaître de ses cendres pour attirer les touristes à Venise en février, malgré les rigueurs de l'hiver : le froid et l'humidité, les brouillards fréquents, les risques de pluie et de neige. Presque chaque année, l'Adriatique gagne du terrain et recouvre la place Saint-Marc d'un linceul glacé : c'est l'*acqua alta*. Pendant les dix jours qui précèdent le début du Carême, une foule de visiteurs se presse dans les rues. Beaucoup sont costumés, tandis que d'autres, moins fantaisistes et plus raisonnables, sont en anorak, un appareil-photo autour du cou. La piazza ne résonne pas des accords de la *furlana* vénitienne, mais des accents du rock qui hurle à faire trembler les dômes de la Basilique. Des bouteilles de vin se brisent sur les pavés séculaires. Derrière les comptoirs, des serveurs débordés coiffés de chapeaux en papier débitent des parts de pizza par centaines.

Venise s'enfonce dans la lagune, sa beauté s'effrite dans l'air empoisonné et, comme toutes ses gloires, le carnaval a pâli. Pourtant, le vent s'engouffre encore parfois dans un voile. Des silhouettes en longue robe rouge glissent en gondole sur les eaux gris-vert agitées du bassin de San Marco. Une noble dame de la Renaissance, à la robe ourlée de perles, se débarrasse de sa cape d'un geste de l'épaule. A de pareils moments, on entrevoit une Venise imaginaire, et la magie est recréée.

La ville a parfois, comme pour Marco Polo, servi de point de départ. Mais le plus souvent elle a été une destination. Beaucoup d'histoires vénitiennes commencent ailleurs.

Comme celle qui va suivre.

Sally face à elle-même

Sally, en se penchant sur les eaux gonflées de la Seine, sentait la pierre froide du parapet à travers son manteau. Une péniche passa lourdement, suivie d'un bateau-mouche aux flancs de verre. Le pont humide était désert, mais quelques touristes emmitouflés se pressaient à l'intérieur. Le ciel était bas, presque aussi sombre que l'eau, et le vent qui faisait trembler les éventaires fermés des bouquinistes lui glaçait la figure. Elle parcourut du regard les arbres nus, les tours de Notre-Dame, les façades de pierre de cette ville qu'elle détestait tant.

Brian devait avoir appelé Jean-Pierre. Elle l'imaginait dans le couloir où se trouvait le téléphone, assis sur ses talons, appuyé au mur, dans son attitude familière. Riait-il, soulagé, ou était-il sérieux, inquiet? «Je ne sais pas comment elle l'a pris. Elle est sortie, c'est tout. Franchement, Jean-Pierre, je me demande ce qu'elle est capable de faire. » Jean-Pierre aussi devait être inquiet. Ils parlaient sûrement en français, comme Brian aimait le faire, Jean-Pierre le reprenant à chaque phrase. Cette seule idée la rendit malade.

Le vent lui faisait monter des larmes aux yeux, mais elle ne pleurait pas. Elle enfonça davantage son bonnet sur ses oreilles. A Tallahassee, il était huit heures du matin maintenant, la journée commençait à peine. Un pâle soleil éclairait les bâtiments blancs entourant le Capitole. Il faisait froid là-bas en janvier, mais jamais comme ici. Il n'est que huit heures du matin à Tallahassee, et ce qui m'est arrivé ne s'est pas encore produit. Ça n'arriverait pas là-bas.

« Je ne sais pas ce qu'elle est capable de faire, Jean-Pierre. » Les pieds de Sally étaient si engourdis qu'elle sentait à peine le trottoir. Elle tourna le dos à Notre-Dame et poursuivit son chemin le long de la Seine. Quand ils étaient arrivés à Paris l'automne précédent, Brian lui avait fait faire la même promenade. La voix enrouée d'excitation, il lui avait lu dans son guide Michelin une liste d'événements et de dates qu'elle avait aussitôt oubliés. A présent, elle passait devant la Conciergerie. Plus loin elle voyait le Pont-Neuf, avec la statue d'un roi, elle ne savait plus lequel, sur un cheval.

Qu'y avait-il de si extraordinaire dans cette ville pour qu'on saute le déjeuner, qu'on essaie de parler à des gens qui ne vous comprennent pas, et qu'on marche à chaque pas dans des crottes de chien? Elle avait fini par le convaincre de s'arrêter pour manger un sandwich, ou du moins ce qu'ils appelaient un sandwich ici, un énorme morceau de pain coupé en deux, avec une fine tranche de jambon au milieu. Ni mayonnaise ni moutarde, sans parler de laitue ou de tomate.

Elle avait regardé par la vitre du café, et Brian lui avait demandé à quoi elle pensait. Quand elle lui avait répondu : « Je regarde les chiens faire leurs besoins », son visage s'était fermé comme si elle l'avait personnellement insulté.

Lorsqu'ils s'étaient mariés, il devait faire son droit. Le nom de la Sorbonne n'avait jamais été prononcé avant le mariage. Il avait envoyé des candidatures, reçu des réponses favorables. Elle avait son diplôme tout neuf d'institutrice. Et puis il avait vu une affiche dans un couloir, ou entendu une conversation, et il n'avait plus été question que de la Sorbonne.

Arrivée au Pont-Neuf, elle gagna le terre-plein où s'élevait la statue. Ah, oui, c'était Henri IV! Je suis une vraie conne, pensa-t-elle. Parce que si j'avais eu un tant soit peu de jugeote, j'aurais dû prévoir ce qui m'arrive.

Une vraie conne! De toute façon, elle n'avait jamais rien compris au comportement de Brian, ni prévu aucune de ses réactions, alors, comment aurait-elle pu prévoir ceci? Elle avait été étonnée la première fois qu'il lui avait demandé de sortir avec lui. Il était si beau, alors qu'elle n'avait rien de spécial, elle le savait. Elle avait été étonnée quand il avait voulu l'épouser. Et aussi quand il avait voulu venir en France. Comment ne serait-elle pas étonnée aujourd'hui? Mais, il aurait mieux valu qu'il ne m'emmène pas si loin de chez moi.

Baissant la tête contre le vent, elle continua à marcher le long du quai.

Brian et Jean-Pierre

Jean-Pierre, qui regardait Brian se frayer un chemin à travers la foule du café enfumé, sentit sa gorge se serrer. Brian était mince, avec des boucles brun doré qui lui retombaient sur le front. Le *David* de Michel-Ange. Il se reprocha aussitôt ce cliché. Brian était Brian, un point c'est tout. Jean-Pierre avait le teint mat, les cheveux noirs courts et drus, la lèvre boudeuse. Il avait souvent songé que lorsque Brian et lui étaient ensemble, ils représen-

14

taient de façon presque comique l'étudiant français et l'étudiant américain.

Brian ne pouvait être qu'américain. C'est ce qui avait frappé Jean-Pierre le premier jour dans la cour de la Sorbonne. Il l'avait su avant même que Brian l'arrête, et lui demande, dans son français hésitant, avec son accent à couper au couteau, le chemin de l'un des amphis.

Brian rejoignit Jean-Pierre et lui serra l'épaule. Celui-ci avala sa salive et regarda sa tasse.

— Salut, dit-il.

— Salut.

Brian se laissa glisser sur une chaise, joignit les mains, y pressa son front.

Situé en plein quartier Latin, le café des Écoles était brillamment éclairé et résonnait du tumulte des conversations. Des garçons fendaient la salle avec des plateaux et éclaboussaient les tables de bière et de café en y déposant brusquement les verres et les tasses. C'était ici, à la table en face, que Jean-Pierre avait présenté Brian et Sally au groupe. Il l'avait fait pour avoir une raison de voir régulièrement Brian.

La première rencontre avait été plutôt désastreuse. Jean-Pierre, avant de venir, avait essayé d'expliquer à Brian qui était Tom et ce qu'il représentait, mais le jeune homme n'avait pas paru impressionné. Quand il était apparu à l'évidence que Brian ne savait presque rien de Mai 68, Tom avait regardé Jean-Pierre, les sourcils levés. Celui-ci avait rougi et il avait vu Francine et Rolf échanger des sourires.

Avec Sally, ç'avait été encore pire. Pâle, brune, elle portait des jeans et un drôle de pull jacquard informe. Jean-Pierre se souvenait de sa consternation quand il avait vu la femme de Brian. Pas seulement parce qu'elle était trop quelconque pour lui, mais parce que lorsqu'il avait rencontré celui-ci pour la première fois à la Sorbonne, il avait déjà ressenti... tout ce qu'il ressentait à l'instant.

L'Américain était tassé sur sa chaise, le regard dans le vide.

— Ç'a été si terrible? demanda Jean-Pierre.

15

— Pas brillant, répondit Brian. Je ne la comprends pas. Pas du tout. Je ne sais pas comment elle fonctionne dans sa tête.

Jean-Pierre essaya de réprimer sa jalousie. Il ne voulait pas que ça compte pour Brian de comprendre Sally ou non. Le genou du garçon était près du sien, et il le tapota, d'un geste qui se voulait consolant, mais à ce contact, il se sentit fondre.

— Ça va aller, fit-il.

— Oui, dit Brian. Un café ne me ferait pas de mal.

Quand il eut avalé son express, Brian regarda Jean-Pierre pour la première fois depuis qu'il s'était assis. Ses pupilles étaient dilatées.

— Je l'ai fait, dit-il.

— Oui, dit Jean-Pierre en se penchant.

— Il fallait que je le fasse. Ce n'était pas juste. Ce n'était plus possible.

— Bien sûr. (Jean-Pierre se sentait les joues brûlantes.) Tu viens de commencer à voir clair en toi. C'est le début d'une exploration, c'est fantastique, non?

Il adorait expliquer toutes ces choses à Brian.

— C'est vrai.

La main courte et carrée de Jean-Pierre était posée sur la table. Brian la prit et la porta une seconde à ses lèvres.

Un instant, Jean-Pierre resta muet. Puis il explosa :

— Brian, je suis si impatient d'être tout le temps avec toi!

Brian soupira, et aussitôt Jean-Pierre regretta ses paroles.

— J'ai encore une certaine responsabilité à l'égard de Sally.

— Bien sûr. Bien sûr. Ne t'en fais pas...

— Je ne peux pas tout bonnement la laisser tomber à Paris. Il faut qu'elle sache ce qu'elle va faire.

Brian avait serré les dents d'un air presque belliqueux.

— Naturellement, dit Jean-Pierre en hochant vigoureusement la tête. Qu'est-ce qu'elle a dit?

16

– Rien. Elle s'est levée et elle est partie.

– Rien? Elle a dû...

– Pas un mot.

Jean-Pierre était déconcerté. Sally était bizarre. Puis il pensa qu'elle allait peut-être repartir en Amérique. Aujourd'hui même. Ou se tuer. Il était étonné et honteux de constater combien ces fantaisies lui paraissaient excitantes.

– Tu n'as jamais aimé Sally, dit Brian, balayant d'un geste ses protestations. Mais elle a beaucoup de qualités. C'est quelqu'un de bien, tu sais. Ne crois pas qu'elle ne réfléchisse pas.

Jean-Pierre s'abstint de rappeler à Brian qu'il avait souvent tempêté contre sa femme, à cause de son insensibilité, de son esprit buté, et même, il lui semblait s'en souvenir, de sa stupidité.

– Sally ne mérite pas qu'on lui fasse de mal, dit Brian, le visage morose.

– Certainement pas.

Jean-Pierre avait parlé avec un peu plus de vivacité qu'il ne l'aurait voulu.

Après un silence, Brian regarda autour de lui.

– Tu n'as vu personne de la bande?

– Ils devaient être chez Tom. Je parie qu'ils brûlent de curiosité.

– Il faudra qu'ils attendent encore un peu, dit Brian en souriant et en baissant les paupières.

– Pourquoi? demanda Jean-Pierre en retenant son souffle.

Le sourire de Brian s'élargit.

– On a quelque chose à faire avant.

Jean-Pierre ferma les yeux jusqu'à ce que son premier élan de joie fût retombé.

– D'accord, dit-il.

Il noua son écharpe autour du cou et sortit dans le froid de l'après-midi avec Brian.

— Brian s'est peut-être dégonflé, dit Tom.

Son rire rocailleux emplissait la pièce.

Francine ne leva pas les yeux du livre de Sartre, *l'Être et le Néant.* Rolf sourit d'un air satisfait en allumant une cigarette, mais ne dit rien. Seule Olga, la femme de Tom, leur cria de la cuisine :

— Qu'est-ce qui vous amuse tant?

Tom cessa de rire. Il n'aimait pas associer Olga aux affaires du groupe. Elle n'était pas là d'habitude, elle faisait de la recherche à l'Institut Pasteur. Mais ce jour-là, comme par un fait exprès, elle avait la grippe. Elle passa la tête par la porte. Ses courts cheveux gris rebiquaient curieusement du côté où elle avait dormi.

— Tu as dit quelque chose? demanda-t-elle.

— Non, rien, répondit Tom en secouant la tête.

Elle jeta un coup d'œil aux autres.

— Je fais du thé. Quelqu'un en veut?

N'obtenant pas de réponse, elle disparut dans la cuisine.

Tom se versa du vin. Il avait la quarantaine, vingt ans de plus que ses disciples, les autres membres du groupe. Au début, quand l'enthousiasme était encore neuf et que son livre venait de sortir, les disciples avaient été faciles à trouver. Tom se demandait parfois, de plus en plus souvent à mesure que le temps passait, quelle tournure différente sa vie aurait prise s'il n'avait pas été à la Sorbonne quand la révolte étudiante avait éclaté en 68. Il aurait pu être chez lui aux États-Unis, ou au Vietnam, mais il s'était trouvé à la Sorbonne. Il ne connaissait rien à la politique française, mais il avait sauté à pieds joints dans la bagarre parce qu'il était jeune, que c'était formidable de déloger les pavés pour les balancer sur les CRS, et de passer toute

18

la nuit dans des réunions stratégiques où il ne comprenait pas la moitié de ce qui se disait.

Tom n'oublierait jamais l'atmosphère d'ivresse qui régnait alors. Heureusement, il avait eu la présence d'esprit de tenir un journal. Il en avait fait un bouquin qui, publié, avait fait pas mal de bruit aux États-Unis et en France. Même maintenant, quand on montait une rétrospective sur Mai 68 à la télévision, agrémentée de toutes les conneries pontifiantes, Tom et son livre, *Sur les barricades*, étaient toujours cités, bien qu'on ne fît plus guère appel à lui, ces temps-ci.

Mai 68 était loin, maintenant. Tom ne s'était attelé à rien de sérieux depuis. Au début, peu importait, parce qu'il y avait des tas de gens prêts à traîner et à discuter dans les cafés. C'était ce que Tom aimait, passer son temps à palabrer dans les cafés, et il avait fini par penser qu'après tout, il pourrait en faire le point de départ d'une carrière. Il prendrait quelques-uns des types et des filles qu'il fréquentait, et il les étudierait. C'était ainsi que le groupe avait démarré. Il aurait aimé choisir les membres en fonction de critères particuliers, mais avant qu'il n'ait eu cette idée, presque tout le monde s'était dispersé. Après de nombreuses permutations, il s'était retrouvé avec Jean-Pierre, Francine, et Rolf. Olga avait son labo. Les autres lui appartenaient, sans le savoir. Tom prenait méticuleusement des notes. Il les observerait, les soumettrait à des expériences. Le moment venu, il produirait une œuvre — il ignorait exactement sous quelle forme — qui égalerait, et même éclipserait *Sur les barricades.*

Tom regarda Francine changer de position sur le canapé, sans quitter son livre des yeux. Ses seins lourds se déplaçaient sous son pull. Elle ne portait pas de soutien-gorge. Ses cuisses tendaient le velours côtelé de son pantalon rouge. Tom espérait bien s'occuper d'elle, en temps voulu.

La pièce était mal aérée et surchauffée. Des livres et des journaux débordaient des étagères construites à l'aide de briques et de planches et couvraient toutes les tables.

L'appartement, situé dans un immeuble de béton près de la tour Montparnasse, était à peine assez grand pour Tom, Olga et leur fils adolescent, Stéphane. Tom manquait vraiment de place pour travailler.

Rolf avait feuilleté le *Libération* de la veille. Il le posa et étira ses bras maigres.

– Je m'en vais, dit-il.

– Non! (Tom s'était retourné vers Rolf un peu trop brusquement.) On avait décidé d'attendre, dit-il en essayant de parler calmement.

– On a assez attendu, répondit Rolf en se levant.

Avec ses cheveux blonds et sa silhouette mince, il avait l'air d'un spectre dans la lumière froide de la fenêtre.

Aucun d'eux ne savait grand-chose de Rolf. Ils supposaient qu'il avait vécu aux États-Unis, parce qu'il faisait parfois allusion à New York, Boston, Denver ou à d'autres endroits. Mais il ne disait jamais où il avait vécu auparavant. Il parlait parfaitement l'américain, avec une trace d'accent indéfinissable. Tom l'avait rencontré dans un petit bistrot où il travaillait comme serveur, et il lui avait proposé d'entrer dans le groupe parce qu'il lui trouvait des allures de hors-la-loi. Il l'appelait parfois « le Mystérieux ». S'ils étaient en train de discuter et que Rolf gardait le silence, Tom se tournait vers lui et lui demandait : « Et le Mystérieux, qu'est-ce qu'il en dit? »

– Allons, Rolf..., dit Tom.

Olga entra avec une théière et une tasse sur un plateau. Elle portait une robe de chambre molletonnée. Un kleenex froissé sortait de sa poche.

– Je retourne me coucher, dit-elle. J'ai mal partout, dans tous les muscles. Mon cœur... (Elle se tourna vers Tom.) Si tu sors, achète des oranges, veux-tu?

Tom gratta énergiquement sa barbe, qui était noire avec des fils d'argent.

– Des oranges. D'accord, répondit-il d'un ton neutre.

Tandis qu'Olga quittait la pièce, Rolf prit son blouson d'aviateur en cuir brun et commença à l'enfiler. Tom avait envie de le lui arracher. Au lieu de cela, il dit :

— Écoute, Rolf, c'est important. C'est une histoire qui nous concerne tous. Je veux dire, on l'a vue commencer, prendre de l'ampleur...

— Et en fin de compte, on la verra se terminer, dit Rolf.

Il passait une écharpe de laine jaune autour de son cou, la croisant soigneusement sur sa poitrine.

— Peut-être. Mais ça n'en diminue pas l'importance.

Tom se sentait bouillir. Il n'avait jamais voulu de Brian dans le groupe, et encore moins de Sally. Ils y étaient entrés parce que Jean-Pierre l'avait voulu. Les rejeter aurait été perdre le jeune homme. Tom avait dépensé trop de temps et d'énergie : il avait dû faire contre mauvaise fortune bon cœur.

Rolf remonta sa fermeture.

— Qu'est-ce que tu vas faire quand ils arriveront? Chanter la marche nuptiale?

Francine referma son livre en marquant la page de son doigt.

— Ne fais pas l'idiot, Rolf, dit-elle de sa voix grave. Tu comprends très bien ce que Tom veut dire.

Elle rejeta en arrière ses cheveux bruns frisés. Elle avait les yeux marron, une ombre de moustache sur la lèvre supérieure.

Rolf sourit lentement, froidement.

— Je comprends très bien ce qu'il veut dire, mais j'ai attendu tout l'après-midi, et ça suffit.

Francine posa son livre et se leva. Elle s'approcha de Rolf, lui passa les bras autour de la taille, et colla son ventre contre le sien.

— Oh, Rolf, ne t'en va pas! dit-elle d'un ton faussement suppliant.

Rolf s'empourpra. Il l'enlaça et se pencha pour faire de gros bruits de baisers dans son cou. Elle rit aux éclats, et tous les deux firent quelques pas chancelants et s'écroulèrent sur le canapé où ils se roulèrent en un simulacre de bataille, le souffle court.

Tom prit son verre et se dirigea vers la fenêtre. Il

regarda les arbres dépouillés, les toits gris arrondis percés de lucarnes, et les grands panneaux publicitaires. Il frémit. Les gloussements de Francine devenaient moins aigus. La sonnette retentit.

Madame Bertrand

Sally était rentrée à l'appartement, n'ayant pas d'autre endroit où aller. Les semaines suivantes s'écoulèrent. Elle avait tout le temps froid, malgré les couches de vêtements dont elle se couvrait. Elle faisait de longues promenades sans but, ou restait prostrée sur le divan, écoutant les jappements coléreux de Bijou, le petit chien blanc tout frisé de la concierge, madame Bertrand.

Sally pensait qu'elle était au courant. Chaque fois qu'elle traversait la cour, l'autre tirait son rideau de dentelle, Bijou aboyant furieusement derrière elle, et Sally croyait discerner du mépris dans la façon dont elle le laissait retomber et retournait pesamment s'installer devant le gros poste de télévision noir et blanc qu'elle regardait à longueur de journée.

Quand Sally se plongeait dans la grande baignoire aux pieds griffus, son propre corps lui paraissait répugnant. Elle détournait les yeux de ses petits seins aux mamelons anémiques, de ses maigres flancs, de son triangle de poils châtain clair. Pas étonnant que Brian soit tombé amoureux d'un homme. Cependant elle avait du mal à se convaincre que le corps trapu de Jean-Pierre soit tellement plus attirant que le sien.

Brian continuait à vivre avec elle, bien qu'il passât le plus clair de son temps avec Jean-Pierre. Son attitude vis-à-vis d'elle passait de l'extrême sollicitude à l'exaspération. A ces moments-là, il prenait un ton mesuré.

— Ce que je te demande, Sally, c'est ce que tu aimerais faire.

Regardant son pouce, elle dit :

– Je ne sais pas.

Elle le sentit se pencher vers elle.

– Enfin, que veux-tu? Tu ne peux pas me dire ce que tu veux?

Cette fois, elle avait une réponse. Levant les yeux vers lui, elle lui dit :

– Ça ne me déplairait pas d'avoir un amant.

Brian parut touché au vif, et baissant les yeux, elle éprouva un éclair de satisfaction.

Il voulait qu'elle continue à voir les gens du groupe, lui demandait de participer à toutes leurs activités. Sally ne savait pas pourquoi, à moins que ce soit parce qu'il se sentait coupable de la laisser si souvent seule. Ce n'était certainement pas parce qu'elle les aimait, ni parce qu'ils l'appréciaient. Il ne semblait même pas y avoir tellement d'amitié entre eux, bien qu'ils soient constamment ensemble. D'après elle, ils se voyaient à cause de Tom, qui avait été célèbre, sans qu'elle sache très bien pourquoi.

– Il y a eu un grand soulèvement étudiant, et une grève générale. Tom était en plein milieu, et il a écrit un livre, lui avait dit Brian.

Elle savait qu'il répétait les paroles de Jean-Pierre comme un perroquet.

– Est-ce qu'ils ont renversé le gouvernement? avait-elle demandé.

– Euh, non. Enfin, je ne crois pas.

Elle avait résisté à la tentation de dire : « Alors on s'en moque », mais Brian devait avoir lu ses pensées, parce qu'il s'était détourné en serrant les dents.

Les rares fois où Sally consentait à voir le groupe, c'était horrible. Quand elle daignait lui adresser la parole, Francine était condescendante. Tom faisait de pénibles efforts pour la faire participer à la conversation. Rolf la fixait avec une intensité qu'elle ne comprenait pas. Jean-Pierre, complètement muet, se précipitait pour payer son coca, son croque-monsieur, ou sa place de cinéma. Sally ne disait presque rien. Elle restait assise à regarder Brian, pensant combien elle le détestait.

La plupart du temps, elle était seule. Elle marchait dans les jardins du Luxembourg, sous les arbres sans feuilles, elle dépassait le bassin recouvert d'une croûte de glace, le Palais à la façade de pierre grise, les courts de tennis déserts. Même les jours les plus froids, il y avait toujours un groupe ou deux de vieux bonshommes penchés sur des échiquiers.

Les autres personnes fréquentant le jardin étaient des mères avec leurs enfants. Des bambins empaquetés dans des combinaisons de ski, équipés de bottillons, de cagoules, une écharpe miniature nouée autour du cou. Sally, assise sur une chaise, les regardait jouer, mal assurés sur leurs jambes, dans le sable mêlé de petits cailloux. Un jour, une minuscule silhouette en costume rose posa sa moufle sur le genou de Sally pour reprendre son équilibre. Puis deux yeux bleus étonnés lui dirent qu'ils ne la connaissaient pas, et l'enfant retira vite sa main, retomba par terre et se sauva à quatre pattes.

Brossant les gravillons que la moufle avait laissés sur son genou, Sally se mit à pleurer. Elle pleura tout le long du chemin jusqu'à son immeuble, où elle resta dans la cour, la tête penchée, le visage ruisselant, sans avoir le courage de rentrer pour affronter les cafards de la cuisine, le morceau de pain rassis de la veille, le vide.

Les aboiements étouffés de Bijou se firent soudain plus sonores. Levant les yeux vers la loge de madame Bertrand, Sally vit que la porte était ouverte. La concierge se tenait sur le seuil, Bijou à ses pieds, ses yeux noirs brillant, aussi déchaîné que de coutume.

Gênée, Sally s'essuya les yeux et fit quelques pas, mais madame Bertrand lui fit signe. Quand Sally approcha, les jappements de Bijou atteignirent leur paroxysme. Madame Bertrand recula et la fit entrer dans sa loge.

La femme avait les pieds enflés, chaussés de pantoufles. Sally savait qu'elle ne parlait pas anglais. Elle lui montra un fauteuil en face de la télévision. Des silhouettes s'agitaient sur l'écran. Sally s'assit. Le fauteuil avait gardé la chaleur du corps de la concierge.

Celle-ci s'approcha d'une vitrine, et Sally entendit un tintement de verre. Bijou, silencieux, se coucha à côté du fauteuil. Le commentaire de l'émission se poursuivait. C'était une démonstration de patinage artistique.

Madame Bertrand tendit à Sally un verre rempli d'un liquide ambré qui sentait la pomme fermentée, puis s'assit au bord d'une chaise à dossier droit et dirigea son attention vers le poste. Sally but une gorgée et cligna des yeux quand l'alcool coula dans sa gorge.

Mal à l'aise, elle continua à boire en regardant l'écran. Un homme et une femme glissèrent ensemble sur la glace et se mirent à patiner sur les flonflons d'une musique entraînante. Ils tournoyaient, sautaient. Il la soulevait au-dessus de sa tête, puis elle reprenait contact avec la glace d'un mouvement fluide et sans défaut. Ensuite la musique ralentit et ils s'éloignèrent l'un de l'autre, sans se regarder, mais en faisant exactement les mêmes gestes, tournant exactement au même rythme, la jambe tendue.

Il fallait qu'ils se connaissent bien, pensa Sally. Si bien! Ses larmes recommencèrent à couler, laissant une sensation de chaleur sur ses joues, tandis que madame Bertrand et elle continuaient à regarder le couple sur l'écran.

Tom explique

Un jour, Tom vint rendre visite à Sally pour parler avec elle. Il en avait assez de la jeune femme, et au fond de lui, il aurait souhaité la voir repartir dans son bled en Amérique, avec Brian. Depuis le début ça n'avait pas collé entre Francine et Brian, ce qui avait nui au groupe. Sally n'avait rien fait de blâmable, mais elle restait là, impavide. Le pire, c'est que ni l'un ni l'autre ne comprenait, comme Jean-Pierre, Francine et Rolf, l'importance de Mai 68.

Tom avait déjà offert de parler à Sally quelque temps auparavant, mais Brian s'y était opposé. Mais à présent, quelques semaines après avoir avoué la vérité à sa femme, il reconnaissait lui-même qu'il n'en pouvait plus, qu'il ne savait plus que faire. Le groupe se réunit pour préparer ce que Tom allait dire.

— Il faut qu'elle comprenne que ce n'est pas à cause d'elle, dit Brian.

— Tu es absurde, dit Francine avec mépris. Tu ne peux pas agir? Sartre aurait dit...

Brian ne lui prêta pas attention. Les manches de sa chemise de laine étaient retroussées, et la lumière du café faisait briller les poils blonds de ses bras.

— Ce n'est pas à cause d'elle, mais de Jean-Pierre.

Il se tourna vers ce dernier, assis à côté de lui.

— C'est vrai, dit Jean-Pierre avec grand sérieux. Nous serions tombés amoureux de toute façon, même si Sally avait été différente.

Rolf vida son verre de bière.

— Ce dont elle a besoin, c'est d'une bonne partie de jambes en l'air.

— Je t'en prie, dit Brian en rougissant.

Tom lança :

— En tout cas, je ne suis pas volontaire.

Brian se leva brusquement et dit à Tom :

— Dis-lui ce que tu veux, je m'en fous.

Il prit son blouson et sortit d'un pas raide, Jean-Pierre dans son sillage.

— J'ai dit quelque chose? demanda Rolf avec un sourire faussement innocent.

— Vraiment, Rolf! lui répondit Tom.

Mais son irritation retomba aussitôt. Il n'avait pas besoin de leurs conseils. Il savait ce qu'il voulait dire à Sally.

Quand il arriva chez elle, cependant, il s'aperçut que ce n'était pas aussi facile qu'il l'avait imaginé de parler à Sally. Autant s'adresser à un mur. Quoi qu'il dise, ses yeux noisette changeaient à peine d'expression.

— Tu souffres, évidemment, disait-il, essayant d'être aussi aimable que possible. Mais essaie de voir la situation du point de vue de Brian. Il n'avait aucune intention, aucun désir de te faire du mal. Il y a des moments dans la vie, Sally, où on ne peut pas éviter de souffrir. Il faut serrer les dents et encaisser. Et tu sais quoi? Finalement, ça te rendra plus forte.

Il crut voir Sally étouffer un bâillement. Contrarié, il essaya d'être plus convaincant.

— Brian doit obéir à son destin, dit-il. Il a le devoir d'être ce qu'il est. Tout le reste serait hypocrisie et mensonge.

Sally ne paraissait pas l'écouter. Elle regardait derrière lui si fixement qu'il se retourna pour voir ce qui l'intéressait tant. Il aperçut un petit réveil posé sur une table, et comprit qu'elle avait essayé de lire l'heure. Comme il lui faisait face à nouveau, elle éternua plusieurs fois de suite.

Reprenant son aplomb, il lui offrit un mouchoir froissé. Quand il recommença de lui parler, le bruit qu'elle fit en se mouchant couvrit ses paroles. Lorsqu'elle eut fini de s'essuyer le bout du nez, il prit une profonde inspiration, la regarda et se leva.

— J'espère que tu penseras à cette conversation, dit-il.

— OK.

Elle lui tendit son mouchoir, qu'il remit délicatement dans sa poche.

Dans la rue, il se sentit mieux. Il ne s'était pas si mal débrouillé, après tout. Il lui avait donné matière à réfléchir.

Le commencement du jeu

La première fois que l'on parla du jeu, il était très tard, et dehors il gelait. La table, au café des Écoles, était jonchée de verres de bière vides sur les bords desquels la mousse séchait, et d'assiettes sales qui avaient contenu des croque-monsieur. Dehors, le vent secouait la bâche repliée comme s'il voulait la déchirer.

La conversation était tendue parce que Francine et Brian s'étaient disputés une heure plus tôt environ. Ça leur arrivait souvent, mais cette fois-ci, le ton était monté plus que d'habitude. Tom avait peur que Brian fasse partir Francine. Déjà, Tom n'était pas très à l'aise avec elle, parce qu'il l'avait fait entrer dans le groupe sur la foi d'un mensonge. Il avait participé à un séminaire assez minable. A la fin, Francine était venue le trouver et lui avait demandé s'il avait rencontré Jean-Paul Sartre en Mai 68. A ce moment-là, il ne savait pas que Sartre était le héros de Francine, mais l'avidité qu'il avait lue dans ses yeux lui avait paru intéressante, et il avait dit oui.

Cela n'avait fait qu'exciter davantage la curiosité de la jeune fille, et depuis, Tom avait dû jouer serré pour accréditer la légende qu'il avait un peu connu Sartre. Jusque-là, il s'en était tiré.

Puis Brian était arrivé, et il s'était mis à taquiner Francine à propos de Sartre tout le temps. La dernière prise de bec avait été la plus grave. Après un échange de piques, Francine s'était mise en colère.

– On ne peut pas demander à un pauvre écolier américain de comprendre Sartre. C'est trop intellectuel pour toi.

Brian, sans se démonter, avait contré :

– Arrête, Francine. Quand on parle de Sartre, tu perds les pédales.

En voyant Francine pâlir brusquement, Tom avait été certain qu'elle allait quitter le café, et bon sang, il lui faudrait tout recommencer avec quelqu'un d'autre. A sa grande surprise, elle était restée, mais elle s'était enfermée dans un silence hostile. Maintenant, une mèche de cheveux enroulée autour du doigt, elle lisait. Tom essayait de parler avec Brian et Jean-Pierre, qui bâillaient tous les deux. Tom avait la voix rauque, mais le risque auquel ils venaient d'échapper l'avait effrayé, et il ne voulait pas que le groupe se sépare pour la nuit.

– Essaie de regarder les choses sous cet angle, était-il en train de dire, quand une tête de caoutchouc vert vif, aux yeux injectés de sang, couverte de verrues, était apparue à leur table.

— Prépare-toi à affronter un sort funeste, dit le personnage d'une voix caverneuse.

Tom sursauta en voyant cette étrange figure, mais Brian et Jean-Pierre se mirent à rire. Francine leva les yeux de son livre.

— Tu n'as pas besoin de mettre un masque pour nous convaincre que tu es un monstre, Rolf, dit-elle.

— Grr, grr, grr.

Rolf bondissait de façon menaçante autour de leur table et faillit renverser un serveur qui passait. Brian et Jean-Pierre hurlaient d'hilarité en tapant la table des poings.

Tom se reprit.

— Dis donc, tu as une meilleure tête! Tu t'es fait couper les cheveux ou quoi?

Rolf arracha son masque et le jeta sur la table, puis se laissa tomber sur une chaise. Son visage osseux était rouge.

— Je l'ai trouvé dans une poubelle en venant du travail. Il m'a tenu chaud au visage.

Il appela le garçon :

— Jacky, un express!

Brian s'essuya les yeux. Toujours riant, il dit à Tom :

— On aurait vraiment dit que tu étais sur le point d'affronter ton destin.

— Bon Dieu, Brian, dit Tom, sur la défensive. Je voudrais bien savoir comment tu aurais réagi si tu avais levé les yeux sur une pareille apparition sans t'y attendre.

— C'est ce que j'ai fait. Et j'ai su tout de suite que c'était Rolf.

Tom gratta énergiquement sa barbe hirsute, tandis que Francine disait :

— Bien sûr que tu as su que c'était Rolf. On le connaît tous, alors on a tous su que c'était lui.

L'équilibre rétabli, la conversation reprit, tandis que les tournées de café se succédaient. Une personne pouvait-elle vraiment en connaître une autre? Jean-Pierre et Brian prétendaient que oui. Si on était proche de quelqu'un, comme ils l'étaient l'un de l'autre, alors il n'y avait pas de doute, on le connaissait parfaitement, dans ce qu'il avait de plus secret. Rolf disait qu'au contraire, si le moi existait, il était complètement opaque pour les autres. Francine parla de l'Être-en-soi et de l'Être-pour-soi. Tom hochait la tête comme s'il connaissait la réponse, mais refusait de prendre parti. Les yeux globuleux du masque fixaient le plafond du café à travers la fumée.

C'est sans doute la présence de cet objet qui leur donna l'idée du carnaval. Ils iraient à Venise, se déguiseraient, et ainsi ils sauraient s'ils se connaissaient vraiment. Tandis que le projet prenait forme, Tom se sentait animé d'une nouvelle flamme. Après toutes ces années, voilà enfin que se présentait le point de convergence qui lui avait manqué.

Tous, sauf Brian, avaient entendu parler du carnaval de Venise, mais ils n'y étaient jamais allés.

— Carnaval arrive juste avant le Carême. On se déguise et on s'amuse pour dire adieu aux plaisirs de la chair, expliquait Jean-Pierre à Brian.

— On leur dit adieu en s'y adonnant comme des fous, surenchérit Rolf.

— Tu veux dire que c'est comme Mardi-Gras à la Nouvelle-Orléans, ou le carnaval de Rio? Ce n'est pas seulement un parc d'amusement avec des manèges et des baraques? demanda Brian.

— Mardi-Gras, c'est ça! répondit Jean-Pierre.

Une fois que Brian eut compris, il déborda d'enthousiasme. Tandis que la discussion reprenait, il se mit à insister, sans rencontrer beaucoup d'écho, pour que Sally participe à l'expérience.

— Naturellement il faut qu'elle soit là, disait-il d'une voix presque stridente. Vous ne voyez pas que c'est notre seule chance de découvrir ce qu'elle pense?

Tom vit Jean-Pierre accuser le coup.

Au bout d'un moment, quand les passions se calmèrent, Tom se mit à rédiger les règles du jeu.

« Un : Nous irons à Venise pour la fin du carnaval. Nous voyagerons séparément et nous descendrons à des endroits différents, sauf Sally et Brian. (Brian avait expliqué à Jean-Pierre que Sally n'accepterait pas de venir s'il n'était pas avec elle.)

« Deux : Chacun de nous, dans les semaines à venir, se composera secrètement un costume, qui devra couvrir le visage et le corps, et dissimuler tous les traits reconnaissables. Grâce à son costume, chacun essaiera de représenter la conception qu'il a de sa personnalité profonde. Pour l'exprimer, tous les moyens seront bons. Toutefois il est interdit de porter nos vêtements de tous les jours en disant que notre apparence quotidienne est le reflet de notre vraie personnalité.

« Trois : A une heure choisie, probablement la veille du dernier jour du carnaval, quand des milliers de masques se presseront à Venise, chacun revêtira son costume et stationnera à moins de cent mètres du pied du Campanile de la place Saint-Marc pendant une demi-heure.

« Quatre : Nous essaierons de nous identifier mutuellement.

« Cinq : Nous saurons ainsi si nous nous connaissons assez pour décrypter la manière dont chacun décrirait sa propre personnalité. »

— Et voilà!

Tom reposa son stylo d'un geste théâtral. Les autres se penchèrent sur le carnet pour relire le texte.

Au bout d'un moment, Francine se redressa.

— Supposons que nous reconnaissions quelqu'un, ou croyons le reconnaître. Que faudra-t-il faire?

— Voyons... (Tom réfléchit.) On devrait trouver un système. Disons, Francine, que tu as choisi de t'habiller en... en Terre nourricière.

Francine fit une moue méprisante, et Tom se hâta de dire :

— Ce n'est qu'un exemple. Bon, dans ce cas-là, tu

porterais une longue robe, et peut-être une coiffure avec des fruits, des fleurs tressées dans les cheveux...

— Et on la prendra pour le Panier de la ménagère, dit Rolf.

— Donc, une personne te reconnaît. Il faudrait qu'elle dise en quoi tu es déguisée, à l'aide d'une formule du genre : « Terre nourricière, es-tu Francine ? Ou alors, Cérès, es-tu Francine ? »

— Mais alors cette personne dévoilera son identité, objecta Brian.

Il avait raison. Ils restèrent silencieux jusqu'à ce que Jean-Pierre suggère une autre solution. Ils circuleraient, observeraient, noteraient leurs conjectures sur une feuille de papier. A la fin de la demi-heure, ils se retrouveraient, sans masque, dans un endroit déterminé. En arrivant, ils se montreraient tout de suite leurs papiers, ceci pour empêcher toute tricherie. D'ailleurs, personne ne tricherait, sinon où serait l'intérêt du jeu ?

Tout le monde acquiesça, et Tom nota cette procédure. Puis il déclara :

— C'est important. Pas de gagnants ni de perdants. Il s'agit d'une expérience, pas d'un concours.

— Autre chose, dit Francine. Il est interdit de plaisanter et de spéculer sur le costume que les autres pourraient choisir. A partir de maintenant.

Ils furent tous d'accord sur ce point, et comme ils n'avaient plus de sujet de conversation, ils se séparèrent bientôt.

Le déguisement de Sally

— Non, dit Sally.

Elle était couchée sur le divan, regardant une tache d'eau sur le mur. Elle la fixait depuis si longtemps qu'elle avait fini par y reconnaître les contours de l'État de Floride. Elle voyait très bien où était Tallahassee. Là-bas, au printemps, c'était le *cercis* qui sortait en premier. Des fleurs rose vif se massaient délicatement sur les branches qui la veille paraissaient nues. Puis c'était au tour du cornouiller de fleurir. Elle se rappelait s'être promenée le soir dans les rues avec Brian. Quand ils levaient la tête, ils apercevaient les globes de lumière à travers une masse de pétales blancs. Ensuite, c'étaient les azalées.

— ....d'avis si je te disais que ça compte énormément pour moi? disait Brian.

La pluie battait les carreaux. Quelque part, un volet claquait avec un bruit insistant, hostile. Sally avait la tête si lourde qu'elle pouvait à peine la tourner pour regarder Brian.

— Je ne veux pas, dit-elle, en se demandant combien de fois elle devrait le lui répéter.

— Sally...

Brian enfouit son visage dans ses mains, qui étaient longues, élégantes, avec un réseau de veines lisses, d'un bleu délicat.

— Je ne sais pas comment ça s'est fait, dit-il d'une voix étouffée.

Sally n'avait jamais vu Brian pleurer, et elle n'en avait pas envie. Son estomac se noua. Elle ne savait pas quoi dire. Elle ne voulait pas aller à Venise, s'affubler d'un déguisement représentant sa vraie personnalité, quel que soit le sens de cette expression, ni jouer à aucun jeu avec les amis de Brian.

Brian leva la tête. Il avait vraiment des larmes au coin des yeux, qui tremblaient, prêtes à couler. L'une d'elles s'échappa. Il l'essuya d'un doigt et dit :

— C'est la dernière fois que je te demanderai quelque chose.

Et s'il s'effondrait en sanglots? Elle deviendrait folle. Elle le regarda. L'autre larme coula. Il l'essuya aussi, puis serra les paupières et exhala un soupir tremblant.

— D'accord, dit Sally.

Aussitôt, elle se dégoûta.

Brian courut à elle, se pencha, et l'étreignit maladroitement. En relâchant son corps inerte, il lui dit :

— Tu es une fille merveilleuse!

Peut-être devrait-elle se rendre à Venise déguisée en Fille Merveilleuse? Brian continuait à parler, essayant de lui communiquer son enthousiasme. Il avait les yeux secs maintenant, et elle se demanda s'il l'avait manipulée, s'il avait pleuré pour la faire céder.

Après son départ, elle resta couchée sur le divan. La pluie tambourinait, le volet claquait furieusement. Dans l'entrée sombre de la maison de sa grand-mère, qui sentait le renfermé, près du portemanteau lourdement sculpté, avec son miroir terni, était accrochée une gravure fanée. Petite fille, elle grimpait sur une chaise pour la regarder. Elle représentait deux colonnes surmontées de statues, devant un bâtiment à l'architecture compliquée, flanqué d'arcades. Près des colonnes se tenaient des personnages vêtus d'étranges costumes : longues capes, masques blancs et tricornes. Au bas de l'image étaient inscrits les mots : « Le vieux Venise. »

Le vieux Venise... Elle se mit à somnoler. Un coup de vent particulièrement violent jeta un paquet de pluie contre la fenêtre. Elle se redressa, complètement éveillée. Elle savait en quoi elle allait se déguiser. En cadavre.

Jean-Pierre sous la pluie

Le parapluie de Jean-Pierre était plus gênant qu'utile. Non seulement il ne le protégeait pas de la pluie, mais il avait tendance à se retourner. Le tenant à deux mains, l'une agrippée à la base des rayons, il regardait la lumière dans l'appartement de Sally et de Brian de l'autre côté de la cour. De l'eau lui coulait derrière les oreilles, lui gouttait sur le nez. Ses chaussures et son pantalon étaient trempés.

Il ignorait pourquoi il avait suivi Brian. Il savait bien que celui-ci était rentré chez lui pour parler à Sally du carnaval. Pourquoi avait-il attendu que la minuscule cage d'ascenseur atteigne le rez-de-chaussée pour enfiler son imperméable, prendre son parapluie, dévaler l'escalier, et voir Brian tourner le coin de la rue?

Brian, voûté dans son ciré jaune, ne s'était pas retourné une seule fois et n'avait pas remarqué que Jean-Pierre le suivait. Celui-ci en fut dérouté, car il lui semblait que si Brian l'avait suivi d'aussi près, il aurait sûrement senti sa présence. C'est pourquoi leur expérience à Venise ne l'inquiétait pas. Quel que soit l'accoutrement que Brian choisirait, Jean-Pierre le reconnaîtrait.

Mais si Brian lui, ne sentait pas sa présence? Comme ils auraient l'air ridicule, les grands amoureux dont la parfaite harmonie pouvait être mise en échec par un malheureux déguisement! Jean-Pierre devint rouge. Cela ne pouvait pas se produire. Ils se reconnaîtraient. Et pourtant, Jean-Pierre était à quelques mètres derrière Brian, et celui-ci ne percevait rien, ne se doutait de rien.

Brian parlait à Sally depuis longtemps. Le vent essayait d'emporter le parapluie de Jean-Pierre, qui affermit sa prise et le pointa vers la rafale. Sans doute Sally, avec l'entêtement que masquait son attitude indolente, refusait-elle d'aller à Venise. Jean-Pierre espérait que Brian n'arriverait pas à la convaincre. Il n'allait pas se donner tellement de mal, tout de même? Plissant les yeux sous la pluie, Jean-Pierre retint sa respiration. Brian était passé devant la fenêtre et s'était penché. Il prenait Sally dans ses bras. Jean-Pierre ne voyait que le haut de la tête de la jeune femme.

La nausée qui l'envahit lui fit lâcher sa prise sur le parapluie, qui se retourna aussitôt. Aveuglé par la pluie, il laissa partir l'abominable instrument. Il le vit s'envoler dans la rue comme un oiseau blessé.

Les genoux affaiblis par le choc, il s'appuya contre le pilier à l'entrée de la cour et leva de nouveau les yeux vers la fenêtre. Il ne vit personne.

Brian s'était approché de Sally et l'avait touchée. Il avait traversé la pièce dans ce but. L'avait-il vraiment embrassée? Cette idée donna le vertige à Jean-Pierre. Non, il ne le croyait pas. La scène n'avait pas duré longtemps, quelques secondes tout au plus.

Et pourtant, ils étaient peut-être en train de s'embrasser à cet instant même. Couchés ensemble sur le divan vert fané, dans l'appartement miteux, leurs lèvres jointes, leurs mains explorant le corps de l'autre. Peut-être riaient-ils, serrés l'un contre l'autre, accrochés l'un à l'autre, totalement inconscients de la présence de Jean-Pierre dehors sous la pluie.

Les yeux toujours fixés sur la fenêtre, il savait qu'il ne pourrait supporter ce doute. Il fallait qu'il sache. Il frapperait à la porte. S'il les trouvait nus et gênés, tant pis! Si Brian avait honte devant lui, tant pis! Jean-Pierre s'apprêtait à traverser la cour lorsqu'il sortit de l'immeuble.

Le jeune homme fut paniqué. Il ne fallait pas que Brian le voie. Sachant quelle direction Brian allait prendre, selon toute vraisemblance, il partit en courant dans l'autre sens, faisant jaillir des gerbes d'eau à chaque pas. Quand il atteignit le coin de la rue, il se risqua à jeter un bref coup d'œil derrière lui. C'était bien Brian qui s'éloignait, dans son ciré jaune. Respirant avec effort, Jean-Pierre s'accrocha à un réverbère. Brian retournait sans doute le rejoindre. Il ne dirait rien de ce qu'il avait vu. D'ailleurs, qu'avait-il vu? Il n'était sûr de rien. Il devait y réfléchir, réfléchir à tout.

L'imperméable de Jean-Pierre était à tordre, et ses vêtements étaient humides. Brian serait étonné de ne pas le trouver chez lui. Il prendrait un café sur le pouce, achèterait un journal. Il dirait à Brian qu'il était sorti dans cette intention, et que son parapluie l'ayant lâché, il était trempé. Ils riraient ensemble de son piteux état. Il se mit à chercher un café.

Les spéculations de Tom

Tom se versa à nouveau du café et regarda la pluie tomber. Bonté divine, Paris en janvier! Il avait passé, calcula-t-il, vingt mois de janvier dans cette ville, et chaque année ça paraissait empirer. Pourtant, quand Olga et lui s'étaient mariés, il y avait eu des hivers ensoleillés. Il se rappelait distinctement une promenade aux Tuileries avec elle par une journée claire et lumineuse, Stéphane dans sa poussette. Aucune feuille sur les arbres, et Olga portait une écharpe de laine rouge qu'elle avait eue autrefois, donc c'était bien l'hiver. Stéphane était en rouge aussi. Avec un bonnet et des moufles. Mais le soleil brillait, très fort. Il repoussa les journaux étalés sur la table et s'y assit.

L'appartement sentait encore l'ail des spaghetti de la veille. Il ne savait pas pourquoi cela le déprimait, mais c'était ainsi. Cette odeur, la pluie, et le journal froissé à côté de sa main, et...

Il aurait dû travailler, pour une fois qu'il avait un après-midi devant lui. Cette idée le fatigua. Il allait sortir ses notes, s'installer, et puis au moment où il commencerait à écrire, Olga rentrerait du travail, et se réjouirait de le voir s'y remettre. Stéphane, lui, n'en croirait pas un mot, et le regarderait avec cette expression dans laquelle, depuis quelque temps, Tom reconnaissait du mépris.

C'était une ironie du sort que Tom, l'auteur de *Sur les barricades,* ait un fils comme Stéphane. A quinze ans, tout ce qui l'intéressait, c'était d'obtenir de bons résultats au bac d'ici deux ans, pour pouvoir être admis dans une Grande École. Les enfants des autres agitaient des idées, protestaient, discutaient, portaient des vêtements et des coiffures bizarres. Mais pas Stéphane. Tom aurait adoré brasser des idées avec son fils, mais celui-ci n'avait jamais le temps. Stéphane était... ce qu'à l'époque de Tom on appelait un bûcheur. Stéphane était un bûcheur, et un bûcheur français par-dessus le marché, bien que ses parents soient américains. Il parlait mieux le français que l'anglais, et s'il lui arrivait de jouer, c'était au foot. Il n'aurait pas été capable de reconnaître une batte de base-ball.

Tom soupira. Au moins il avait le groupe, et le voyage à Venise. Il avait retrouvé une ligne de force, comme en 68. Il observerait, prendrait des notes, et enfin il rédigerait ses conclusions sur... Ses conclusions sur quoi au fait?

Il n'avait pas besoin de tirer de conclusions définitives. Il pouvait consigner ses observations, comme dans *Sur les barricades*.

Mais pour cela, il faut avoir quelque chose à observer. Des événements doivent se produire.

Le jeu. Le jeu serait révélateur. Tom était sûr qu'il serait capable d'identifier les autres. Il sourit en imaginant leur stupéfaction. Ils étaient assis autour d'une table dans une trattoria de Venise, ils riaient, ayant enlevé leurs masques. Rolf, le Mystérieux, était en cape noire, coiffé d'un chapeau à larges bords. Jean-Pierre, le conventionnel, était un Pierrot – quoi de plus conventionnel? – un clown triste, en costume de satin blanc et noir, une grosse larme peinte sur la joue. Brian était un prince de la Renaissance à la beauté ambiguë, vêtu de velours vert soutaché d'or. Sally était une paysanne, en salopette, les pieds nus, un brin de paille entre les dents. Quant à Francine, eh bien, il ne pouvait s'empêcher de se la représenter en Terre nourricière, même si cette idée lui avait déplu. Il voyait son corps aux formes pleines dans une chemise blanche à moitié transparente, enguirlandée de feuilles, de fleurs et de fruits. Ses cheveux étaient savamment ornés de baies sauvages et de rameaux fleuris. Il s'attarda sur chaque aspect de sa tenue. Comme elle ne porterait rien dessous, on verrait le contour de ses cuisses, la pointe de ses seins.

Il changea de position sur sa chaise. Elle avait rejeté cette idée. Il valait mieux trouver autre chose pour elle.

Et lui-même? Le premier personnage qui lui était venu à l'esprit, c'était Socrate. Il se demanda si ce n'était pas trop évident. Socrate, le maître guidant ses disciples pas à pas vers la sagesse. Socrate, prêt à mourir pour ses convictions. Socrate, doté d'une femme acariâtre, qui ne le comprenait pas – bien qu'il dût reconnaître qu'Olga était compréhensive, et certainement pas acariâtre. Tom n'avait plus grand-chose de commun avec elle, voilà tout. Socrate... L'ennui, c'est que Socrate était pédé. Si Tom adoptait son apparence, cela ne prêterait-il pas à confusion? Parce qu'il avait beau comprendre tout à fait Brian et Jean-Pierre, jamais il... ça ne l'intéressait pas le moins du monde.

Sauf peut-être avec Brian. Juste une fois, par curiosité.

Il secoua la tête et se passa les mains sur le visage. Puis il but son café, se leva, et s'en reversa une tasse.

Voilà ce qui arrivait quand on avait quelqu'un d'aussi beau que Brian dans son entourage. On oubliait parfois que ce n'était qu'un gosse ignorant, un morveux. Depuis que l'histoire entre celui-ci et Jean-Pierre avait commencé, le groupe était complètement déséquilibré, et ce n'était pas le moment qu'il batte de l'aile.

Il aurait dû travailler, mais il se sentait un peu faible. S'il allait au café des Écoles, il trouverait peut-être quelqu'un, malgré ce temps de chien. Il alla chercher son blouson et son parapluie.

Après déjeuner

L'assiette devant le gros client était pleine d'os soigneusement rongés. Rolf la prit. Louis, le patron, lui avait demandé de remplacer le serveur de midi, malade, mais le restaurant n'avait pas servi beaucoup de repas, à cause du temps. La présence de Rolf était superflue, mais pour lui, c'était une façon comme une autre de passer une journée pluvieuse.

L'homme fumait un cigare. L'odeur se répandait dans tous les coins de la petite salle, et la fumée flottait au-dessus des tables. Un jeune couple de touristes lançait des regards furieux au fumeur, entre deux bouchées de canard aux olives, le plat du jour. L'homme ne s'en rendait pas compte. Rolf sourit pour lui-même. Des Américains. Des Californiens, peut-être. Il s'adressa mentalement à la femme. « Ça pourrait marcher en Californie, tes salades anti-tabac, mais on est en France, ma mignonne. »

La femme, prenant un air de martyre, regarda par la fenêtre, et fit une remarque à son mari en maudissant le temps.

— Il faut être stupide, aussi, pour venir à Paris en janvier. Ce n'est pas les Bahamas, tu sais.

Elle ressemblait un peu à Sally. Elle était brune, avec des taches de rousseur sur le nez, mais tandis que les cheveux de Sally pendaient sans recherche sur ses épaules, celle-ci avait une coupe élégante. Sally était si ordinaire, si provinciale. Elle lui rappelait, elle lui rappelait énormément...

Rolf, levant les sourcils d'un air interrogateur, s'approcha de l'homme en gris.

— Dessert? Café?

— Un express, grogna l'homme, en mâchonnant son cigare.

Dans la cuisine, en prenant le café, Rolf remarqua qu'il avait les mains moites. C'était à cause de filles comme Sally qu'il avait dû quitter l'Amérique. Elles étaient légion là-bas, ces bonnes femmes confiantes, sans malice. Leur stupidité l'avait mis en colère. Les États-Unis étaient un grand pays heureusement et un garçon de vingt, vingt-et-un ans pouvait aller où il voulait. Il pouvait vivre dans des villes universitaires, dégoter des emplois comme celui-ci, partager quelque grenier infesté de vermine. Il pouvait trouver des filles.

La tasse fit du bruit dans la soucoupe quand il la posa devant le client.

Au bout d'un moment, ça s'était gâté, sérieusement, et Rolf avait jugé préférable de rentrer en Europe, où la situation serait différente. Curieusement, il y avait peu de changements. Il travaillait comme serveur, fréquentait des étudiants, et Sally était très semblable aux autres.

40

Les Américains avaient terminé leur repas. Tandis que Rolf ramassait les assiettes, il entendit le mari dire :

– Si je reste ici cinq minutes de plus, je vais avoir une crise d'asthme.

Il ajouta en français à l'intention de Rolf :

– L'addition, s'il vous plaît.

Rolf hocha la tête et jeta un coup d'œil à la femme. Elle paraissait inquiète. Sans doute se demandait-elle si son mari avait bien prononcé. « Laisse tomber ce con asthmatique et viens avec moi, ma mignonne. Je t'offrirai une visite de Paris que tu n'oublieras jamais. » Il la vit nue, haletante, tordue de plaisir.

Une fille comme Francine, on pouvait l'aborder avec toutes sortes d'idées, non seulement elle était toujours partante, mais elle ne manquait pas d'imagination non plus. Quand ils n'avaient rien de mieux à faire, ils se retrouvaient, et ils passaient un bon moment ensemble. Pourtant il manquait quelque chose. Le piment que procure le plaisir d'outrager, de choquer, et pour tout dire, de faire peur. Mais c'était dangereux, parce que si la peur d'une femme l'excitait, elle était aussi susceptible de déclencher sa rage. C'était difficile de garder son sang-froid, de trouver le juste équilibre, c'est pourquoi il était retourné en Europe.

Les Américains avaient déjà commencé à enfiler leurs imperméables, et le mari jetait des coups d'œil impatients à Rolf. Celui-ci leur tourna délibérément le dos, et sans se presser, entreprit de faire leur addition. Le voyage à Venise serait divertissant. Il pensait y aller sous l'apparence d'un diable séduisant, brandissant une fourche coquine. Il n'aurait aucun mal à reconnaître les autres, il en était sûr. Francine serait une putain en bas-résille noirs ; Brian, un vilain petit garçon en culotte de satin bleu et col amidonné ; Jean-Pierre, un gros chien, bavant servilement sur Brian ; Tom, un ex-révolutionnaire, agitant une bannière en lambeaux et criant des slogans démodés.

Tom était ridicule. Au début, Rolf avait été attiré par lui, car il avait entendu parler de l'auteur de *Sur les bar-*

ricades, il avait même lu le livre. Il se disait maintenant qu'il aurait dû quitter le stupide entourage de Tom depuis longtemps. Il ne savait pas pourquoi il ne l'avait pas fait.

Ou plutôt si, il le savait. C'était à cause de Sally. La première fois qu'il l'avait vue, il avait eu un choc. Sa bouche était devenue toute sèche. Raison de plus pour quitter le groupe. Il le ferait sans faute après Venise.

Le déguisement de Sally? Il la voyait, malgré lui, en jupe plissée d'écolière et corsage blanc comme il faut, avec un col Claudine. Ses yeux s'ouvraient tout grands...

– Je ne sais pas ce qu'il faut faire pour obtenir une addition dans ce pays, disait l'Américain à voix haute.

Rolf fit le total, posa le papier sur une soucoupe. Le visage dénué d'expression, il vint la placer près du coude de l'Américain. Sa femme parlait tout bas d'un ton agité. Rolf l'entendit dire :

– ...on ne fait pas tout exactement comme chez nous, ce n'est pas une raison pour...

Il s'éloigna. C'était le milieu de l'après-midi. Les derniers clients échangeaient des propos décousus devant des tasses à café vides, des fonds de verres de vin. Le gros homme éteignit son cigare, et il tira une carte de crédit de son portefeuille. Rolf s'approcha de la fenêtre. Il pleuvait toujours.

L'œuvre de Francine

Francine, tirant la langue, appliquait du journal trempé de colle sur la boule de papier mâché posée devant elle. Avec ce temps, ça aurait du mal à sécher. Elle rejeta ses cheveux en arrière et se redressa pour étudier son travail, jetant des coups d'œil sur une photo dans un livre à côté d'elle. Elle était contente de la forme, de la rondeur. Mais elle avait raté le nez. Et à propos de nez, elle n'avait pas encore trouvé comment elle allait respirer.

42

Elle s'en soucierait plus tard. Ce qu'il fallait d'abord, c'était trouver la forme.

Finalement, elle pensa y être arrivée. Le profil, surtout, était réussi. Elle se tourna vers Sophie, la fille de ses propriétaires, qui était montée la voir dans sa chambre de bonne, ne sachant que faire à cause de la pluie. Lui montrant son travail, elle lui demanda :

— A qui ça ressemble?

— Je ne sais pas, dit Sophie après l'avoir gravement examiné.

— Allons, Sophie, regarde.

Sophie se mordit la lèvre et finit par dire :

— Je ne sais pas. Franchement, on dirait un gnome.

— Sophie!

Francine ramassa sur son lit un petit coussin à impression indienne et le jeta à Sophie, qui hurla de rire en criant :

— Un gnome! Un gnome!

— Tu es une idiote, cria Francine en évitant le coussin qui repartait vers elle. On ne t'apprend donc rien, au lycée?

— Pas sur les gnomes, souffla Sophie, hors d'haleine, en riant de façon si hystérique que Francine l'imita.

Elles avaient encore le fou rire quand la mère de Sophie l'appela. Elle préférait que sa fille ne passe pas trop de temps avec leur locataire.

Après le départ de l'adolescente, Francine regarda de près sa création. Bien sûr, il fallait la peindre, mais il lui paraissait évident, quoi qu'en pense Sophie, que c'était la tête de Jean-Paul Sartre.

Elle avait déjà acheté une cravate et un costume d'homme aux Puces de Saint-Ouen. Elle le rembourrerait avec des oreillers pour obtenir la corpulence voulue, elle aurait une cigarette, et voilà. Sartre, le symbole de sa vraie personnalité.

Francine avait tout de suite su qu'elle irait au carnaval sous l'apparence de Sartre. Depuis qu'elle avait lu *l'Être et le Néant,* elle sentait une correspondance mystique entre

Sartre et elle. Quand on lui disait que cette œuvre était dense ou difficile, elle n'était pas du tout d'accord. Il lui semblait que le philosophe lui parlait directement.

Francine avait découvert Sartre quand elle était arrivée à Paris de sa province pour faire des études. Avant qu'elle ne le trouve, ou que son esprit à lui ne la distingue, elle avait été déboussolée. Cela la rendait folle que Tom soit si évasif quand elle lui demandait à quoi Sartre en personne ressemblait. Il se cantonnait à de plates généralités, alors qu'elle aurait aimé savoir quelle était l'odeur du grand homme, le timbre de sa voix, la texture de sa peau. Tom prétendait avoir oublié. Elle trouverait bien un moyen de l'obliger à se rappeler.

Brian s'était moqué d'elle. Quand il était question de Sartre, elle perdait les pédales, lui avait-il dit. En y repensant, elle tremblait de fureur et de peur. Brian ne lui prendrait pas Sartre. Sa gorge se serra en imaginant qu'il puisse lui être arraché, être abîmé par l'insensible, l'inconscient, le beau Brian.

Non. Brian pouvait se moquer. Francine et Sartre pouvaient en faire autant. Elle vit une étincelle de gaieté s'allumer dans les yeux de l'écrivain derrière ses grosses lunettes. Il tendait la main vers elle en riant doucement. « Ma merveilleuse, mon intelligente enfant. »

Francine sourit. L'idée de se recréer à l'image de Sartre l'excitait beaucoup. Elle était consciente de l'élément parodique, mais elle savait que lui-même aurait compris que dans son esprit, il s'agissait d'un hommage. Car pour elle c'en était un, en toute sincérité.

Elle contempla le profil, écoutant la pluie tambouriner sur le toit. La présence de la tête en papier mâché dans sa chambre était presque, curieusement, comme d'avoir Sartre lui-même. Elle le regarda rêveusement. Elle aurait aimé qu'il lui parle, qu'il partage sa sagesse avec elle, et elle seule.

Quand elle aurait achevé la tête, elle trouverait un grand carton pour l'emmener à Venise. Là-bas, elle serait Sartre.

Les autres, elle en était certaine, n'auraient pas des déguisements reflétant si parfaitement leur vie intérieure. Leurs accoutrements seraient complètement transparents. Tom serait une vieille femme tremblante; Rolf, un malfrat, en pantalon serré, se curant les dents avec un couteau. Jean-Pierre serait un petit abbé maniéré, une photo de Brian autour du cou en guise de croix. Brian, lui, serait un Narcisse superficiel et stupide, amoureux de lui-même et de son image. Sally... Francine bâilla, puis se mit à rire. Sally était l'étang dans lequel Brian, ou Narcisse, se mirait. Il s'efforçait d'obtenir d'elle une image admirable, mais elle refusait de la lui donner. C'est pour cette raison qu'il ne pouvait pas la quitter. Mais comment ferait Sally pour se fabriquer un costume représentant un étang?

Francine reporta son attention sur la tête de Sartre. Elle était impatiente qu'elle sèche pour pouvoir la peindre. Après quoi, Sartre et elle ne formeraient plus qu'un.

Embarquement

Sally serrait sa carte d'embarquement. Brian, un grand carton entouré de ficelle à ses pieds, était assis sombrement sur un siège de plastique. Ils étaient les seuls, dans le salon de départ, à ne pas être engagés dans une conversation joyeuse. Les autres passagers devaient parler avec enthousiasme du carnaval. Beaucoup avaient des cartons à chapeau et des paquets contenant probablement les pièces de leurs costumes. Un homme à côté de Sally portait un chapeau de condottiere orné d'une plume recourbée, et la femme qui l'accompagnait était en robe de dentelle noire, sous son manteau de fourrure blanche, les cheveux ornés de roses.

Sally elle aussi s'était un peu animée en composant son déguisement, mais son excitation était retombée, et maintenant elle redoutait toute cette aventure. D'ailleurs Brian non plus n'avait pas l'air aussi impatient qu'auparavant. Elle savait que quelque chose clochait, mais elle ignorait quoi. Ces dernières semaines, Brian était devenu nerveux et sombre, et elle avait vu des cernes bleuâtres se creuser sous ses yeux.

Elle pensait qu'il était troublé par les lettres. Il en avait reçu quatre, dans de petites enveloppes blanches sans nom d'expéditeur. Elle n'avait pas reconnu l'écriture de l'adresse. C'était toujours elle qui recevait le courrier, Brian étant si souvent absent. Elle avait mis la première sous le réveil, et quand il l'avait ouverte, elle l'avait entendu retenir son souffle. Elle ne lui avait pas demandé ce qui se passait, parce qu'elle était sûre qu'il ne lui dirait rien. Les trois autres lettres, il ne les avait pas ouvertes en sa présence.

Entre-temps, ils avaient continué leurs préparatifs pour le voyage à Venise. Ils gardaient un secret absolu sur leurs costumes respectifs, s'étant assigné certains tiroirs et placards. Sally n'avait pas la moindre idée du déguisement que Brian pourrait choisir. Rien ne lui venait à l'esprit. Pour ce qui concernait les autres, elle s'en moquait. Elle allait jouer le jeu, parader au pied du Campanile le lendemain, de deux heures à deux heures et demie. Après, tout serait différent, car elle était sûre d'une chose : elle ne pouvait pas continuer ainsi.

Des mots français sortirent du haut-parleur, les gens se mirent à rassembler leurs affaires, à se lever, et elle devina qu'on annonçait leur vol. Ils avaient eu la chance de trouver un billet bon marché qui leur évitait le long voyage en train. L'appel fut répété en anglais, et sans se regarder, Brian et elle ramassèrent leurs bagages et rejoignirent la foule qui se pressait vers le contrôle.

Il n'avait pas été aussi aisé qu'elle l'avait imaginé de se composer un accoutrement de cadavre. La Mort, c'était facile : un crâne, une faux, une longue cape noire. Mais un cadavre, c'était plus dur. Il lui fallait un linceul, c'était évident. Ou un suaire, un mot qu'elle avait lu dans les livres. Prenant un drap, elle essaya de se l'enrouler autour du corps de différentes manières, mais cela ne ressemblait qu'à une toge romaine.

Puis elle songea à des bandelettes. Elle pouvait se déguiser en momie. Elle crut avoir trouvé la solution, mais ses expériences avec un rouleau de gaze la convainquirent qu'il est impossible pour une personne seule de s'envelopper entièrement de bandelettes.

A ce stade, elle commença à se piquer au jeu. Il y avait longtemps qu'elle ne s'était pas autant intéressée à une entreprise. Finalement, elle trouva au rayon tissu d'un grand magasin une sorte d'étamine blanche qui ressemblait à de la gaze chirurgicale, et elle en acheta plusieurs mètres.

Elle se procura aussi un collant blanc de danseuse – elle mettrait des sous-vêtements chauds – et des ballerines blanches. Rentrée chez elle, elle les passa, puis s'enveloppa tout le corps dans la gaze. Elle s'en emmaillota les bras, l'enroula autour de sa tête, la laissant retomber devant son visage. Puis elle se regarda dans la glace.

C'était horrible. La gaze pendait en boucles molles autour d'elle. Les extrémités du tissu, effilochées, donnaient l'impression que le linceul se défaisait. Elle évoquait plus un fantôme qu'un cadavre, mais de toute façon c'était terrifiant. Son cœur se mit à battre à tout rompre, comme si elle contemplait vraiment sa dépouille mortelle. Elle serra ses mains tremblantes devant elle. C'était encore pire : on aurait dit une pauvre morte suppliante, perdue, à moitié décomposée. Ses yeux se remplirent de larmes. Elle espérait que Brian serait épouvanté quand il verrait ce qu'il avait fait.

Elle ne fit qu'une concession. Dans un magasin d'articles religieux, elle acheta une petite couronne de fleurs de satin blanc, destinée à une première communiante. Si elle portait ça sur la tête, au moins on pourrait penser qu'une personne avait suffisamment été affectée par sa mort pour envoyer quelques fleurs.

Il ne lui manquait plus qu'un masque, mais tout le monde disait qu'on trouvait les meilleurs à Venise.

Brian et elle s'installèrent à leurs places. Si elle avait été absorbée par la confection de son costume, c'était passé maintenant. Quand elle y pensait, il lui paraissait ridicule, comme tout ce voyage. Ils n'étaient tous qu'une bande de gosses jouant à se faire peur. Elle regarda par le hublot le ciel chargé de nuages. Au moins, d'ici le lendemain après-midi, tout serait fini.

Deuxième partie

Interlude

Vers la fin du carnaval, par une matinée froide et brumeuse, les touristes envahissent Venise. Sur le piazzale Roma, les autobus de l'aéroport déversent des cargaisons de passagers, et les parcs à voitures sont combles. Une foule se presse à l'arrêt du vaporetto, dans l'attente du prochain bateau. Elle n'est ni bruyante ni agitée. Des clowns fixent en silence le bout de leurs chaussures démesurées, un petit garçon déguisé en diable – cape rouge et cornes pointues – s'accroche à la main de sa mère. Un homme mince en blouson de cuir brun, un sac à dos posé à ses pieds, fume en lorgnant un troupeau d'adolescentes, coiffées de couronnes de fleurs entremêlées de rubans multicolores.

Ici, sur le piazzale Roma, rien n'a vraiment commencé. L'autostrade est encore un souvenir trop récent. Mestre, le quartier industriel, avec ses usines qui répandent une fumée corrosive, est trop près. Pour atteindre la Venise dont on a rêvé, il faut emprunter la voie des eaux, faire le lent voyage le long du Grand canal.

Les carnavaliers montent à bord du vaporetto, et le trajet commence. Il s'arrête à la gare pour embarquer d'autres passagers et, ses moteurs ronronnant dans le brouillard ouaté, s'engage dans le canal, passant devant les aristocratiques maisons vénitiennes, les palais étroits aux fenêtres en ogive, aux façades pelées, aux balcons de pierre blanche. Dans la lumière hivernale, l'eau du canal est d'un vert si ténébreux qu'il paraît presque noir, et les palais, qui sous le soleil arborent des rouges sombres, des roses éteints, des ocres pâles, sont d'une teinte uniforme, qui n'en est pas moins étrangement belle. Quand l'eau monte et descend au passage du vaporetto, on voit que les fondations des maisons sont couvertes d'une végétation visqueuse.

Le bateau poursuit lentement son trajet. Il atteint le pont de Rialto, et, quelques arrêts plus loin, le pont de l'Accademia. A chaque arrêt, il heurte le ponton, la corde est jetée d'une main experte, la barrière écartée, les tickets ramassés. Les passagers se penchent, essayant de voir plus loin, se demandant s'ils parviendront jamais à San Marco.

Ils finissent par y arriver, bien sûr. Le bateau glisse le long de l'église aux dômes gris massifs de Santa Maria della Salute, laisse derrière lui la boule d'or qui soutient la girouette au sommet de la Maison des douanes, et soudain, on découvre un spectacle difficile à embrasser d'un seul regard : le Molo, avec ses colonnes surmontées des statues de saint Théodore et du Lion de Saint-Marc, la façade en marbre rose du Palais des Doges, les dômes byzantins de la Basilique, une rangée de gondoles amarrées, la tour de briques rouges du Campanile. De l'autre côté de l'eau, l'église palladienne de San Giorgio Maggiore flotte, irréelle. Froide, humide, assombrie par le brouillard, chargée d'expectations déraisonnables, Venise attend.

Une rencontre inattendue

Le col de son blouson relevé pour se protéger du vent du soir, Tom déboucha d'un dédale de rues sombres et tortueuses sur le parvis de la Fenice, l'Opéra de Venise. Les touristes se pressaient sur les marches du bâtiment, et la place était inondée de lumière, projetée par une équipe de télévision. Une créature à tête d'oiseau, portant une cape couverte de bandes de tissu flottant, de matière iridescente, tournoyait devant les caméras, projetant une grande ombre menaçante sur le mur nu de l'église San Fantin. Deux femmes en perruques poudrées, culottes de satin et chaussures à boucles des dandys du XVIIIᵉ siècle, se promenaient bras dessus bras dessous. On entendait quelque part le son d'un tambour, et des bruits de querelle et de chansons. Des chats blancs et gris à la démarche ondulante traversaient la place jonchée de confettis.

Tom tira la liste de sa poche. Rolf, le plus imprévisible, avait été le plus facile à repérer. Tom avait téléphoné ou plutôt, il avait demandé à Olga de téléphoner au bistrot où Rolf travaillait, sous prétexte qu'il voulait faire une blague. Le brave Louis, le patron, s'était fait un plaisir de révéler à Olga que Rolf serait dans la Giudecca, chez un cousin à lui. Tom avait noté l'adresse, mais n'y était pas encore allé. Pour Francine, aucune difficulté non plus. Elle avait déjà visité Venise. Il avait cherché dans son carnet, et il avait trouvé le nom de la pension où elle avait séjourné la première fois. Un coup de téléphone l'avait assuré qu'elle y était bien. Pour Jean-Pierre, il avait eu plus de mal, mais après une douzaine d'appels, il avait localisé le jeune homme dans un petit hôtel près de l'église de la Salute. Brian et Sally, avait-il découvert par le même moyen, étaient à l'Albergo Rondini, non loin de la Fenice. Il s'y rendait maintenant pour y jeter un coup d'œil.

Une troupe d'une vingtaine de clowns, tous habillés de la même manière, larges costumes de satin rayé et perruques rouges, investit la place, bousculant Tom et le poussant dans un coin près d'une taverne. Il rangea sa liste, se demandant pourquoi il agissait ainsi. C'était strictement contraire aux règles, et, de toute façon, à quoi cela servirait-il d'espionner? Il se dit que c'était de la recherche. Son travail, après tout, comptait plus que des règles arbitraires. Toutefois, il devait admettre que s'il ne faisait pas bonne figure le lendemain, son ego ne se remettrait jamais de ce coup. Il pensait sincèrement qu'il les reconnaîtrait tous, mais il voulait disposer d'un petit avantage, pour le cas improbable où il y aurait un pépin. Il se déguiserait de bonne heure, le lendemain matin, et procéderait encore à quelques vérifications. Rien ne disait qu'il verrait quelque chose de spécial, ou qu'il reconnaîtrait quelqu'un à l'avance, et quand on y réfléchissait, il n'y avait rien de mal...

Tournant légèrement la tête, il aperçut Brian.

Celui-ci était assis à une table dans la taverne. Les joues enflammées, il parlait, très sérieusement, à un homme en costume d'Arlequin, qui tournait le dos à Tom. De temps en temps, il hochait la tête. Il était coiffé d'un bicorne noir, et sa tenue était composée des losanges traditionnels, mais dans des tons passés. Un gourdin de bois clair était passé à sa ceinture. Entre Brian et l'Arlequin étaient posés des verres de vin rouge et une carafe à moitié pleine.

Tom recula dans l'ombre. Il lui semblait que l'apparition de Brian avait mis à nu ses machinations. En même temps, il était curieux de savoir qui était ce personnage à qui Brian parlait avec une telle ardeur. La taverne était bondée, et les gens, à l'intérieur, passaient devant la fenêtre, lui cachant la table par intermittence. Brian se pencha, serra l'épaule de l'Arlequin. Il avait l'air de pleurer. L'Arlequin se pencha à son tour vers Brian et lui posa une main gantée sur le bras. Tom s'approcha de la vitre, mais une coiffure de mousseline bleue étoilée d'or passa entre lui et le jeune homme. Il vit celui-ci se redresser à travers un nuage bleu. L'Arlequin reversa du vin dans les verres.

Si Tom entrait dans la taverne, Brian le verrait sûrement, en dépit de l'affluence. Ils ne devaient pas se rencontrer avant l'épreuve du lendemain. Tom continua à observer. L'Arlequin fit un geste, et le serveur apporta à leur table une nouvelle carafe de vin. Brian parlait toujours, une expression de détresse enfantine sur le visage. Jamais il n'avait parlé ainsi à Tom. Celui-ci, se sentant floué et déçu, tourna les talons.

Sur la piazza

Une petite fille en jupe à crinoline rose, jupons blancs amidonnés, et chapeau à brides, un parfait cercle rose sur chaque joue, nourrissait les pigeons dans la lumière voilée de la piazza San Marco. Les oiseaux battaient des ailes autour d'elle, se disputant les graines qu'elle leur lançait de sa main potelée. Un pigeon vint en voletant se percher sur son chapeau.

— *Bellissima,* souffla quelqu'un.

Les appareils photographiques cliquetèrent, tandis qu'une cinquantaine de personnes se pressaient autour de l'enfant.

Non loin de là, un pacha enturbanné passait majestueusement avec son harem. Sous les gracieuses arcades de pierre qui bordaient le portique de la Procuratie Nuove, un alchimiste en cape argentée couverte de signes et de symboles, posait pour un cow-boy, des boucles de barbe blanche s'échappant de son masque.

La piazza grouillait de monde, depuis les portails de la Basilique, où l'étendard rouge et or de Saint-Marc s'enroulait et se déroulait au vent, jusqu'à l'estrade provisoire dressée à l'autre extrémité. Sous les deux rangées d'arcades de la place, des jeunes gens étaient assis par terre, adossés aux devantures fermées, et se passaient des bouteilles de vin. Parfois on entendait un bris de verre.

Sally s'était postée au pied du Campanile, ce haut clocher de briques rouges qui s'élève près de la Basilique, un ange d'or en équilibre sur sa flèche verte acérée. Elle était transie jusqu'aux os. Ses sous-vêtements thermogènes ne la réchauffaient pas plus que la gaze qui pendait autour d'elle. A travers les minces semelles de ses ballerines, elle sentait l'humidité des pavés de la piazza. Elle n'avait chaud qu'au visage. En fait elle transpirait sous son masque, qu'elle avait acheté la veille en fin d'après-midi. Un ovale blanc dépourvu de traits, à l'exception des ouvertures pratiquées pour les yeux, il ajoutait la touche macabre voulue à son déguisement, mais elle regrettait qu'il ne comportât pas de trous pour respirer.

Le temps était froid, mais au moins il y avait un peu de soleil, ce qui était préférable au brouillard de la veille. En arrivant, elle avait trouvé que Venise était l'endroit le plus étrange et le plus lugubre qu'elle eût jamais vu. Lors du trajet en vaporetto sur le Grand canal, Brian lui avait dit que les maisons qu'elle voyait étaient des palazzi. Peut-être, mais jamais elle n'aurait cru que des palais puissent être aussi délabrés. Certains paraissaient bien entretenus, mais d'autres semblaient sur le point de s'écrouler dans l'eau.

Par ailleurs, il était presque impossible de se diriger dans Venise. La moitié des rues se terminaient en impasse, au bord d'un canal, sans qu'on s'y attende. Il y avait peut-être un pont un peu plus loin, mais pour l'atteindre, il fallait rebrousser chemin et tenter sa chance dans la prochaine ruelle. Même avec une carte, Sally s'était trompée plusieurs fois, avant de parvenir au campo San Maurizio, où le patron de l'hôtel lui avait dit qu'elle trouverait le marché aux masques. Au cours de cette expédition elle s'était aussi aperçue que les rues principales étaient si encombrées qu'on pouvait à peine les traverser, mais que si on s'écartait des sentiers battus, on se retrouvait très vite seul, au bord d'un petit canal sombre. Souvent, une niche dans le mur abritait une vierge de plâtre peint, derrière un grillage rouillé où était piquée une fleur en plastique.

Sans conviction, Sally examina les multitudes d'hommes et de femmes, costumés ou non, qui déambulaient autour d'elle. Jamais elle ne serait capable d'identifier quelqu'un, même si elle avait assez chaud pour s'y appliquer. Son nez la chatouillait. Si elle éternuait dans son masque, ce serait un désastre. Pour penser à autre chose, elle étudia plus attentivement la foule. Deux chats dansaient avec une souris. Une silhouette aux allures de gnome, en costume-cravate avachi avec une grosse tête en papier mâché chaussée de lunettes, se tenait sur le côté. Qui cela pouvait-il représenter? Elle n'en avait pas la moindre idée. Elle vit plusieurs Pierrots à la longue tenue de satin blanc, complétée d'une collerette et d'une calotte noires. Le plus jeune devait avoir deux ans, et s'accrochait au pantalon de son père.

Elle croisa les bras pour se réchauffer. Des Vénitiens du XVIIIᵉ siècle, en dominos noirs, tricornes et masques blancs, paradaient près d'elle, et elle vit passer un Arlequin ou deux. Puis son regard tomba sur une femme à l'apparence effroyable. La bouche de son masque tordue dans une expression d'angoisse, ses larges yeux regardaient dans le vide. Sur la tête, elle portait un enchevêtrement de serpents en caoutchouc noir, plus vrais que nature, dont les yeux de verre rouge accrochaient la lumière. Frappée par l'aspect hideux de la créature, Sally eut du mal, un moment, à se rappeler le nom de la Gorgone Méduse, le personnage de la mythologie grecque dont les cheveux étaient des serpents. La Méduse, se souvint-elle, était si affreuse à regarder que quiconque lui jetait un coup d'œil était changé en pierre.

Soudain elle eut la certitude que la Méduse était Brian.

C'était lui, ça ne faisait aucun doute, avec cette coiffure de serpents, cette longue robe bleu foncé, ce masque grimaçant. Il marchait d'un pas raide. La boîte qu'il avait dans l'avion avait dû servir à transporter son étrange couvre-chef. Le petit Pierrot aperçut Brian la Méduse, et elle vit sa minuscule bouche s'arrondir tandis qu'il se serrait contre son père.

Brian tourna le coin du Campanile, et Sally le suivit.

– Méduse! cria une voix.

Brian s'arrêta pour poser pour les photographes, sans paraître importuné. Il leva les bras, et le vent s'engouffra dans sa robe. Il rejeta la tête en arrière : les serpents entamèrent une danse endiablée. Le petit Pierrot se mit à pleurer, et son père le prit dans ses bras.

Sally, atterrée, se tordit les mains. Pourquoi Brian,

qui était si beau, avait-il choisi de se présenter comme un être dont l'aspect pétrifie les autres? Elle ne comprenait pas.

Cela n'avait rien à voir avec la beauté ou la laideur. Quand les gens le regardaient, ils changeaient. Était-ce pour ça? Elle le lui demanderait. Après la nuit dernière, elle croyait pouvoir le faire.

Il était rentré très tard, et il lui avait fait l'amour. Elle avait été réveillée par le poids de son corps sur le lit, par l'odeur du vin qu'il avait bu. Il avait marmonné :

– J'ai peur, j'ai peur, en l'attirant contre lui.

Elle ignorait pourquoi elle ne s'était pas sentie offensée quand elle avait compris ce qu'il voulait, pourquoi elle ne l'avait pas repoussé avec dégoût. Elle supposait qu'elle avait trop sommeil, qu'elle était trop solitaire.

Mais c'était la dernière fois. Lorsqu'il s'était retiré de son corps, cela avait scellé la séparation finale. Elle était restée allongée à côté de lui, écoutant ses légers ronflements.

Brian était entre le Campanile et la Basilique. Derrière lui, au bout d'une esplanade rectangulaire qui faisait suite à la piazza, s'élevaient les colonnes qu'elle avait vues sur la gravure de sa grand-mère. L'espace d'un instant, elle eut l'impression que la scène s'immobilisait. Les badauds et les fêtards paraissaient avoir suspendu leurs mouvements, seules les manches de la robe de Brian flottaient, les serpents bougeaient sur sa tête.

Puis il laissa retomber ses bras et s'éloigna délibérément du Campanile. Il traversait la place, se dirigeant vers la tour de l'Horloge qui marquait l'entrée de la rue commerçante, la Merceria.

Sally fut étonnée. Les règles du jeu stipulaient qu'ils devaient rester à proximité du Campanile une demi-heure entière. Elle n'était pas encore écoulée. Elle vit les serpents s'agiter tandis qu'il se frayait un chemin à travers la foule. Elle lui emboîta le pas.

Arlequin

Un Arlequin était assis, les pieds pendants, sur la balustrade de marbre de l'élégante Loggetta du XVIᵉ siècle au bas du Campanile. Il ressemblait à plusieurs Arlequins qui circulaient sur la place, du moins au premier abord. Un examen plus attentif aurait révélé de subtiles différences.

Les costumes des autres étaient ordinaires, faits de losanges rouges, verts, bleus et jaunes aux tons criards. Le sien était en soie aux nuances pâles, et s'ornait d'un grand col en dentelle vénitienne faite à la main. Leurs bicornes noirs étaient en carton ou en plastique, le sien était en feutre, un peu fané, comme s'il avait jadis été utilisé pour des représentations de la commedia dell'arte. Les autres Arlequins ne portaient pas le *batocchio* qui est le signe distinctif du personnage, alors que celui de la Loggetta avait un gourdin de bois lisse et blond passé à sa ceinture. Ils étaient affublés de toutes sortes de masques. Le sien était le masque traditionnel d'Arlequin, laid et sensuel à la fois, doté de sourcils broussailleux, d'un front ridé, et d'une verrue au-dessus de l'œil.

L'Arlequin paraissait détendu. Il posa un pied sur la balustrade, et prit son genou de sa main gantée de chevreau crème. Ses mouvements étaient lents et gracieux. Cependant, son attention était rivée sur la Méduse qui marchait à travers la foule devant la Basilique.

Mais elle n'avançait pas vite. Au plus fort du carnaval, la foule envahissait la piazza, et elle progressait à contre-courant. L'Arlequin était immobile, attentif. Un jeune plaisantin lui attrapa la cheville. Aussitôt, feignant la surprise, il leva les bras, se balança d'avant en arrière comme s'il allait tomber, retrouva l'équilibre, et avec des gestes étudiés, reprit sa position initiale. Les passants rirent et applaudirent.

L'Arlequin vit la Méduse approcher de la tour de l'Horloge, avec son lourd cadran doré, et les Maures qui sonnent les heures de leur marteau. La Gorgone allait disparaître.

L'Arlequin se redressa. Il sauta de la balustrade et atterrit souplement sur le sol. Il regarda autour de lui, fit quelques pas, et sa mince silhouette se perdit dans la foule.

Rio della Madonna

Sally n'avait aucune chance de rattraper Brian, mais elle voyait toujours sa coiffure reptilienne. Avec détermination, elle se faufilait dans la foule. Son attention retenue par Brian, elle heurta une silhouette vêtue d'une cape noire flottante à capuchon, qui tenait un bâton. Le personnage se tourna vers elle, et sous le capuchon, là où le visage aurait dû être, elle ne vit qu'un ovale blanc dénué d'expression, une couronne de fleurs blanches posée de guingois sur une tête drapée de gaze. Elle poussa un cri, mais le son fut étouffé par son masque.

C'était sa propre image qui se reflétait dans un miroir, que la silhouette en cape noire portait en guise de masque. Son bâton se terminait par un autre miroir, dans un cadre ovale. Elle y vit aussi son visage vide, sa main qui se levait vers l'endroit où aurait dû être sa bouche, puis elle s'écarta.

Affolée, elle chercha Brian. Le sang battait à ses tempes, à cause du vacarme de la foule, d'un cri perçant qui s'élevait, et aussi, sans qu'elle sache pourquoi, parce qu'elle avait peur.

Enfin elle atteignit la tour de l'Horloge et la Merceria. La bousculade était encore plus dense dans la rue étroite bordée de boutiques, et elle n'avançait qu'à grand-peine. Brian était assez loin devant elle, mais elle voyait toujours les serpents, dont le soleil faisait par moments briller les yeux.

Quand elle le vit prendre une rue latérale, elle pressa

60

le pas, terrifiée à l'idée de le perdre de vue. Elle atteignit l'endroit où il avait tourné. La rue était moins encombrée, mais il avait disparu.

Se mettant à courir, elle aperçut son dos dans une autre ruelle, dans laquelle elle s'engagea. Parvenue à son extrémité, elle vit Brian au milieu d'une troupe de joyeux drilles qui traversaient un pont en fer forgé au-dessus d'un petit canal. Il hésitait, regardant quelque chose dans sa main. A ce moment, un Pierrot la bouscula, et le tulle de sa collerette accrocha la gaze de son costume. Il se retourna. Une larme brillante était gravée sur la joue de son masque. Lorsqu'elle regarda de nouveau vers le pont, Brian n'y était plus.

Après avoir franchi le pont, elle s'aperçut qu'il avait pu prendre trois directions. Les rues étaient presque désertes maintenant, bien qu'elle entendît encore des cris et des rires.

Elle décida d'explorer une petite allée, et parvint bientôt dans un cul-de-sac où des enfants masqués jouaient. Rebroussant chemin, elle prit la deuxième ruelle. Mais, alors qu'elle se hâtait, elle croisa un ours blanc et un gorille qui se tenaient par les épaules. Ils lui barrèrent le chemin, et se mirent à danser autour d'elle tout en chantant d'une voix rauque en italien.

– Ciao! lui crièrent-ils à la fin de la chanson.

Comme ils s'éloignaient, la saluant très bas avec une galanterie affectée, ils faillirent heurter un personnage barbu à la robe argentée couverte de signes cabalistiques, qui les écarta précipitamment.

Désespérée, elle erra au hasard. Elle avait perdu la trace de Brian, et maintenant elle était égarée dans un réseau de ruelles.

Elle finit par déboucher au bord d'un étroit canal. Le soleil brillait plus fort. Un peu plus bas, sur l'autre rive, juste après un petit pont de pierre blanche, une silhouette encapuchonnée de noir était accroupie au bord du canal, tendant la main vers quelque chose qui flottait dans l'eau.

Elle n'avait pas fait de bruit, lui semblait-il, mais le

personnage leva la tête. Une lumière fulgura. Après une hésitation, il refit un mouvement, et de nouveau, un éclair jaillit. Il se leva, tourna les talons, et s'enfuit dans une envolée de cape.

Un moment éblouie, Sally ferma les yeux. Quand elle les rouvrit, elle vit le paquet dans l'eau. Des éclats lumineux étincelaient sur les pavés, là où la silhouette avait été accroupie. Elle traversa le pont, et constata que cette lumière provenait des fragments d'un miroir. A côté gisait un manche de bois terminé par un cadre vide.

Elle regarda plus attentivement la masse sombre dans le canal. Un enchevêtrement de serpents, une robe bleue qui se gonflait...

Brian a jeté son costume, pensa-t-elle, tout en se mettant à courir. Mais en s'agenouillant là où la silhouette était tout à l'heure, elle vit que le tissu n'avait pas coulé, comme il aurait dû le faire, normalement, une fois mouillé. Elle vit le contour des doigts de Brian, la forme de ses ongles, se dessiner sous son gant trempé.

— Brian? chuchota-t-elle d'une voix étranglée.

Elle saisit sa main. Une feuille de papier pliée dépassait du gant. Elle la retira et chercha son pouls, mais en vain. Prise d'un sursaut involontaire, elle lâcha la main de Brian qui retomba dans l'eau en provoquant un cercle d'ondulations paresseuses.

Tirant sur son épaule, elle chercha à le retourner, mais il était lourd. Les yeux de verroterie des serpents la fixaient avec malveillance, témoins muets de sa terreur. Elle réussit à soulever la tête de Brian hors de l'eau. Son masque s'était défait, si bien qu'il paraissait la fixer par-dessus les orbites vides et la bouche tordue de la Gorgone. Son visage avait pris une teinte grisâtre. Quand elle voulut lui pencher la tête en avant, de l'eau teintée de rose s'échappa de dessous le masque.

Poussant un cri étranglé, elle le lâcha, comprenant qu'il était mort. Elle se sentait à la fois brûlante et glacée, et se recroquevilla sur les pierres, incapable de bouger.

Au bout d'un moment, elle remarqua que la feuille

de papier était sur le sol à côté d'elle. Les doigts engourdis, elle la déplia. L'encre noire avait coulé, mais elle put tout de même lire : « Le jeu est fini. Venez me voir tout de suite. »

Un plan avait été sommairement dessiné sous le message. Un rectangle représentait la piazza San Marco, tandis qu'une flèche pointait vers une ligne noire intitulée « Rio della Madonna ». Sally essaya de comprendre ce que cela voulait dire, mais il lui était impossible de se concentrer.

Elle était toujours agenouillée, regardant le papier, quand un bruit de pas légers et rapides se fit entendre. Elle fourra le message dans son gant. Un Arlequin déboucha en courant d'une petite rue, et fit quelques pas avant de s'immobiliser. Il regarda la Méduse flotter dans l'eau du canal. Il portait un bicorne noir, et un morceau de bois cylindrique sortait de sa ceinture. Il rappelait à Sally l'Arlequin d'une gravure décolorée par le soleil qu'elle avait vue à l'éventaire d'un bouquiniste du quai Saint-Michel.

Lentement, avec une certaine circonspection semblait-il, l'Arlequin s'approcha de Sally. Elle se sentait anesthésiée, déconnectée de la réalité. Elle n'était pas sûre de pouvoir parler ni bouger, mais lorsqu'il fut assez près, elle fit un geste vers le canal.

– C'est Brian. Il est mort, dit-elle.

Elle le vit cligner des yeux, mais elle ne savait pas s'il l'avait entendue.

– Brian. Mon mari.

Cette fois elle avait hurlé d'un ton hystérique.

L'Arlequin s'agenouilla à côté d'elle, et, comme elle l'avait fait, tâta le pouls de Brian. Quand elle le vit tendre la main vers l'épaule du cadavre, elle détourna les yeux. Jamais elle ne pourrait supporter de revoir ce regard sans vie. Elle entendit l'Arlequin retenir son souffle, puis un faible plouf. La tête lui tournait. L'Arlequin lui prit la main et l'obligea à se lever.

L'étrange masque noir de l'homme ne couvrait que la partie supérieure de sa figure. Ses lèvres étaient très pâles, et elle les vit former les mots :

— Venez avec moi.

Il avait un accent, italien lui sembla-t-il, et il avait parlé d'un ton méditatif. Elle continuait à observer ses lèvres, s'attendant à ce qu'il lui dise autre chose, mais il la tira par la main.

Elle jeta un dernier regard à Brian. Les yeux rouges des serpents la fixaient toujours avec haine. L'Arlequin l'entraîna. Elle trébucha, et ils se mirent à courir.

Le miroir brisé

Rolf devait absolument quitter Venise. Il avait fixé le miroir qui lui servait de masque de façon à voir d'un côté, mais son champ de vision était très restreint, et pour regarder en arrière, il devait faire complètement demi-tour. Le soleil, si brillant auparavant, avait disparu, et quand il marchait, un vent froid s'engouffrait dans sa cape.

Il tourna sur lui-même, essayant de voir s'il était surveillé. Il était de retour près de Saint-Marc, sur la Riva degli Schiavoni, la large promenade qui bordait la lagune. Les vagues agitaient de plus en plus les gondoles amarrées au quai. Derrière lui, des foules de touristes en goguette encombraient les ponts de la Riva.

Il avait laissé son miroir portatif, l'avait oublié quand l'étrange silhouette en robe de mariée déchirée l'avait surpris. Comment avait-il pu être aussi stupide? Mais même si cette mariée échappée de l'asile l'avait vu, elle ne saurait pas, personne ne saurait, que c'était lui derrière le miroir, donc personne ne pourrait l'identifier comme le propriétaire de l'objet oublié. S'il pouvait se débarrasser de son déguisement sans être vu, et quitter Venise au plus vite, tout irait bien. Il ne retournerait pas à Paris, non plus. Pas tout de suite.

Des passants le bousculaient. Certains pourraient se souvenir de son costume. Il avait envie de l'arracher sur-le-champ. Mais il ne pouvait pas, car tout le monde l'observait : les gondoliers nonchalants, la grosse femme en manteau brun qui se frayait un chemin à travers la foule avec son panier à provisions, et, Seigneur! cet imbécile prêt à le prendre en photo. Rolf tourna le dos au photographe, joua des coudes, mais dut ralentir le pas sur le pont près du Palais des Doges. Naturellement, même dans cette cohue, les badauds devaient s'arrêter pour s'extasier sur le pont des Soupirs, un peu plus loin. Rolf se força à se calmer. La foule s'éclaircirait sitôt le canal franchi.

Parvenu de l'autre côté, il se sentit plus libre, plus léger. Il fit jouer les articulations de ses doigts. Maintenant, il pouvait se débarrasser de ce foutu attirail. Il regrettait d'avoir si bien adapté le miroir qui lui servait à se raser, de l'avoir si solidement fixé à son capuchon. Quel jeu stupide! Et maintenant, voilà ce qui arrivait.

Il s'était cru malin avec son déguisement. Finalement il l'avait préféré à un accoutrement de diable, parce qu'il ne croyait pas au moi véritable. Les gens se reflétaient mutuellement. Ce qu'un être voyait dans les autres, c'était sa propre image, rien de plus sérieux ni de plus profond que cela.

Pourquoi penser à ça maintenant? Il devait être cinglé. Il était parvenu dans une rue écartée où du linge séchait, suspendu entre les étages supérieurs, claquant au-dessus de sa tête. Dans un coin abrité, il ouvrit sa cape, se libéra du miroir, et l'enroula dans le vêtement.

Il sentit d'abord l'assaut du froid, puis un immense soulagement de pouvoir enfin voir tout autour de lui. Il gonfla la poitrine, et laissa échapper un long soupir.

Bon. Bon. Maintenant, il n'était plus qu'un type en jeans et chandail, un ballot de tissu à la main. Il le posa par terre et le piétina à plusieurs reprises. Le bruit discret du verre brisé, ainsi que le mouvement violent, répété, de son talon, lui procurèrent une certaine satisfaction. En sueur, il ramassa le paquet et chercha une poubelle.

La première qu'il trouva débordait de sacs d'ordures. Il en prit un, qui contenait les restes d'un repas – un quignon de pain, des croûtes de fromage, des trognons de pommes oxydés, une bouteille vide d'eau minérale. Il vida le sac sur le sol, y fourra sa cape, le tassa, et réussit à le faire entrer dans la poubelle. Il s'éloigna sans regarder en arrière.

Il fallait qu'il aille à la Giudecca, où il séjournait, qu'il emballe ses affaires, prenne congé, puis qu'il retourne à la Riva prendre le vaporetto.

Quand il arriva à l'arrêt, un bateau venait de partir. Il acheta son ticket et s'assit sur un banc dans l'abri flottant en bois. Il s'appuya en arrière, sentant le ponton monter et descendre lentement au gré des eaux.

Sa tête résonnait. Il avait réussi à oublier le poème un moment, mais maintenant, sans qu'il puisse les chasser, les vers lui revenaient en mémoire :

La femme dont le visage change les autres en pierre
Fait des amis confiants des êtres solitaires.

Oui, la femme aux serpents en guise de cheveux
Transforme amants fidèles en hommes malheureux.

A qui portera-t-elle le prochain de ses coups?
Qui peut prévoir ce qu'elle changera en vous?

On lui avait apporté le poème ce matin. Un des gosses était monté, en s'accrochant à la rampe, et lui avait tendu une enveloppe portant son nom dactylographié.

Aussitôt après l'avoir lu, il avait su qu'il s'agissait de Sally. *Fait des amis confiants des êtres solitaires* : à cause d'elle, le groupe avait perdu toute cohérence. Et quant aux amants fidèles transformés en hommes malheureux, cela n'allait manifestement pas très fort entre Brian et Jean-Pierre ces derniers temps, et à qui était-ce la faute, sinon à Sally?

Mais ce qui troublait le plus Rolf, c'était le dernier vers : *Qui peut prévoir ce qu'elle changera en vous?* La personne qui lui avait envoyé ce poème savait quelque chose. Maintenant que Sally était morte, cette personne représentait un danger pour lui. Il pensa à Brian, à Tom, à

Jean-Pierre, à Francine, essayant de deviner lequel détenait son secret.

Sally la Méduse était morte, elle flottait dans le canal près du petit pont. Rolf n'aurait pas cru qu'elle serait si forte, ni qu'elle réagirait si promptement. Rien ne s'était déroulé comme il l'avait espéré.

Il tremblait convulsivement. Il fallait qu'il fiche le camp de cette ville au plus vite. Des voyageurs envahissaient le ponton. Un ballon éclata. Des confettis volaient dans l'air. Enfin, le bateau arriva.

Dans la maison de l'Arlequin

Sally cligna des yeux, regardant le vermicelle flotter dans le bol de bouillon devant elle. L'Arlequin était assis sur la table, les pieds posés sur une chaise et le menton dans la main, l'observant. Autour d'eux, des gens allaient et venaient, empilant des cartons, posant des brassées de fleurs, des bottes de radis. Des casseroles s'entrechoquaient, du verre tintait, des hachoirs s'abattaient avec bruit, et tout le monde parlait italien à tue-tête.

— Enlevez vos gants pour pouvoir manger, lui dit l'Arlequin.

Hébétée, elle regarda ses mains posées sur ses genoux. On aurait dit de pauvres petites bêtes malades et sans défense, si malades qu'elles ne pouvaient même pas bouger.

— Allons, exhorta l'Arlequin.

Il lui prit une main, tira sur son gant et le lui ôta. Quand il recommença avec l'autre main, une boule de papier humide s'échappa du gant et roula de ses genoux sur le sol. Sally ne se souvenait pas de l'avoir vue auparavant.

L'Arlequin sauta de la table et ramassa le papier. Il le déplia soigneusement et l'étudia, les lèvres pincées. Bien que Sally pensât ne pas l'avoir quitté des yeux, elle ne vit pas le papier disparaître.

— Qu'est-il arrivé à Brian? demanda-t-elle.

Sa diction était pâteuse. Un médecin était venu un peu plus tôt, ou du moins un homme déguisé en médecin, et il lui avait donné un cachet.

— Je croyais que vous pourriez me le dire, répondit l'Arlequin.

Sally respira profondément. Elle ne se sentait pas capable d'expliquer.

— Il y avait un homme-miroir.

— Ah! Et son miroir s'est brisé.

— Celui du bâton. C'est celui-là qui s'est cassé.

Elle s'en tirait mieux qu'elle ne l'aurait cru.

— Sa figure était... (Elle perdit le fil.) Où est le papier? demanda-t-elle.

— Ne pensez pas au papier. Mangez votre soupe. Pensez aux miroirs.

Sally baissa le nez sur son bol. La vapeur qui s'en élevait l'enveloppait.

— Sa figure était un miroir. Il avait une cape et un capuchon noirs, et sa figure était un miroir.

Elle leva les yeux, toute contente d'avoir si bien réussi à raconter son histoire. Mais brusquement, elle eut envie de pleurer.

— Brian est mort, dit-elle. Il faut appeler la police.

— Oui, dit l'Arlequin.

Il se balançait d'avant en arrière. Le masque blanc de Sally et sa couronne de fleurs étaient sur la table, mais lui était toujours entièrement déguisé. Derrière son masque, il était impossible de déchiffrer son expression. Il prit la cuillère posée à côté du bol et la lui tendit.

— Mangez, s'il vous plaît. Juste quelques bouchées.

Elle prit quelques cuillerées de potage et les avala. Elle ne savait pas où elle était, ni pourquoi elle avait laissé Brian pour courir avec l'Arlequin par les rues de Venise jusqu'à cet endroit.

Ils s'étaient engagés dans une allée menant à une

grille de fer forgé entrouverte, et ils avaient pénétré dans un triste petit jardin hivernal. Elle revoyait des murs couverts de lierre desséché, une margelle sculptée en pierre blanche striée de traînées grises, un appentis au toit de tuiles, des pots de fleurs vides empilés dans un coin.

Puis ils entrèrent dans une longue salle au plafond bas, au sol en damier de dalles rouges et blanches. Des bancs étaient posés debout contre les murs, et une petite barque était couchée dans un coin, une paire de rames appuyée à côté. L'Arlequin avait conversé en italien avec un homme en blouse bleue. Sally sentait une odeur d'humidité, et elle voyait de l'eau – un canal, le Grand canal peut-être – par les ouvertures en arcades à l'autre bout de la pièce.

Ils avaient ensuite monté un escalier et traversé plusieurs pièces assez belles pour servir de décor à un film, avant d'atteindre la cuisine, où ils s'étaient assis à une vieille table bien récurée.

– Encore une petite cuillerée, dit l'Arlequin.

Mais elle ne pouvait plus rien avaler. Elle savait que si elle avait eu les idées plus claires, elle aurait été mortellement effrayée.

Rassemblant ses forces, elle parvint à dire :

– Qui êtes-vous?

– D'abord, quelqu'un qui vous veut du bien, dit-il en levant un index théâtral.

– Oui, mais...

– Vous pouvez m'appeler Michele.

Elle plissa les yeux.

– Je croyais que vous étiez italien.

– Oui, je suis vénitien.

– Alors où avez-vous trouvé un nom comme Kelly?

Il fronça les sourcils, avant de dire :

– Je vois. Vous avez mal compris. Je m'appelle Michele. Mi-ké-lé. C'est comme Michael en anglais.

J'avais entendu *Me Kelly*, pensa Sally. Elle le dit à voix haute :

— *Me Kelly,* puis elle pouffa de rire. *Me Tarzan, you Jane.*

Elle riait si fort que la cuillère lui échappa.

— Non, non, non, dit l'Arlequin en la secouant doucement par l'épaule. Ce n'est pas possible, Sally. Je ne peux pas accepter que vous vous moquiez de moi dans ma propre maison. C'est très impoli.

Il avait raison. Sally contint son rire. Sa mère aurait été gênée de la voir se conduire ainsi. Tandis que des larmes de honte lui montaient aux yeux, elle se demanda à quel moment elle avait bien pu dire son nom à l'Arlequin.

Elle se tamponna le nez avec un bout de la gaze qui était toujours enroulée autour d'elle.

— Je suis fatiguée, dit-elle.

Elle regarda la surface lisse de la table. Elle pouvait y poser la tête, bien que ce ne fût pas très poli non plus.

Elle décida de le faire tout de même, mais sa tête tomba plus vite qu'elle ne l'aurait voulu. Cependant quelqu'un la rattrapa avant qu'elle se meurtrisse.

La découverte de Jean-Pierre

La salive de Jean-Pierre avait un goût amer. L'oreiller sous sa joue était trempé de larmes. Une partie de son cerveau lui renvoya le souvenir d'un gros chagrin. Il revoyait une taie d'oreiller mouillée de larmes, ses poings serrés, les marques de ses dents sur sa main. Il se souvenait du même goût déplaisant dans sa bouche. Quel âge avait-il? Dix ans? Onze? Son chien Hercule avait été écrasé par une voiture. Jean-Pierre revit les yeux marron, la bonne tête hirsute, la langue pendante de l'animal, et se remit à pleurer.

Il portait encore son costume de Pierrot en satin blanc. La collerette en tulle noir était tire-bouchonnée autour de sa tête. Il avait jeté dans un coin sa calotte et son masque à l'expression mélancolique, incrusté d'une larme brillante.

Il avait choisi ce déguisement tant le personnage était banal. On voyait partout Pierrot, le clown triste, l'amoureux éconduit, sur les cartes postales que s'envoient des nigauds, dans les publicités, sur le papier à lettres d'écolière. L'amour de Jean-Pierre pour Brian l'avait réduit à cette banalité. Il l'avait dépouillé de toute individualité, de toute volonté, et n'avait laissé que des cendres. Il avait détruit Jean-Pierre, le ravalant au rang d'un malheureux Pierrot.

Ces jours derniers, Jean-Pierre avait vu Brian s'éloigner de lui, tandis que lui se consumait. Il n'avait rien dit. Que dire de toute façon? Il était à la merci de la fossette au coin de la bouche de Brian, de la ligne de son dos, de l'éclat de la lumière dans ses cheveux. Torturé, il avait vu Brian changer. Pourtant, ils avaient fait comme si de rien n'était. Parfois, Brian lui caressait la joue, répondait à son désir. A de tels moments, Jean-Pierre était aux anges. Il arrivait presque à se convaincre qu'il ne voyait pas des ombres se creuser sous les yeux de Brian, que celui-ci n'était pas chaque jour un peu plus distant, un peu plus absent.

Les larmes continuaient à rouler des yeux de Jean-Pierre. Inerte, il les laissait couler.

La décision de Brian de se déguiser en Méduse avait été un affront dirigé contre lui, Jean-Pierre le savait. Il était obsédé par la beauté de Brian, et celui-ci avait voulu délibérément l'en punir. Il avait su à l'avance quel costume Brian porterait parce qu'en fin de compte, ils s'étaient tout dit. Brian avait d'abord refusé de tricher, mais Jean-Pierre l'avait supplié jusqu'à ce qu'il cède. A mesure que le moment décisif approchait, l'idée qu'ils pourraient ne pas se reconnaître lui était devenue intolérable. En fait, il n'avait pas peur de ne pas reconnaître Brian, mais que ce soit lui qui ne le reconnaisse pas.

— Si ça arrive, ce serait justement l'idée du jeu, non? demanda Brian d'un ton candide.

— Pas vraiment. (Jean-Pierre cherchait un moyen d'expliquer, de se justifier.) Nous sommes sûrs de notre amour. Nous savons qu'il est inébranlable.

Il scrutait Brian, plus très sûr de dire la vérité.

— Inébranlable, répéta Brian.

Jean-Pierre crut déceler de l'ironie dans sa voix. Il poursuivit :

— Ce n'est pas notre amour qui est en question. Ce jeu n'est qu'une manifestation superficielle, stupide et sans importance...

— S'il est sans importance, alors pourquoi...

— Les opinions des autres ne comptent pas, c'est évident. Si elles comptaient, nous ne serions pas ensemble.

Jean-Pierre avait le vertige à l'idée que les autres puissent ricaner et échanger des regards entendus, si Brian et lui ne parvenaient pas à percer le secret de leurs déguisements.

— Je voudrais simplement montrer, prouver publiquement...

Il s'arrêta et jeta un regard désemparé à Brian.

Après un moment de silence, celui-ci dit :

— D'accord.

Jean-Pierre se sentit submergé de honte.

— Pas si ça te gêne, s'empressa-t-il de dire.

— J'ai dit que j'étais d'accord, répondit Brian sans changer d'expression.

Ç'avait été horrible. Sans l'ombre d'une préparation, sans y mettre la moindre forme, Brian avait poursuivi :

— Tu veux que je te dise le premier ? Je vais m'habiller en Méduse, la Gorgone.

Jean-Pierre était stupéfait. Il fit répéter Brian, pour être sûr d'avoir compris. Il le regarda, horrifié, et s'écria :

— Mais pourquoi ?

Brian secoua la tête.

— On avait dit qu'on se dirait en quoi on allait se déguiser. Pas pour quelle raison.

Blessé, Jean-Pierre se tut. Brian n'ajouta rien, mais se frotta les yeux avec lassitude. Jean-Pierre lui jetait des regards furtifs. En Méduse! Il avait cru que Brian se travestirait en chevalier errant du moyen âge, ou en jeune athlète grec, n'importe quoi d'admirable et d'héroïque. Au lieu de cela, il allait se déguiser en monstre. Jean-Pierre savait, avec une certitude désespérée, que, quel que soit son amour pour Brian, il ne l'aurait jamais reconnu en Méduse.

Après quelques instants d'hésitation, Jean-Pierre dit :
– Je serai en Pierrot.
– Ah, bon.

Brian ne demanda pas pourquoi, il ne donna pas l'occasion à Jean-Pierre d'expliquer que ce personnage représentait la dévalorisation de son moi véritable.

Par la suite, il avait craint que tout fût perdu. Il se reprochait constamment d'avoir obligé Brian à tricher au jeu. Il essaya de s'excuser, mais Brian répondit que cela ne faisait rien, et quelque chose dans le ton de sa voix fit que Jean-Pierre se sentit complètement rejeté.

Ce matin, il avait reçu le poème. Le concierge qui le lui avait remis au petit déjeuner ignorait à quelle heure il avait été apporté, et par qui. Cela n'avait pas d'importance. Seul Brian pouvait l'avoir envoyé, puisque personne d'autre ne savait où il était descendu. Ces quelques vers maladroits, stupides, lui avaient appris ce qu'il avait tant redouté, tout en le sachant : que tout était fini. Oui, les amis confiants étaient devenus solitaires, les amants fidèles avaient été changés en hommes malheureux. Le dernier vers était le plus cruel : *Qui peut prévoir ce qu'elle changera en vous?* La méchanceté gratuite de cette phrase le taraudait.

Des pas sonores et des rires retentirent dans le couloir derrière sa porte. Il leva la tête de l'oreiller et s'assit, les bras autour des genoux. Sa crise de larmes ne s'était pas calmée. Il avait les yeux si gonflés qu'il avait du mal à voir.

Comment Brian avait-il pu être aussi cruel? Brusquement, Jean-Pierre pensa à Sally. Peut-être l'idée du poème ne venait-elle pas de Brian. Sally avait toujours été dans l'ombre, gâchant tout, s'interposant entre Brian et lui.

Elle avait pu lui parler d'un poème, le convaincre, malgré lui, de l'écrire.

Jean-Pierre avait toujours su que l'amour était le sentiment le plus destructeur. Il découvrait, assis là à pleurer, que d'autres passions peuvent être plus dangereuses encore que l'amour.

L'amazone

La première grappa fit monter des larmes aux yeux de Francine, mais elle but plus facilement la deuxième. Elle reposa le verre sur la longue table, remarquant que sa main tremblait moins. Elle desserra sa cravate.

La tête de Sartre, qu'elle avait fabriquée avec tant de soins, se désintégrait dans l'eau sale du canal, où elle l'avait jetée au cours de sa fuite. Elle ne pouvait pas la garder et risquer d'avoir été vue en train de suivre Brian. Elle s'excusa mentalement auprès de Sartre, sachant qu'il comprenait, comme il comprenait tout. La violence et la mort n'étaient pas des concepts inconnus pour lui. Cette idée, et la grappa, l'apaisèrent. Il fallait qu'elle choisisse un plan d'action. Dans quelques minutes, ce serait plus facile.

La petite taverne était décorée de guirlandes de papier coloré. Des masques tapageurs ornaient les murs. Des clients chantaient, se tenant par la taille et se balançant d'avant en arrière. Francine avait laissé le rembourrage de son costume dans les toilettes. En serrant sa ceinture jusqu'au dernier cran, elle était arrivée à faire tenir son pantalon.

Elle avait envie d'une autre grappa. Tandis qu'elle cherchait le serveur du regard, un couple assis à côté d'elle, un homme et une femme en tenues de cosmonautes, se leva et sortit. Leur place fut aussitôt prise par quelqu'un d'autre, que Francine ne remarqua que lorsque la personne s'adressa à elle en italien.

C'était une femme, le visage à moitié caché par un

masque à l'aspect redoutable terminé par des ailes sur les tempes. Des cheveux blonds décolorés tombaient sur ses épaules. Elle portait une courte armure couleur de bronze, avec des protubérances coniques à l'endroit des seins. L'armure se terminait par une jupette qui évoquait l'uniforme des centurions romains. Entre le bas de la jupe et le haut de ses longues bottes de cuir noir apparaissait une plage de peau très bronzée. Elle avait des bracelets de cuir clouté et tenait à la main un fouet replié.

Les yeux qui regardaient Francine par les orifices du masque trahissaient un intérêt véritable. La femme dit encore quelques mots.

— *Non parla l'italiano,* répondit Francine.

La femme hésita.

— Vous parlez français? demanda-t-elle.

— Oui.

— Je vous demandais si je pouvais vous offrir un verre.

Francine regarda de nouveau la femme. Au moins, cela lui fournirait une diversion jusqu'à ce qu'elle décide ce qu'elle allait faire.

— Une grappa, dit-elle.

De son fouet, la femme fit un signe au serveur, et commanda deux grappas. Elle se retourna vers Francine.

— D'où êtes-vous?

— De Paris.

— Ah, Paris.

Le femme haussa une épaule indifférente.

Francine avait toujours cru que Paris était la ville où tout le monde rêvait de vivre. Agacée, elle demanda :

— Et vous?

— Oh, de nulle part, répondit la femme. En hiver, je vais parfois en Suisse faire du ski. L'été, nous allons en Crète, mes amis et moi. Mais je reviens toujours à Venise.

Les boissons arrivèrent, et Francine avala la moitié de la sienne. Il était temps, car son estomac recommençait à se contracter. Tandis que l'alcool coulait dans sa gorge, écartant son angoisse, elle se mit à considérer avec une certaine hostilité cette femme riche à la peau bronzée.

L'amazone se penchait vers Francine, et l'une des pointes de ses seins de métal s'enfonçait dans son bras.

– Votre déguisement est amusant, dit-elle.

Francine contempla son costume marron élimé, aux manches et aux jambes trop longues, sa cravate beige à pois verts.

– Merci.

– Puis-je vous demander ce qu'il est censé représenter?

Francine sentait le souffle de la femme sur les cheveux près de son oreille. Elle n'allait pas parler de Sartre à cette créature. Elle eut une idée.

– Il représente mon père.

Le père de Francine, qui tenait une boucherie prospère à Poitiers, aurait rougi d'être vu dans une tenue si usée et démodée. Pourtant, ce qu'elle venait de dire était vrai au sens spirituel. Intellectuellement, spirituellement, Sartre était son père.

Les yeux de l'Amazone considérèrent Francine avec un intérêt accru. Sa langue pointa entre ses lèvres.

– Fascinant! dit-elle. Êtes-vous amoureuse de lui? De votre père, je veux dire?

Francine vida son verre. Elle avait chaud et la tête lui tournait un peu. Elle déboutonna son col.

– Oui, répondit-elle en hochant vigoureusement la tête. Oui, je suis amoureuse de lui.

Soulevant les cheveux de Francine, la femme lui mit la main sur la nuque.

– Et... Il vous a fait des choses? Il vous a touchée? Vous donnant un plaisir délicieux, en même temps qu'un sentiment de culpabilité et de peur?

Son père, non, mais si Sartre l'avait fait?

– Je voudrais bien, murmura-t-elle.

– Oui, dit la femme en poussant un soupir.

Les yeux de Francine se fermèrent. Aussitôt, Sartre se dessina à l'intérieur de ses paupières. Il bredouillait : *La femme dont le visage change les autres en pierre, fait des amis confiants des êtres solitaires.*

Elle frissonna et se redressa.

L'Amazone la dévisagea avec curiosité.

— Vous allez bien?

Oui, la femme aux serpents en guise de cheveux... Elle regrettait d'avoir tant bu, et aussi vite.

— Je vais très bien.

— Ce n'est pas pour vous faire du mal, dit l'Amazone en lui montrant le fouet. C'est pour la frime. Une petite plaisanterie.

— Je vois.

Francine se sentait vaguement malade.

— Vous êtes si charmante, habillée comme votre père. Il n'est pas ici, n'est-ce pas? Vêtu comme vous, peut-être?

L'Amazone avait une lueur gourmande dans le regard.

— Non, il n'est pas ici.

Francine pensa à la tête de Sartre, qui devait avoir sombré dans le canal.

L'amazone avait posé sa main sur le dos de Francine. Elle dit :

— Il y a un bal masqué ce soir. Une grande soirée. Voulez-vous venir?

Francine préférait échapper aux questions.

— Oui, dit-elle.

L'Amazone sourit et posa de l'argent sur la table pour payer les grappas.

Tom et le tigre

Dans le hall de l'hôtel Danieli, un satyre, dont le torse nu luisait sous une guirlande de feuilles, salua avec art. Quelques applaudissements éclatèrent, et il s'éloigna en se pavanant au milieu des spectateurs. La fourrure broussailleuse qui couvrait le bas de son corps dansait à chacun de ses pas. En arrière-plan, un piano jouait de la musique douce, presque couverte par le bruit des conversations.

Tandis que le satyre se perdait parmi les assistants qui dégustaient du champagne, une femme en longue robe blanche, arborant une coiffure sophistiquée composée de perles de cristal, le remplaça au pied de l'escalier. Des perles se balançaient près de ses joues, tombaient en cascades jusqu'à ses épaules, accrochant la lumière, tandis qu'elle faisait la révérence, saluée par des applaudissements enthousiastes. Alors qu'elle commençait à faire le tour de la salle, une voix cria :

— *Stupenda!*

La déesse de la Pluie, pensa Tom. Assis sur une chaise de cuir à l'orée de la foule, il la regarda passer. Il ne pouvait s'empêcher de deviner ce que représentaient les déguisements.

Au cours de ses vagabondages fébriles, Tom était finalement entré au Danieli pour se réchauffer un moment, et il était tombé sur cette présentation de costumes. Il portait toujours sa robe couverte de symboles alchimiques. Il les avait dessinés lui-même sur le tissu argenté, ce qui lui avait pris tout un après-midi. Le croissant de lune représentait l'argent, la pyramide tronquée l'air, le trapèze le sel. A nouveau, tout s'ouvrait devant lui. Comme en 68, il était près d'une découverte.

Il s'était déguisé en alchimiste parce qu'il était chercheur, il faisait des expériences, opérait des transformations. Les membres du groupe, avait-il songé, étaient la matière première de son expérimentation. Venise serait son creuset, le carnaval sa flamme sacrée. Il verrait son matériau porté à l'incandescence, fondre et se transmuter. Il souhaitait qu'il devienne le *lapis philosophorum*, la pierre philosophale, capable de changer le métal grossier en or. Capable de transformer le métal grossier de sa vie en or pur.

Il était au seuil d'une découverte, et c'était à lui d'en tirer parti. Des images se pressaient devant ses yeux : Brian avec l'Arlequin; la scène à l'hôtel du jeune homme la veille au soir; la Méduse flottant dans le canal, la femme dont le visage...

78

La femme dont le visage change les autres en pierre, fait des amis confiants des êtres solitaires.

Tom avait l'esprit en ébullition. Il fallait qu'il se calme, qu'il sache ce qu'il allait faire.

Il pensa à Olga. En 68, elle avait été avec lui, à ses côtés, emportée dans le même tourbillon. Curieux qu'elle ait changé ainsi : elle avait trouvé un travail, s'était faite au train-train de la vie ordinaire. Si on était sévère, on pouvait dire qu'elle avait trahi son idéal, ce que Tom, lui, ne ferait jamais. Il avait l'occasion, maintenant, de prouver que c'était lui qui avait choisi la bonne voie, après tout.

Un concert d'exclamations ramena son attention vers l'escalier. Au sommet se tenaient deux silhouettes au visage masqué d'un loup doré, éclairées par des projecteurs. Toutes deux étaient vêtues de larges robes à impression rouge et or, et coiffées de turbans. Elles descendirent avec majesté, leurs longues manches flottantes balayant les marches, leurs traînes serpentant derrière elles. Seule, la manière courtoise dont l'un des personnages offrait l'appui de sa main à l'autre indiquait à Tom qu'il s'agissait d'un homme et d'une femme.

Il lui suffisait de les regarder pour savoir qu'ils n'avaient pas à se soucier du métal grossier de leur vie, ni d'idéaux trahis. Un feu purificateur les avait débarrassés de leurs scories.

Ils atteignirent le pied de l'escalier et d'un même mouvement, saluèrent profondément la foule, puis se redressèrent et firent le tour de la salle. Comme ils passaient devant lui, Tom entendit le bruissement de leurs robes sur le tapis.

Il se leva brusquement et se fraya un chemin vers la rangée de téléphones qu'il avait vus dans un corridor. Il avait la poche pleine de jetons, à cause de tous les appels qu'il avait passés pour localiser les gens de la bande. Il en glissa un dans la fente, obtint l'opératrice, et demanda un numéro en PCV.

Olga parut surprise et heureuse de l'entendre, mais

79

un fois la communication établie, il ne savait plus quoi lui dire.

— Comment va Stéphane? demanda-t-il d'une voix qui lui parut artificielle.

— Bien. Il travaille. Stéphane! appela-t-elle. C'est ton père.

— Ce n'est pas la peine..., commença Tom.

Mais il y eut un raclement à l'autre bout du fil tandis qu'elle passait l'appareil à son fils.

— Allô, dit Stéphane.

— Salut! dit Tom. Je voulais juste t'appeler du carnaval.

Il attendit une réponse, mais comme aucune ne venait, il continua :

— C'est vraiment fantastique ici. Si tu voyais les costumes!

Il se creusa la tête pour penser à un déguisement qui pourrait intéresser le garçon, mais ne trouva rien. Il dit donc gauchement :

— Qu'est-ce que tu fais?

— Je travaille.

— Ah oui? A quoi?

— Je fais de l'histoire.

— Formidable. Écoute. J'aimerais bien que tu sois là pour voir le carnaval. C'est fantastique!

— Je te repasse maman.

Tom entendit de nouveau le raclement, puis Olga qui disait :

— Alors, tu t'amuses bien?

— Oh oui. C'est... fascinant. (Il eut une idée.) Laisse-moi te poser une question, Olga.

— Quoi?

— Imagine que tu doives choisir un déguisement qui représente ta vraie personnalité. Ce serait quoi?

Olga rit.

— Ma vraie personnalité? Sans doute une femme d'âge mûr, chercheuse à l'Institut Pasteur, qui vit à Montparnasse avec son mari et son fils...

– Non, tu triches. Tu sais ce que je veux dire.

Il la voyait presque réfléchir en pinçant les lèvres, l'entendait presque passer en revue des réponses, à la recherche de celle qui lui plairait. Finalement elle dit :

– Je crois que je me costumerais en tigre.

Surpris, il articula péniblement :

– En tigre ?

– C'est ce qui m'est venu à l'esprit. Tu vois, c'est l'idée d'être un chasseur. Je poursuis des choses, dans mon travail. Je traque des réponses, je veux dire. Ça paraît stupide... (Elle eut un petit rire, mais il sentait qu'elle parlait sérieusement.) J'imagine le tigre comme un animal silencieux, tenace, et indépendant.

Et sans pitié, féroce, aussi, pensa Tom.

– C'est idiot, je sais, poursuivit-elle. Si j'avais plus de temps pour réfléchir, je trouverais peut être une meilleure idée.

– Non, c'est intéressant.

– Et toi ? Que choisirais-tu ?

Il cligna des yeux.

– Je ne sais pas. Je n'y avais pas vraiment pensé.

Elle commença une phrase, mais il l'interrompit.

– Il vaut mieux que je raccroche. Je voulais juste donner de mes nouvelles.

Ils se dirent au revoir.

Sa main s'attarda sur le récepteur. Il pensait à Olga, le fauve agile, marchant à pas feutrés dans la jungle, tous les sens en alerte. Sans le savoir, il avait vécu avec un tigre.

Brian

Brian était entouré, soutenu par l'eau froide et croupissante du canal. Sa beauté troublante s'était dissoute à l'instant de sa mort. Quand on se noie, on souffre, mais lui ne sentait plus rien. Il regardait dans l'eau sombre, et ne voyait rien. Sa bouche et son nez étaient remplis de liquide, mais il n'avait plus de goût ni d'odorat. Il n'était qu'un débris flottant sur la marée de l'Adriatique.

Brian n'aurait pas dû être mort. Il aurait dû entendre des bruits de pas, une voix prononçant son nom. Brian avait aimé, ou cru aimer. Il avait suscité de l'amour, ou du moins des êtres avaient cru en ressentir pour lui. Maintenant qu'il était noyé, perdu, plus rien de tout cela ne comptait.

Il était lourd et glacé. La mort était la chose la plus froide, la plus lourde qu'il ait jamais eu à porter. Si l'eau salée ne l'avait pas étouffé, il aurait hurlé : « Quelle que soit votre peur de la mort, elle est encore trop faible. »

Peut-être y avait-il d'autres voix, d'autres bruits de pas, mais Brian ne les entendait pas. Il n'aurait pas dû être mort, et cependant il l'était. Seule demeurait une rage si intense, si brûlante, qu'elle aurait pu faire bouillir tous les canaux de Venise, noircir toutes les statues, toutes les mosaïques, toutes les coupoles.

A Venise, un jongleur jetait très haut des balles scintillantes devant une foule ébahie. Des chats errants tapis sous un banc dévoraient un reste de pâtes dans une assiette. Dans une cuisine, un bébé aux jambes potelées, assis sur sa chaise haute, jetait sa cuillère. Le canal où Brian avait flotté était vide. Il était parcouru de petites rides soulevées par le vent.

Le bal des Vauriens

Il pleuvait à Tallahassee : une chaude pluie tropicale. De l'eau glissait sur les larges feuilles du magnolia, mouillait ses fleurs à la blancheur lumineuse. Une petite fille s'abritait sous le buisson de jasmin fleuri. A l'intérieur de la maison, celle de sa grand-mère, on parlait fort, on riait. Il y avait de la musique. Elle entendit un bruit de vaisselle brisée. La porcelaine de sa grand-mère! Celle-ci avait une assiette que la petite fille aimait, décorée de pensées et bordée d'un filet d'or. Ils l'avaient cassée. Désespérée, l'enfant s'allongea sur le sol.

Sally se réveilla en gémissant. Elle resta immobile un moment, puis s'assit, submergée de tristesse de ne pas être à Tallahassee.

Les bruits, les conversations et la musique qui avaient envahi son rêve étaient vrais et proches. Elle était dans une chambre obscure, dans un lit confortable. La lumière qui passait par les montants de la porte éclairait faiblement une grande coiffeuse surmontée d'un miroir à trois faces, une cheminée, de lourds rideaux, quelques rectangles sombres sur les murs, des tableaux sans doute.

Elle était dans la maison de Michele, l'Arlequin. Brian était mort, et elle l'avait laissé flotter dans un canal, elle l'avait abandonné en s'enfuyant avec l'Arlequin. Cette idée était si saugrenue qu'elle l'accueillait avec un vague étonnement, comme si on lui avait cité une statistique invraisemblable, mais irréfutable.

Elle portait toujours son collant de danseuse, mais son enveloppe de gaze et ses gants avaient disparu. Oui, l'Arlequin lui avait enlevé ses gants, un bout de papier en était tombé. Elle se souvenait : un message, accompagné d'un plan. *Le jeu est fini. Venez me voir tout de suite.* Elle ne connaissait pas l'écriture.

Sally ne s'était jamais sentie si désorientée, si seule. Elle se recroquevilla dans le lit et pressa les poings sur ses yeux.

Au bout d'un moment, elle se sentit capable de bouger. Elle se laissa glisser en bas du lit et erra dans la chambre. Une porte ouvrait sur une petite pièce de rangement, et dans l'obscurité elle perçut un léger parfum, très doux, de magnolia peut-être, qui imprégnait les vêtements.

Une autre porte donnait sur une salle de bains. Elle trouva un interrupteur, et fut éblouie quand la lumière crue éclaira le carrelage et les chromes. Elle utilisa les toilettes, puis se lava les mains et s'éclaboussa le visage d'eau. Elle se regarda dans la glace : elle était si pâle que même ses taches de rousseur paraissaient décolorées.

De retour dans la chambre, elle chercha ses ballerines sous le lit, sans les trouver. Elle prit une brosse en argent sur la coiffeuse et se la passa dans les cheveux.

La porte n'était pas fermée à clé. Elle ouvrait sur un couloir faiblement éclairé, aux murs tendus de soie bayadère. Suivant la musique, elle arriva bientôt dans une salle à manger.

Illuminée par un lustre fait d'énormes fleurs de verre, une table couverte des restes d'un buffet occupait le centre de la pièce. Elle était jonchée d'assiettes où on avait écrasé des mégots, de coupes de champagne oubliées, à demi pleines, de serviettes froissées tachées de rouge à lèvres. La gelée fondait dans les plats. Un grand chat gris, perché au milieu de ce désordre, léchait quelque chose avec soin. Quand il vit Sally, il sauta et fila.

Prudemment, elle contourna la table. De l'autre côté de la pièce s'élevaient de hautes portes-fenêtres drapées de rideaux de tulle festonné. Elle en écarta un et regarda dehors. Le Grand canal brillait d'un éclat sombre. Une station de vaporetto déserte était éclairée d'une lumière bleutée. Un canot à moteur passa en ronronnant, et elle aperçut brièvement ses occupants. Il devait être très tard.

La musique et le bruit provenaient de la pièce suivante. La porte était entrouverte. Sally s'en approcha et jeta un coup d'œil à l'intérieur.

Elle vit une longue salle étroite et enfumée, pleine de personnages déguisés dont beaucoup dansaient un tango sensuel joué par un petit orchestre. Deux hommes en costumes cintrés et chapeaux mous glissaient sur le parquet ciré. Une grande femme blonde en armure couleur de cuivre, une cravache repliée dans une main et un verre de champagne dans l'autre, se balançait toute seule.

L'Arlequin dansait avec une toute petite femme aux cheveux blancs revêtue de dentelle crème, les yeux cachés par un masque rouge. Le couple évoluait avec grâce et abandon.

84

A un moment, l'Arlequin fit un faux pas, et Sally comprit que c'était parce qu'il l'avait vue. Il se reprit et fit virevolter la femme en dentelle pour ponctuer élégamment la danse. Se penchant, il baisa la main de sa partenaire, et traversa la pièce en direction de Sally.

— Ainsi, vous êtes réveillée, dit-il en se glissant dans la salle à manger.

— Oui.

— Bienvenue au bal des Vauriens. Bien que, franchement, je ne crois pas que vous ayez les qualités requises pour y assister. Seuls sont admis ceux qui peuvent prouver qu'ils sont des gredins. Le Tout-Venise rivalise pour être invité. Imaginez ce que j'entends!

Sally se demanda ce que la dame à cheveux blancs avait fait pour mériter ce privilège. L'Arlequin avait-il oublié ce qui était arrivé à Brian?

Il n'en était rien, car il ajouta :

— Je suis profondément désolé de la mort de votre mari.

— Eh bien, je...

— Les festivités de ce soir ne sont pas de mise, mais il était trop tard pour les annuler. Veuillez m'en excuser.

— Ça ne fait rien, mais...

— Vous êtes très compréhensive.

Il la prit fermement par le coude et la reconduisit à la chambre. Elle le suivit docilement, mais une fois dans la pièce, elle lui dit :

— Écoutez, il faut que je m'en aille.

— Certainement pas. Il ne faut pas que vous partiez.

— Je dois partir. Brian...

— Les autorités ont été averties de la tragédie, et elles savent exactement où vous êtes.

Il se pencha vers une pendule de porcelaine qui était sur la cheminée.

— Il est un peu plus de quatre heures du matin. Vous ne pouvez rien faire maintenant, n'est-ce pas?

L'Arlequin s'assit sur une banquette devant la coif-

feuse et joua avec la brosse en argent. Il se reflétait à
l'infini dans le miroir à trois faces.

– Qu'est-il arrivé à Brian? demanda-t-elle.

– La police, comme je vous l'ai dit, a été avertie. Les
inspecteurs veulent vous parler demain matin. Ils pourront
peut-être répondre à votre question.

– Il avait peur, dit Sally en serrant les mains.

– Oui.

L'Arlequin ne paraissait pas surpris, mais il était difficile de savoir ce qu'il pensait.

– Pourquoi n'enlevez-vous pas votre masque?
demanda-t-elle.

– Je le ferais, et volontiers, dit-il en hochant la tête.
Mais le moment n'est pas encore venu. En fait...

Il se leva et se dirigea vers la penderie.

– Je dois vous demander encore une faveur. Je voudrais que vous-même vous mettiez un masque. Pas celui
que vous aviez tout à l'heure, mais un autre.

Il entra dans la penderie et elle entendit sa voix
assourdie :

– J'ai demandé à Maria... Ah, la voilà.

Il apparut avec un cintre auquel était pendue une
robe. Le corsage en était noir, les manches blanches, volu-
mineuses, resserrées aux poignets. La jupe était une masse
de volants blancs bordés de noir. Il la jeta sur le lit en
disant :

– Il y avait autre chose. Attendez.

Après une nouvelle incursion dans le placard, il en
sortit un châle à franges et un sombrero. Il les posa près
de la robe.

– Antonia s'est déguisée en Espagnole l'année dernière. Vous êtes pratiquement de la même taille. Je crois
que tout ceci vous ira. Vous avez les pieds plus grands,
mais Maria a des chaussures qui devraient vous aller. Il
n'y en a pas pour longtemps, après tout. Elle vous appor-
tera les chaussures et un masque.

Sally le regarda.

– Vous voulez que je mette ces habits?

– Oui. A l'aube, c'est-à-dire très bientôt, nous irons à Torcello, une île de l'autre côté de la lagune, prendre le petit déjeuner. Je veux que vous veniez.

– Pourquoi?

– Vous vous rendez certainement compte qu'il y a du danger. Je veux pouvoir vous surveiller.

Après un long silence, Sally demanda :

– Qui est Antonia?

– Ma femme.

– Ça ne la gêne pas que j'utilise sa chambre?

– Elle l'utilise rarement elle-même. Elle passe presque tout son temps à Milan.

Sally ne dit rien.

– Je vais demander à Maria de vous apporter aussi des fleurs pour vos cheveux, ajouta-t-il.

Puis il ouvrit la porte et disparut.

La señorita

Je suis sûrement devenue folle, pensa Sally. Elle était assise devant la coiffeuse, en costume d'Espagnole. Après avoir pris une douche, elle s'était lavé les cheveux avec le shampooing d'Antonia et les avait séchés. Antonia devait tout posséder en double à Milan. Sally avait mis des dessous de soie beige et des bas appartenant à l'Italienne. Ses épingles à cheveux, que Sally avait trouvées dans une boîte d'onyx sur la coiffeuse, fixaient le chignon qu'elle s'était noué au sommet de la tête. Seuls les escarpins vernis, un peu craquelés, étaient à Maria, la gouvernante.

Sally avait ouvert le tiroir et trouvé le maquillage d'Antonia, un assortiment de rouges à lèvres, de pinceaux, d'eye-liners, d'ombres à paupières, de roses à joue, de fonds de teint, de poudres et de houppettes. Se disant que les Espagnoles sont censées avoir les yeux noirs et les joues vermeilles, elle avait procédé à des essais. Maintenant, le miroir lui renvoyait l'image d'une femme aux yeux soulignés d'un trait sombre, aux paupières couleur bronze, aux lèvres écarlates et aux joues roses. Sa propre mère ne l'aurait pas reconnue.

« Laisse-moi t'expliquer, maman, dit-elle à sa mère, qui, assise à la table de la cuisine, avait enlevé ses chaussures pour corriger des devoirs. Brian est tombé amoureux d'un homme – oui, d'un homme – dès que nous sommes arrivés à Paris. On s'est retrouvés à Venise, déguisés. Et puis, maman, Brian est mort. Que s'est-il passé? Je ne sais pas. L'ennui, c'est que je suis en quelque sorte retenue prisonnière par un Arlequin. Il prétend qu'il y a du danger, alors il veut que je mette un costume d'Espagnole, et que je vienne en bateau avec lui prendre le petit déjeuner en compagnie d'un tas de gens saouls comme des grives. »

Sally attendit. Sa mère posa son stylo rouge, et, au bout d'un moment, prononça : « Doux Jésus, Sally! »

Doux Jésus!

Des bruits de voix s'élevèrent dans le corridor. Sally glissa à son oreille les petites roses couleur thé que Maria lui avait apportées, et les fixa avec des épingles. Puis elle posa le chapeau sur son chignon et passa la cordelette sous son menton. Enfin, elle attacha son masque doré, bordé d'une dentelle noire qui lui couvrait le bas du visage.

Elle était transformée en señorita. Une belle et mystérieuse señorita. Elle joignit les mains sur les doux volants de sa jupe. « C'est moi, maman. »

On frappa légèrement à la porte, et l'Arlequin parut.

– Très bien, très bien! dit-il. Venez. N'oubliez pas votre châle. Il fera froid sur l'eau.

Elle se drapa dans le tissu rouge vif, et le suivit dans le corridor, où se pressaient les invités costumés et masqués. Quand elle fit son apparition, une femme aux ailes vertes transparentes se précipita vers elle en s'écriant :

– Antonia! *Cara!*

Michele l'arrêta d'un geste, fit un signe de dénégation, et lui dit quelques mots en italien. La femme mit une main devant sa bouche, émit un rire haut perché, et dit à Sally :

– Scousez-moi, je vous prrrie!

Puis elle disparut dans la foule.

Michele se pencha vers Sally :

— Je lui ai dit que vous étiez une amie d'Amérique, en visite pour le carnaval. Personne n'en demandera davantage.

Les invités se répandaient dans le couloir. Ils avaient manifestement passé la nuit debout, mais aucun ne paraissait fatigué. Ils riaient, fumaient, bavardaient avec animation. Sally suivit le mouvement, Michele sur ses pas.

Tandis qu'ils descendaient l'escalier, Sally repensa à une phrase qui lui était venue à l'esprit pendant qu'elle s'habillait. « Il y a du danger », avait dit l'Arlequin. Peut-être avait-il raison, mais comment être sûre que le danger ne venait pas de lui? Elle ignorait qui il était, et si elle pouvait lui faire confiance. Tout bien pesé, elle ferait mieux de s'esquiver. Elle y parviendrait peut-être quand ils seraient en bas. Il pouvait difficilement la forcer à la suivre devant toute cette assistance. Elle remua les orteils. Les chaussures de Maria étaient un peu grandes, mais elle pouvait courir. Elle courrait... eh bien, elle courrait jusqu'au poste de police le plus proche. Comment disait-on police en italien? Polizia. Dès qu'elle verrait Polizia, elle entrerait et dirait aux policiers — à condition qu'ils parlent anglais — elle leur dirait...

Ils arrivèrent dans la salle du rez-de-chaussée aux dalles disposées en damier. Les portes donnant sur le canal étaient grandes ouvertes, laissant pénétrer une odeur d'humidité, ainsi que le froid matinal. L'eau lapait l'extérieur des murs, tourbillonnait autour des poteaux de bois servant à amarrer les bateaux.

Les gens grimpaient dans les canots à moteur arrêtés devant les marches. Quelqu'un appela Michele, et il porta son attention sur un homme en costume de vampire.

C'était le moment! Elle pourrait sans doute sortir par l'autre porte, celle qui donnait sur le jardin. Elle fit un pas en arrière, les yeux fixés sur Michele et les invités qui se rassemblaient pour embarquer. Elle reculerait encore, lentement, puis ferait demi-tour et se sauverait à toutes jambes. Michele tapait amicalement sur le bras du vampire.

A l'instant où Sally allait tourner les talons, elle vit Francine. C'était elle, sûrement, vêtue d'un costume d'homme tout fripé, avec une cravate. Elle reconnaissait parfaitement les cheveux frisés de la jeune fille, ainsi que la manière nonchalante dont celle-ci s'appuyait, les bras croisés, contre le mur. Son loup noir ne cachait pas le bas de son visage, aussi il n'y avait aucun doute. Aussitôt que Sally l'eut reconnue, quelqu'un dans la foule fit un signe à Francine, qui se dirigea vers la porte ouverte. Sally vit le sommet de sa tête disparaître dans un bateau. Quelques secondes plus tard, l'embarcation avait démarré.

Sally resta immobile, se demandant ce que Francine faisait là, s'il y avait un lien entre elle et l'Arlequin, si elle savait ce qui était arrivé à Brian.

— Sally! Nous prendrons le suivant.

Michele était à côté d'elle et lui prenait le bras. Elle franchit la porte avec lui dans l'air frais du matin, et ils descendirent les marches glissantes vers le bateau qui attendait.

Torcello

Sally se tenait sous une tonnelle couverte d'une vigne noueuse, dépourvue de feuilles. Les tables à tréteaux avaient été repoussées d'un côté de la terrasse carrelée de rouge, et des chaises s'empilaient. Devant la tonnelle s'étendait une pelouse desséchée bordée de plates-bandes vides. Une tour carrée en briques s'élevait un peu plus loin.

— Torcello était prospère avant l'avènement de Venise, lui avait dit Michele tandis que les bateaux suivaient un canal aux berges envahies de mauvaises herbes, entre des champs paisibles et de rares maisons délabrées.

90

— Il y avait une cathédrale ici avant que la République de Venise voie seulement le jour. Et maintenant...

Il montra d'un geste la scène bucolique. Un vol d'oiseaux s'éleva au-dessus des hautes herbes couvertes de rosée.

Un vent froid jouait sous la treille, balançant les rameaux de vigne et faisant palpiter les volants de sa robe. Une odeur de café lui parvenait de l'auberge, et par une fenêtre elle voyait des flammes dans la cheminée de la grande pièce rustique au plafond bas. La lueur du feu jouait sur les poutres, les cafetières d'argent, les plateaux de pâtisseries. Quelques personnes étaient comme elle dehors dans le froid. Elles erraient sans but, en silence. Leurs longues capes, les plumes de leurs chapeaux, leurs collerettes avaient perdu leur panache. A l'intérieur, les conversations étaient moins exubérantes. La demi-heure de trajet en bateau dans la lumière argentée qui précède l'aube avait dégrisé tout le monde. On avait laissé Venise derrière soi, comme une ville flottante dans un conte de fées. L'humeur avait changé avec le lieu, et il était clair que le bal des Vauriens allait bientôt prendre fin.

Sally voyait Francine à l'intérieur de l'auberge. Assise sur un canapé, elle buvait du café en mangeant un croissant. Près d'elle, jouant avec une grappe de raisins noirs, se tenait la femme blonde que Sally avait aperçue dans la salle de bal – l'Amazone en armure. La femme prit un grain de raisin et l'offrit à Francine. Celle-ci hocha la tête, et l'Amazone lui mit le grain de raisin dans la bouche. Sally crut voir ses doigts s'attarder sur les lèvres de la jeune fille.

Puis Francine se leva et se dirigea vers la table où étaient les cafetières. Sally ouvrit la porte et entra.

Francine versait du café et du lait chaud. Sally s'approcha de la table et prit une tasse. Se tournant vers Francine, elle lui dit :

— Bonjour!

Francine la regarda en face. Sally lut dans ses yeux rougis par la fatigue qu'elle ne la reconnaissait pas.

– Bonjour, répondit-elle.

– Je peux en avoir aussi? demanda Sally en tendant sa tasse.

– Bien sûr.

Tandis que Francine lui prenait la tasse et la remplissait, Sally se sentit envahie d'un sentiment de puissance. Francine ne la reconnaissait pas : elle ne se doutait pas que la belle étrangère cachée derrière ce masque était Sally. Celle-ci savait qui était Francine, mais pas l'inverse. Pour une fois, c'était Sally qui tenait les rênes.

Elle prit une voix aussi basse que possible et fit un effort pour effacer son accent du sud.

– Êtes-vous une amie de Michele? demanda-t-elle en reprenant la tasse des mains de Francine.

– Le comte Zanon? Je le connais vaguement.

Sally fut surprise. Un comte? Son regard fit le tour de la salle, et elle vit Michele dans un coin, entouré, comme d'habitude, de plusieurs personnes. L'Arlequin faisait partie de la noblesse? Elle était impressionnée.

– Vous êtes une de ses amies? demandait Francine.

– Oui.

Sally but une gorgée sans trop soulever la dentelle de son masque. Voilà une occasion de découvrir ce que Francine faisait là, si elle savait quelque chose à propos de Brian.

– Qu'est-ce qui vous a amenée au carnaval? lui demanda-t-elle en la regardant avec attention.

Francine, hésita, puis lui répondit :

– Je suis venue avec des amis.

Sally jeta un coup d'œil autour d'elle.

– Ils sont là aussi?

– Non. (Francine prit un air abattu.) Finalement nous... nous avons été séparés.

– Vous ne savez pas où ils sont?

Sally faisait des efforts pour parler d'une voix grave, et sans accent.

– Pas vraiment, répondit Francine, légèrement sur ses gardes.

Sally sentit qu'elle était allée trop loin, mais elle voulait savoir ce que dirait l'autre.

– Mais comment...

L'Amazone apparut aux côtés de Francine et posa une main possessive sur son bras. A ce moment, une cuillère tinta sur un verre, et on entendit des chuts. Sally, se retournant, vit que Michele était monté sur un banc et réclamait l'attention. Avant que le silence fût complet, quelqu'un cria bravo et des applaudissements éclatèrent.

Michele passa du banc sur une table, et de là, sautant, il attrapa l'une des poutres de la charpente. Tandis que les applaudissements redoublaient et que des rires s'élevaient, il se hissa sur la poutre et s'y installa à califourchon. Il fit semblant de la chevaucher, et au bout d'une minute, d'avoir attrapé une écharde à un endroit mal placé. Poursuivant sa pantomime, il l'extirpa laborieusement, puis se la planta dans le doigt.

Finalement, il s'allongea de tout son long, mit son chapeau sur ses yeux, et resta immobile. Ses légers ronflements se mêlaient aux rires de la foule. Une main glissa de sa poitrine et vint pendre dans le vide, suivie de la jambe du côté opposé. L'assistance se mit à scander une phrase, et Sally entendit l'Amazone chuchoter à Francine :

– Ils essaient de le réveiller.

Michele laissa pendre son autre main, puis son autre jambe. Le public criait en cadence. Sally se rendit compte que ses mains étaient pressées sur sa poitrine, et qu'elle riait avec les autres.

En fin de compte, l'Arlequin remua. Il souleva la tête, d'abord lentement, puis plus vite. Son chapeau tomba, et aux cris de l'assistance, il roula de la poutre, se rattrapant à la dernière seconde, battant des jambes pour simuler la panique. La foule hurlait de joie. Il grimpa à nouveau sur la poutre, se rétablit et se mit debout. Enfin il salua sous les acclamations. Sally entendit Francine crier bravo à côté d'elle.

Quand le bruit se fut tu, l'Arlequin fit une courte allocution. Il y eut encore des applaudissements, et un mouvement général dans la salle. L'Amazone dit à Sally et à Francine :

— Vous n'avez pas compris? Il dit que l'aube est arrivée, le soleil est levé, et qu'il est temps d'enlever les masques.

Bas les masques

Sally eut un moment d'inquiétude. Elle allait s'exposer à être reconnue par Francine. Celle-ci saurait qu'elle était allée à une soirée, déguisée en Espagnole, au lieu de...

Elle n'avait pas besoin de se faire de souci. L'Amazone n'avait qu'une idée : soustraire Francine à la compagnie de Sally. Elle lui fit un bref signe de tête en entraînant la jeune Française, tandis que chacun ôtait son masque en bavardant et en poussant des exclamations. En les regardant s'éloigner, Sally se souvint qu'elle s'était généreusement servie du maquillage d'Antonia. De loin, il y avait toutes les chances pour que Francine ne la reconnaisse pas, même sans son masque.

Michele était descendu de la poutre et il était debout sur la table. Sally le regarda défaire son masque d'Arlequin. Le visage noir aux traits lourds et sensuels disparut et pour la première fois elle le vit tel qu'il était.

Elle fut consternée. S'étant habituée aux traits de l'Arlequin, elle s'était attendue à ce que Michele lui ressemble. Démasqué, il paraissait pâle, fatigué, comme rétréci. La quarantaine environ, il avait un visage mince, au nez étroit, aux yeux marron plutôt petits. La coupe de ses cheveux châtains, raides, était très soignée. Il était difficile de croire que c'était le même homme qui, un moment auparavant, avait captivé l'assemblée par ses clowneries acrobatiques. Maintenant, on le remarquait à peine. Sally eut le sentiment pénible, bien qu'irrationnel, d'avoir subi une perte. Elle en était presque irritée.

Elle se débarrassa de son propre masque et parcourut

la pièce du regard. Francine était de l'autre côté, cillant d'un air hébété. Sa compagne, l'Amazone, avait des poches sous les yeux, et paraissait plus âgée, et moins redoutable. Les autres, si mystérieux, si fascinants, comme sortis d'un rêve quelques minutes plus tôt, étaient à présent réduits à leurs dimensions véritables.

Michele s'approcha. Elle était presque gênée de le regarder, car elle avait peur de laisser paraître sa déception.

— Et maintenant, les vauriens rentrent se coucher, dit-il.

— Vous donnez une soirée comme celle-ci tous les ans?

— Depuis que le carnaval a été réinstauré. Beaucoup de Vénitiens prétendent détester le carnaval, son bruit, sa foule, sa confusion. Ils ferment leur maison et s'en vont en attendant que ce soit fini. Mais moi, j'aime tout cela, c'est pourquoi j'organise le bal des Vauriens.

Il s'éloigna pour prendre congé de ses invités. Sally s'assit sur le canapé devant le feu moribond et passa les doigts dans les franges de son châle.

Les gens criaient « ciao ». La pièce sentait la fumée. Dehors, les bateaux démarraient. Elle se sentait abandonnée, épuisée, pleine d'appréhension. Tant qu'on avait porté des masques, rien n'avait paru réel. Maintenant, elle n'était plus un cadavre, ni une señorita, mais une fille de Tallahassee en proie à de graves ennuis très loin de chez elle.

Elle entendit la porte se fermer. Michele vint s'asseoir sur le bras du canapé.

— On peut enfin parler, dit-il vivement. D'abord, je veux que vous sachiez que je ferai de mon mieux pour vous protéger.

— Me protéger? demanda-t-elle en fronçant les sourcils.

— La loi ne reconnaît que sa propre conception de la justice. Mais nous savons, n'est-ce pas, qu'il y a aussi une justice du cœur?

Sally regarda Michele. Son visage banal respirait la sincérité.

— Du quoi? fit-elle.

Il se pencha vers elle.

— Je vous ai dit que je vous aiderai. Mais nous devons nous mettre d'accord sur ce que nous dirons à la police.

Elle se dit qu'elle avait dû perdre le fil de la conversation.

— On ne peut rien vous reprocher, poursuivit-il. Aucune personne intelligente, sensible, ne pourrait vous faire de reproches.

Des reproches? Sally croyait comprendre. Il devait parler de la façon dont elle s'était déguisée et s'était rendue à une soirée après la mort de Brian.

— Je n'aurais pas dû faire ça. Je regrette, murmura-t-elle.

Les yeux de Michele étaient très brillants.

— Personne, à part nous deux, n'a besoin de savoir.

Sally préférait qu'il n'en parle pas à la police. C'est vrai que ce qu'elle avait fait paraissait dénoter un manque de cœur. Elle-même ne comprenait pas. Puis elle songea à un détail.

— Francine m'a vue. Elle ne m'a pas reconnue, mais elle pourrait le faire si elle y repense plus tard.

— Francine vous a vue?

Elle remarqua qu'il ne disait pas : « Qui est Francine? »

— Oui. Nous avons un peu parlé.

Michele eut l'air ennuyé.

— Ça complique tout. Si Francine était aussi au rio della Madonna, si elle vous a vue et vous a parlé, comment savoir ce qu'elle dira à la police?

— Le rio della Madonna? répéta lentement Sally.

— Là où je vous ai trouvée. Où Brian...

Sally secoua la tête avec véhémence.

— Non, je veux dire qu'elle était ici. Elle a assisté à votre soirée.

— Vraiment?

Michele se tut un moment, puis il dit :

— Alors il n'y a pas eu d'autre témoin. Bien. Personne ne peut réfuter votre histoire, ou plutôt la nôtre.

Sally se sentait trop épuisée pour comprendre de quoi il parlait, mais elle savait que c'était important.

— Que voulez-vous dire? demanda-t-elle.

Michele se leva, et tourna le dos à la cheminée. Derrière lui, des braises jetaient une dernière lueur avant de mourir.

— Vous aviez toutes les raisons d'agir comme vous l'avez fait, dit-il doucement. Brian vous traitait de façon abominable. Il le reconnaissait lui-même. Ça devait être insupportable pour vous.

Des larmes remplirent les yeux de Sally.

— Oh oui! s'écria-t-elle. C'était terrible, vraiment terrible.

A sa grande honte, elle se mit à sangloter. Elle hoquetait, le visage inondé de larmes. Michele fut à côté d'elle. Il s'agenouilla, lui tamponna les joues avec une serviette blanche. Sally vit des traînées de mascara sur le tissu.

— Et finalement vous n'avez pas pu le supporter, murmura-t-il. Vous n'avez pas pu le supporter, et vous avez saisi l'occasion de vous libérer.

Les sanglots de Sally s'arrêtèrent brusquement.

— J'ai quoi? articula-t-elle.

— Vous avez saisi l'occasion...

Elle agitait la tête de droite à gauche, horrifiée.

— Non! Non! Ce n'est pas vrai!

Michele s'assit sur ses talons, l'air perplexe.

— Pourquoi niez-vous, Sally? Je vous ai dit que je comprenais, et que je vous aiderai.

Sally était incapable de parler. Elle avala sa salive avec un bruit étranglé.

— Oh! fit-elle au bout d'un moment.

Michele se leva et lui tendit la serviette.

— Vous sentez-vous mieux maintenant?

— Écoutez. Je vous ai parlé de l'homme-miroir.

Elle avait du mal à contrôler sa voix.

— Brian était dans l'eau quand je suis arrivée là-bas, et cet homme-miroir était penché sur lui.

— Si seulement je l'avais vu aussi! dit Michele avec

regret. Mais en fait, je n'ai vu que vous, penchée sur Brian. Et quand vous dites que ce n'était pas bien, que vous pleurez, et que vous me déclarez que votre situation était insupportable, que... (Il écarta les mains.) Que dois-je penser?

Ça doit être comme ça quand on se noie, pensa Sally. Elle dit :

— Le miroir. Le miroir brisé au bout du manche. Il était là. Vous l'avez vu?

— Oui, je l'ai vu, répondit-il en haussant les épaules. Mais pouvez-vous prouver que vous ne l'avez pas apporté vous-même?

Il la dominait de toute sa taille et lui paraissait gigantesque. Levant les yeux vers lui, elle remua les lèvres, mais aucun son n'en sortit.

L'instant d'après, il se penchait vers elle et l'entourait de ses bras.

— Ma pauvre, ma chère Sally, lui dit-il. Je suis désolé, mais je dois vous demander d'être prudente, très prudente.

Sally, engourdie, sentait à peine son étreinte.

— Je n'ai pas tué Brian, dit-elle.

— Non, non, non.

Il aurait utilisé le même ton avec un enfant difficile, mais chéri. Il resserra son châle autour de ses épaules.

— Le bateau est là, dit-il. Venez. Venez.

Francine et Ursula

Affalée à l'arrière du bateau, le bruit irritant du moteur résonnant dans ses oreilles, Francine regardait Ursula, l'Amazone, avec un sentiment proche de l'aversion. Ursula avait mis des lunettes de soleil, et passé un manteau de fourrure sur son armure. Ses cheveux volaient au vent, et elle souriait à Francine avec une expression d'adoration.

C'était grâce à elle, il est vrai, que Francine avait pu

CARTE POSTALE

LIANA LEVI
ÉDITIONS
31, rue de l'Abbé Grégoire
75006 Paris

Si vous désirez être tenu régulièrement au courant de la sortie de nos publications, nous vous demandons de bien vouloir remplir ce questionnaire et de nous le retourner.

Nom .... Prénom...........................

Adresse ....

Profession .... Age ....

Titre de l'ouvrage dans lequel était insérée cette carte

....

Nom et adresse du libraire où vous l'avez acheté ....

....

....

Avez-vous une suggestion à nous faire? ....

....

....

....

....

A .... le .... 19......

disparaître quand elle en avait eu besoin, mais maintenant le danger était moins immédiat. Ses prochaines démarches seraient délicates, et elle ne voulait pas être gênée par Ursula.

Francine s'était aperçue très vite qu'Ursula se moquait pas mal des grandes idées. En fait d'idées, elle avait demandé quelques heures plut tôt à Francine de revêtir une longue chemise de nuit blanche à col montant, brosser ses cheveux pour qu'ils flottent sur ses épaules, et se coucher dans un petit lit surmonté d'un crucifix. Ensuite, elle avait dû faire semblant d'ignorer ce qu'Ursula souhaitait quand elle s'était introduite dans la chambre.

Grâce à Francine, Ursula s'était beaucoup amusée. Au plus fort de leurs ébats, elle l'avait appelée Sylvia d'une voix haletante, tout en écrasant furtivement quelques larmes. Tout cela n'avait pas beaucoup dérangé Francine. En matière de sexualité, son expérience était vaste, et elle n'avait pas de préjugés. Une seule chose la passionnait vraiment : l'intellect. Le physique l'ennuyait en définitive, aussi avait-elle été contente quand Ursula avait annoncé qu'il était l'heure d'aller au bal masqué du comte Zanon.

Elle voulait que Francine change de déguisement, pour qu'elles puissent s'y rendre habillées toutes les deux en religieuses, mais Francine avait refusé de quitter son costume. Elle accepta seulement qu'Ursula lui donne un masque.

Elles se préparèrent. Pendant qu'Ursula, assise devant une glace éclairée, se passait de la lotion sur la peau, Francine fumait.

— Sartre prétend que lorsqu'un autre nous regarde nous devenons des objets, dit-elle.

— Hmf.

Ursula se massait le cou avec la lotion. Après un silence, elle ajouta :

— Intéressant!

— Oui, c'est intéressant. Et quel mythe classique ça te rappelle?

Ursula prit la cigarette de Francine et en tira une

longue bouffée. Elle souffla sur son image dans le miroir, et la fumée revint vers elle en volutes.

— Un mythe classique? Mon Dieu, *cara*, tu sais depuis combien de temps j'ai quitté l'école?

— Cette idée... de devenir un objet figé quand un autre vous regarde, est-ce que ça n'évoque pas le mythe de la Méduse, dont le regard changeait les autres en pierre?

— Ah oui. Bien sûr.

Ursula cherchait manifestement à lui plaire.

— Oui, bien sûr, dit Francine en se penchant. Alors, ne peut-on pas dire...

Ursula se regardait, détachant d'un ongle verni un bout de peau qui pelait sur le côté de son nez.

— *Cara mia*, pourquoi te soucier de choses déplaisantes, comme la Méduse? Ce qui compte, ce n'est pas la tête, mais le cœur. (Elle posa une main sur le sien.) Le cœur, ma chérie.

Il n'y avait rien à tirer d'Ursula. Pendant toute la soirée, elle avait surveillé Francine de près. Quand la jeune fille avait refusé de danser, elle avait fait la moue et dansé toute seule, mais sans la quitter des yeux. En définitive, Francine s'était médiocrement amusée.

Ursula se penchait pour crier quelque chose dans l'oreille de Francine par-dessus le bruit du moteur.

— La femme en costume espagnol? La señorita! Qui était-ce?

— Je ne sais pas, lui cria Francine en retour.

— Non? D'après la manière dont vous vous parliez, j'avais l'impression que tu la connaissais.

Francine fit signe que non, et Ursula s'adossa à la banquette, mais la question fit réfléchir Francine. C'était vrai que cette señorita lui avait paru familière. Elle avait d'ailleurs été bien curieuse, lui semblait-il. Elle avait demandé ce qui était arrivé aux amis de Francine, comment elle les avait perdus. C'était si typiquement américain de poser des questions personnelles, comme si on avait le droit de tout savoir. Francine l'avait remarqué à plusieurs reprises chez Brian et Sally...

Elle se redressa et grimaça dans l'air vif. L'Espagnole lui avait rappelé Sally, ce qui était complètement ridicule. Elle n'avait pas vu son visage de près, elle l'avait seulement aperçu de loin quand tout le monde s'était démasqué, mais la fille était beaucoup plus belle que Sally. Sa voix... elle n'avait aucun souvenir précis de la voix de Sally. D'ailleurs, celle-ci n'aurait jamais eu le courage de porter pareil déguisement, avec un tel aplomb. Qu'avait-elle dit, d'un ton négligent? « Êtes-vous une amie de Michele? » La pauvre Sally n'aurait jamais parlé avec une telle familiarité d'un comte vénitien. Si poser des questions indiscrètes était typiquement américain, être impressionné par les titres l'était davantage. Cette señorita, même si elle était américaine, était bien plus femme du monde que Sally.

Le bateau était arrivé à Venise, et passait lentement devant les lions de pierre qui gardent l'Arsenal. Quelques passants marchaient rapidement, leur souffle formant un petit nuage blanc.

Elles pouvaient parler normalement à présent.

– Où s'arrête le bateau? A San Marco? demanda Francine.

– Pas du tout. Je vais nous faire déposer directement à ma porte.

Francine secoua la tête.

– Je ne vais pas chez toi maintenant.

Les coins de la bouche d'Ursula s'abaissèrent.

– Mais bien sûr que si! Tu es terriblement fatiguée. Il faut que tu dormes.

– Oui. C'est pour ça qu'il faut que je rentre à ma pensione.

Ursula prit le bras de Francine.

– Tu reviendras plus tard? Pour le déjeuner? Le thé?

– Oui, tout à l'heure.

Ursula lâcha Francine, mais continua à la regarder d'un air suppliant.

– *Cara*, dit-elle.

– Je viendrai plus tard.

— Comment s'appelle ta pensione? Tu ne me l'as pas dit.

Francine hésita. Elle se souvint d'un nom, qu'elle avait vu quelque part.

— Albergo Lorenzo.

— Lorenzo, répéta Ursula en s'attardant mélancoliquement sur chaque syllabe. Je t'attendrai avec impatience.

Après avoir quitté Ursula, Francine traversa la piazza presque déserte. Des balayeurs enlevaient les boîtes de bière, les bouteilles, les confettis, le verre brisé, tous les déchets qui encombraient le pavé. Deux personnages travestis passèrent, une sorcière ébouriffée et un clown chauve, main dans la main, têtes rapprochées.

Elle suivit les rues froides et tranquilles, traversa des places avec leurs estrades vides de musiciens, passa devant les masques privés de regard des boutiques closes. Finalement, elle arriva à un campo près du pont Rialto. Sa pensione l'Al Ponte était l'un des immeubles vétustes de la petite place. Comme elle traversait, un homme assis sur la margelle d'un puits au milieu du campo se leva et fit quelques pas vers elle.

— Francine? dit-il.

Elle s'arrêta et le regarda. Elle l'avait déjà vu quelque part, mais où? Soudain, elle reconnut Tom. Il s'était rasé la barbe. Le contour grassouillet de ses joues, son menton charnu étaient entièrement nouveaux pour elle.

— Je t'attendais, lui dit-il en s'approchant.

Sans le vouloir, elle recula.

— Je veux te parler, dit-il.

Comme elle ne répondait toujours pas, il ajouta :

— S'il te plaît.

— D'accord, dit-elle en hochant la tête. Mais il ne faudra pas faire de bruit.

— Bien, dit-il.

Il la suivit dans la pension endormie, et ils montèrent à sa chambre.

Dans la pensione

Tom se frottait le menton. Il ne s'habituait pas au contact du froid sur son visage nu. Il sentait un courant d'air. Il examina la petite chambre de Francine, aux murs couverts de papier fané, le lit affaissé mais soigneusement bordé. Il y avait peut-être une fenêtre ouverte.

– Tu n'as pas de chauffage ici? demanda-t-il.

Francine ne répondit pas. Comme pour le contredire, elle défit sa cravate, enleva sa veste et la laissa tomber sur le lit, puis releva les manches de sa chemise froissée. Elle s'assit sur une chaise près de la fenêtre et croisa les bras.

– Que veux-tu? demanda-t-elle.

Tom regrettait de ne pas avoir de magnétophone. Il aurait aimé tout enregistrer.

– J'ai une mauvaise nouvelle, dit-il.

Sans s'en rendre compte, il se caressait toujours le menton, et sentit sa peau se hérisser de frissons. Il prit une profonde inspiration, mais avant qu'il ait pu parler, Francine dit :

– Brian est mort.

– Comment le sais-tu?

Secouant la tête, elle rétorqua :

– Et toi?

Il était amèrement déçu.

– Je le sais, c'est tout, dit-il d'un ton belliqueux.

– Doucement, s'il te plaît!

Furieux, Tom lui tourna le dos. Il aperçut son reflet dans un petit miroir vénitien encadré de fleurs de verre bleu, accroché sur le mur en face. Seigneur! De quoi avait-il l'air sans sa barbe? Involontairement, il porta la main sur son visage.

Derrière lui, Francine disait :

– J'imagine que tu as parlé à la police.

– Moi? Tu me connais tout de même! Ai-je parlé à la police en 68? Je n'ai rien à dire à ces assassins.

Il était content de sa déclaration, mais pas de la façon dont ses joues avaient tremblé. Il se tourna vers Francine.

– Pourquoi? Tu leur as parlé, toi?

– Ne sois pas stupide.

Cette rencontre ne se déroulait pas comme il l'avait espéré. Elle n'allait pas faire progresser sa connaissance du groupe. Il avait voulu l'étudier dans une situation de crise, confrontée à une mort violente... Il essaya une autre tactique.

– Brian s'était déguisé en Méduse.

Francine remua sur sa chaise avec impatience.

– Oui, même son dernier geste a été une moquerie.

– Une moquerie?

– De moi. De Sartre.

Tom aurait bien voulu prendre des notes.

– Se costumer en Méduse était une façon de se moquer de Sartre? Comment?

– Tu ne comprendrais pas, répondit Francine en se crispant.

Elle n'allait pas lui expliquer de son propre gré. Il devrait ruser avec elle.

– D'après moi, ça n'a rien à voir avec Sartre, dit-il. Je pense que la Méduse est un symbole de l'ambiguïté sexuelle de Brian. Tu comprends, Freud a dit que la Méduse représente les organes génitaux féminins.

– Freud était encore plus bête que Brian.

– Non, je t'assure. Tu vois, les serpents sont les poils pubiens et...

– Et nous y voilà! La femme dont le visage change les autres en pierre, lança Francine d'un ton caustique.

Tom écarquilla les yeux.

– Ainsi c'était toi?

– Moi?

– Le poème. *La femme dont le visage change les autres en pierre.* Quel monstrueux acte d'hostilité!

– Tu es fou, répliqua-t-elle vivement.

Il fit un pas vers elle.

— Pour qui te prends-tu, de m'envoyer des poèmes, de te moquer de moi?

— Arrête de crier, chuchota Francine avec rage. Ce n'est pas moi qui ai écrit ce poème. Comment pouvais-je savoir que Brian allait se déguiser en Méduse? Moi aussi, je l'ai reçu.

Tom réfléchit.

— Oui, mais c'est exactement ce que tu dirais si tu l'avais écrit.

Francine haussa les épaules, se leva et alla s'enfermer dans la salle de bains. Tom entendit le bruit de la chasse d'eau, puis l'eau couler dans le lavabo. Il sentait toujours un courant d'air sur son visage. Il regarda la fenêtre, mais elle paraissait bien fermée.

Francine sortit en s'essuyant le visage avec une serviette.

— Je me demande où Brian et Sally s'étaient installés, dit-elle d'un ton pensif.

— A l'Albergo Rondini.

Distrait par le mystérieux courant d'air, Tom avait parlé sans réfléchir. Il retint son souffle, espérant que Francine n'avait pas entendu.

Mais elle se raidit.

— Je vois, dit-elle en s'approchant de lui. A l'Albergo Rondini. Et comment le sais-tu? Tu n'aurais pas espionné, par hasard?

— Attends une seconde, protesta Tom.

— Oui, c'est bien ce que tu as fait, dit-elle lentement. D'ailleurs je t'ai vu. Tu portais une robe argentée avec des symboles, non? Et un masque avec une barbe blanche. Tu étais sur la piazza, et maintenant je me souviens de t'avoir vu par ici, aussi. Tu traînais sur le campo, juste devant la porte, tu m'espionnais. Tu es un tricheur, un espion.

— Non, écoute, Francine...

— Un espion minable et répugnant.

— Tais-toi, rugit Tom.

— Ne crie pas! siffla Francine.

Ils se défièrent, hors d'haleine. Puis Francine déclara :

— Je t'ai vu ailleurs, aussi. Au rio della Madonna.

Tom revit la scène. Le corps ruisselant de Brian, son visage méconnaissable. Les murmures de la foule, une femme qui gémissait, un Anglais qui disait : « Assassiné, le pauvre garçon! » Tom regarda le pantalon de Francine, sa cravate desserrée. Elle avait mis du rembourrage en dessous, c'est ce qui l'avait trompé.

— J'étais là, mais toi aussi. Je te reconnais maintenant.

Toutes les frustrations qu'il avait éprouvées ces derniers jours, ces dernières heures, refluaient à cet instant.

— En quoi étais-tu déguisée? En gnome?

Le regard de Francine était fixe.

— Fous le camp, dit-elle.

— Un gnome! Un monstre à l'esprit difforme...

— Fous le camp d'ici! Tu es un imbécile. Tu ne comprends rien! Rien! Rien!

Elle criait en tapant du pied.

Il entendit des voix dans la chambre voisine, une porte s'ouvrir et se fermer quelque part dans la maison. Il traversa la pièce.

— Ne me traite pas d'imbécile. Je t'avertis...

Ils échangèrent un dernier regard furibond, et il quitta la chambre en claquant violemment la porte derrière lui.

Une deuxième porte claque

Tom descendit en trombe. Dans l'escalier, il croisa un homme en peignoir de bain plutôt costaud, qui paraissait endormi, mécontent peut-être. Une fois dehors, Tom s'interdit de courir, mais il s'éloigna rapidement, pour mettre assez de distance entre lui et le costaud, avant que celui-ci ait le temps de s'habiller et de le poursuivre, si telle était son intention.

Tom tremblait. Si ça continuait, la mort de Brian

n'aurait servi à rien. Ses efforts et ses humiliations auraient été vains. Pourquoi avait-il dit « Albergo Rondini »? C'était comme s'il avait voulu se saborder. Il avait entendu parler de criminels se conduisant ainsi, par sentiment de culpabilité, et le désir inconscient de se faire prendre.

Il ne voulait pas se faire prendre. Il voulait tout mener à bien — à partir de maintenant — et réussir son coup.

Albergo Rondini. Comme une pie! Il avait pourtant essayé d'oublier cet endroit, et ce concierge arrogant lui disant : « Que puis-je faire pour vous, monsieur? », « Il est préférable que vous partiez. Vous trouverez peut-être vos amis demain. » Tom s'empourpra. Pourquoi cet hôtel minable avait-il un concierge qui se comportait comme s'il officiait au Palais Gritti?

Au moins, Francine n'était pas allée voir la police. Encore heureux!

Il stoppa au milieu des marches d'un pont. Un homme hissant un chariot plein de bouteilles vides le regarda avec curiosité et le contourna péniblement.

Sally, merde! Oui, Sally allait parler à la police. Et en plus, quand les policiers commenceraient à poser des questions à l'Albergo Rondini, et que le concierge se mettrait à débiter son histoire, elle dirait : « Oh, cette description correspond à Tom... »

Cette conne de Sally! C'était une emmerdeuse, comme Brian.

Tom entra dans un café brillamment éclairé, où des hommes à l'allure d'ouvriers buvaient des expressos autour du bar. Il s'assit à une table en formica près d'un juke-box et commanda un cappuccino et des brioches. Sa main s'égarait sans cesse sur ses joues. Il se frottait la peau, les poils qui commençaient à repousser. Il n'aimait pas l'air froid, cette sensation de vide qu'avait laissée la barbe qui l'avait si longtemps protégé. Il regarda son reflet déformé dans le chrome poli du juke-box. Sa barbe l'avait fait paraître avisé. Sans elle, il avait l'air... d'un imbécile, comme Francine l'avait dit.

Il finit son cappuccino et essuya la mousse de sa lèvre

supérieure. Il n'était pas loin du pont de l'Accademia. S'il le traversait, il serait près du quartier de l'église de la Salute, où était situé l'hôtel de Jean-Pierre. Il recommencerait à zéro.

Un soleil mouillé perçait la brume. Il grimpa les marches de bois et s'arrêta au milieu du pont, où il s'accouda au parapet, et regarda vers l'endroit où le Grand canal débouchait sur le bassin de San Marco, vers le globe d'or étincelant au sommet de la Maison des Douanes. Une péniche où étaient empilées des ordures passa sous le pont en créant des remous. Puis une gondole glissa au fil de l'eau, et Tom entendit quelques mesures de l'air que sifflait le gondolier. Les passagers, un homme et une femme emmitouflés dans des manteaux, des écharpes et des bonnets, se tenaient la main. Deux valises étaient posées à leurs pieds.

Ils font un dernier trajet romantique en gondole jusqu'à la gare, pensa Tom. Cette idée le fit souffrir. Il passa de l'autre côté du pont pour les suivre des yeux un peu plus longtemps. Un court instant, il sut qu'il donnerait n'importe quoi – n'importe quoi – pour être à la place de l'homme qui tenait la main de la femme dans la gondole.

Il se demanda pourquoi il s'attardait là au lieu d'aller voir Jean-Pierre. De nouveau, il avait froid au visage. Il faudrait qu'il s'achète une écharpe de laine pour se l'enrouler autour du cou et du menton. Ou un masque. Un masque le protégerait de l'air.

Quand il arriva à l'hôtel de Jean-Pierre, il le chercha d'abord dans la salle du petit déjeuner, où les clients buvaient leur *caffe con latte* en mangeant des brioches et de la confiture sur des tables jonchées de miettes. Ne voyant pas le jeune homme, il monta lourdement l'escalier. Il avait obtenu tous les numéros de chambre quand il avait appelé les hôtels. Il trouva celle de Jean-Pierre et frappa à la porte.

Il n'y eut aucune réponse. Il frappa de nouveau, avec plus de vigueur, en appelant :

– Jean-Pierre?

Tom entendit des pas, la porte s'ouvrit, et Jean-Pierre apparut. Il avait le visage bouffi, les yeux si enflés qu'il pouvait à peine les ouvrir. Tom marqua le coup, et vit la même surprise se peindre sur les traits du garçon. Il comprit :

– C'est Tom, dit-il. Je me suis rasé la barbe.

Jean-Pierre était en pull et pantalon de toile. Il recula pour faire entrer Tom. Sa chambre était dans un désordre indescriptible. Non seulement le lit était défait, mais les draps et les couvertures tout chiffonnés, les oreillers martyrisés avaient été jetés par terre. Un costume de Pierrot noir et blanc était en tas sous une chaise. Un masque avec une larme incrustée sur la joue gisait dans un coin. Tom se rappela tout à coup qu'il avait prévu que Jean-Pierre se déguiserait en Pierrot; il ne s'était pas trompé. Toutefois, il se rendait compte maintenant que ses raisons d'imaginer Jean-Pierre en Pierrot n'étaient sans doute pas les mêmes que celles de l'intéressé, et qu'il ignorait totalement ce qu'elles pouvaient être.

Il regarda de nouveau Jean-Pierre.

– Que t'est-il arrivé?

Jean-Pierre ne répondit pas. Il s'appuya contre la commode.

C'était le moment. Tom s'éclaircit la gorge.

– A propos de Brian..., commença-t-il.

Jean-Pierre leva une main, comme un agent de police qui arrête la circulation.

– Je ne veux pas parler de Brian, chuchota-t-il.

– Je suis venu te demander...

Jean-Pierre secoua la tête.

– Je viens de te dire que je ne veux pas en parler.

– Écoute, Jean-Pierre...

– Non, toi, écoute! (Sa voix se brisa.) Je ne dirai rien, je n'écouterai rien. Tu es venu ici, d'accord. Mais je ne suis pas obligé de te parler, de t'écouter, ni même de te voir.

La colère reprit Tom.

— C'est vrai. Tu n'es pas forcé de me parler, de m'entendre, ou de me voir. Mais moi non plus.

Il tourna les talons et quitta la chambre en claquant la porte. Il tremblait de rage. Il dévala l'escalier et sortit dans la pâle lumière du soleil. Les cloches de la Salute se mirent à sonner à toute volée.

Un nouveau masque

Le bruit de la porte claquée résonna dans toute la chambre, et Jean-Pierre s'effondra sur le lit. Il avait cru que c'était la police. Comment Tom l'avait-il trouvé? Respirant par la bouche, il essuya de la paume la sueur de son front.

Au bout de quelques minutes il se sentit plus calme, si on pouvait parler de calme à propos de cet état de sourde agonie. Dieu merci, Tom était parti. Sans sa barbe, son visage paraissait nu, vulnérable, on aurait dit un animal nouveau-né. Jean-Pierre se redressa et se regarda dans la glace. Ce qu'il vit l'horrifia.

Considérant ses traits gonflés, il se demanda pourquoi il ne passait pas à l'étape suivante, la plus logique, qui était de se tuer. Pourquoi continuer à respirer l'air imprégné de chagrin de cette chambre d'hôtel, contempler son misérable reflet, éprouver cette torture qui ne s'apaiserait jamais? Descendre l'escalier comme n'importe quel être humain pour prendre son petit déjeuner, marcher dans les rues froides et ensoleillées de Venise, c'était impensable. Pourtant, il savait que c'était exactement ce qu'il allait faire.

Enfin, pas exactement. Il mangerait, et marcherait, comme n'importe quel être humain, mais au fond de lui il saurait qu'il avait été transformé, comme si la composition de chaque molécule de son corps avait été modifiée.

Il ne pouvait pas oublier le poème. Cet odieux poème sarcastique l'avait empoisonné. Une personne, une seule,

110

avait des raisons de le défier : c'était Sally. Sally, si discrète, si sournoise, qui attendait dans l'ombre. Elle avait provoqué la destruction de son bel amour, et c'est de savoir cela, de savoir qui était responsable, qui le maintenait en vie.

C'était l'heure du petit déjeuner, mais il ne voulait pas qu'on le voie ainsi. C'était moins une question de vanité que la volonté de ne pas attirer l'attention. Il aurait pu se faire monter un plateau, mais il aurait fallu attendre, et tout d'un coup, il était pris de claustrophobie, il fallait qu'il quitte cette chambre.

Il pouvait mettre un masque. Les touristes du carnaval portaient souvent un masque et un costume au petit déjeuner. Mais il n'était pas question de remettre son masque de Pierrot.

Il se souvint qu'une marque de champagne français donnait des milliers de loups de carton jaune imprimés au nom de la maison. On les distribuait dans les rues et on en laissait dans les cafés et dans les hôtels. Il y en avait dans une coupe posée sur une table au bout du couloir.

Il sortit et alla prendre un masque. Revenu dans sa chambre, il l'essaya. Il était mince, l'élastique ne durerait pas longtemps, mais il ferait l'affaire jusqu'à ce qu'il puisse s'en procurer un autre. Lorsqu'il le mettrait, il serait plus présentable.

Il prit dans le placard un sac à linge de l'hôtel, et y fourra son costume et son masque. Il roula le sac en boule et l'enveloppa dans son blouson. Puis il descendit déjeuner.

Dans la Giudecca

Rolf était endormi, ou presque, mais un rayon de soleil jouait sur ses paupières. Il se retourna pour lui échapper, ce qui souleva un nuage de poussière du canapé sur lequel il était allongé dans son sac de couchage. La poussière pénétra dans ses narines, il éternua, et ouvrit les yeux.

111

Merde! Il éternua derechef. En bas les enfants gla-
pissaient, et Rosa ajouta au concert en criant :

— *Basta! Basta!*

Pourquoi diable les Italiens se livraient-ils à toutes
leurs activités en criant à tue-tête? Quand ils ne hurlaient
pas, ils chantaient.

Comme pour lui donner raison, un homme à l'extérieur entonna une mélodie. Plus question de dormir.

Rolf chercha des cigarettes dans son sac à dos, les
trouva, et en alluma une. Il appuya sa tête sur le bras du
canapé et expulsa la fumée dans l'air déjà confiné du
grenier, qui pour le moment lui servait de chambre. La
pièce était encombrée de vieilles malles, de valises défon-
cées avec des étiquettes à demi arrachées de Naples et de
Sorrento, de piles de magazines des années passées, une
lampe cassée dont l'abat-jour pendait de travers. Pourtant,
ce n'était pas un si mauvais endroit. Rolf l'avait compris
quand il était rentré en hâte la veille, pressé de quitter la
ville.

Où pouvait-il aller? Il ne rentrerait pas à Paris, et il
ne voyait pas d'autre solution immédiate. Il devait tenir
compte de l'argent. Il avait dit à Gianni et à Rosa qu'il
serait là jusqu'à la fin du carnaval, qui durait encore une
journée. Il pouvait rester ici gratuitement, et réfléchir à
ce qu'il allait faire.

Personne ne ferait de rapprochement entre la mort
de Sally et lui. La drôle de mariée qui l'avait aperçu penché
sur le corps, n'avait vu qu'un type coiffé d'un capuchon
noir, un miroir à la place du visage. Nul ne savait que
c'était lui. Quand il s'était déguisé la veille, Gianni et Rosa
étaient sortis. Il n'avait vu qu'un chat se glissant furtivement le long du mur, et quelques gosses qui jouaient au
ballon un peu plus loin dans la rue. Désormais, l'homme-
miroir avait disparu. Il était aussi mort que Sally.

D'ailleurs, il avait besoin de faire une enquête ici, à
Venise. Quelqu'un de la bande – au moins une personne
– avait découvert où il était. Il est vrai que ce n'était pas
très difficile. N'importe qui pouvait avoir posé la question

à Louis, au restaurant, et celui-ci, brave type et accommodant comme il était, avait donné l'adresse dans la Giudecca sans y attacher d'importance.

Mais pourquoi avait-on cherché à savoir? Voilà ce qui tracassait Rolf. C'était désobéir aux règles, ce qu'ils avaient tous promis de ne pas faire. Non qu'il se souciât des règles, mais il n'aimait pas l'idée que quelqu'un fouine, cherche à se renseigner, pour lui envoyer un poème au sujet de Sally.

Qui peut savoir ce qu'elle changera en vous? Rolf ne pouvait pas tolérer ça. C'était peut-être dangereux de rester, mais s'il partait, il ne saurait jamais qui avait des informations sur lui, ni où cet individu allait se manifester de nouveau.

Il était donc comme un rat dans un trou. Il ferait bien d'agir avant que l'individu, quelle que soit son identité, passe à l'attaque. On n'avait eu aucun mal à lui envoyer un poème, la veille, dans une belle enveloppe blanche. Malheureusement, c'était un des gamins qui était allé ouvrir. Aucun d'eux ne parlait bien anglais, et celui qui avait reçu le poème ne paraissait pas le plus futé. Rolf l'avait interrogé plusieurs fois, sans succès. L'enfant, le visage fermé et maussade, était assis au bord de sa chaise et jetait des regards pleins d'envie vers la salle de séjour où la télévision fonctionnait à plein volume.

— Qui a apporté l'enveloppe?
— Un garçon.
— Tu le connais?
— Non.
— Tu ne l'as jamais vu?
— Non.
— A quoi ressemble-t-il?
Une longue hésitation, puis :
— A un garçon.
— Il était plus vieux ou plus jeune que toi?
— Quoi?
— Il était plus vieux que toi?
— Oui. (L'enfant s'éclaircit la gorge.) Je crois.

Et comme ça pendant un long moment. Vraisemblablement, le garçon qui ressemblait à un garçon était un gamin des rues payé pour faire la commission, et ne saurait pas grand-chose. Mais Rolf aurait tout de même donné cher pour mettre la main sur lui.

Il écrasa sa cigarette dans le cendrier plein de mégots qui était par terre à côté de son sac. Il joua avec les courroies. Il devrait peut-être partir. Il souleva légèrement le sac, puis le laissa retomber et se rallongea, les mains derrière la tête.

Non. Il n'allait pas s'enfuir. Quelqu'un en savait trop, et il ne pouvait pas l'accepter. Il resterait et découvrirait ce qui se tramait. Sa décision prise, il se sentit mieux.

Un peu plus tard, il s'habilla et descendit. Les gosses étaient partis — à l'école, sans doute — et Rosa était dans la cuisine en train d'étendre la pasta au rouleau. C'était une femme chaleureuse, aux yeux noirs et au teint mat. Ses hanches s'arrondissaient. Elle portait un chandail de laine verte troué au coude et une lourde croix d'or pendait à son cou. Elle connaissait quelques mots de français et d'anglais, et Rolf parlait un peu d'italien, si bien qu'ils se comprenaient à merveille.

La décision de Rolf de rester à Venise et de se battre l'avait mis de bonne humeur. Il s'en aperçut quand Rosa lui versa du café. Lorsqu'elle posa la tasse devant lui, il la remercia avec effusion :

— *Tante grazie, Signora*, dit-il galamment en baisant sa main gercée.

— *Prego, Signore*, répondit-elle en riant comme une petite fille et en retirant sa main.

Il remarqua avec satisfaction que le sang lui était monté aux joues.

Il but son café en mangeant du pain beurré, tout en l'observant. Le dos tourné, elle continuait à travailler. Elle paraissait faire passer fréquemment son poids d'une jambe sur l'autre, ce qui tendait le tissu de sa jupe. Rolf, qui suivait ses mouvements, se mit à sourire pour lui-même.

Quand il eut fini son déjeuner, il porta ostensiblement son couvert à l'évier et commença à le laver. Le voyant faire, elle protesta :

— Non, non! Moi je fais!

— *Si, si!* Moi je fais! se moqua-t-il.

Il fit couler de l'eau chaude dans la bassine pour obtenir de la mousse.

— Non!

En riant, elle attrapa sa tasse et sa soucoupe qu'il plongeait dans la bassine.

— *Si!*

Il lui prit le poignet, et de l'autre main, cueillit de la mousse qu'il souffla vers elle. Quelques bulles se posèrent sur le devant de son chandail.

Poussant un cri outragé et ravi, elle prit aussi de la mousse, mais riait trop fort pour la souffler sur lui. Rolf saisit son autre poignet, et souffla sur la mousse qu'elle avait dans le creux de la main. Des bulles volèrent autour d'eux, s'accrochant à ses cheveux noirs et bouclés.

— Vilain! Très vilain! haleta-t-elle, le visage enflammé.

— Très vilain, acquiesça Rolf en l'entourant de ses bras.

Son corps était extrêmement chaud.

Tout en embrassant Rosa, en la serrant, en se pressant contre elle, et en murmurant ce qui, espérait-il, voulait dire « en haut » en italien, Rolf s'aperçut qu'il pensait à Sally. L'image de son corps maigre, froid, et mort, ne faisait qu'augmenter son désir.

Le costume de Pierrot

Le soleil brillait sur l'étendue verte du canal de la Giudecca et se reflétait sur la coque blanche d'un navire de croisière qui arrivait. Rolf, qui suivait les fondamenta Santa Eufemia pour aller prendre le vaporetto pour le Zattere, pensa que la journée était assez belle pour prendre

115

un café dehors. Peut-être le ferait-il à l'une des terrasses près de la galerie de l'Accademia.

Rosa avait été déçue qu'il la quitte si tôt, mais Rolf n'avait jamais compris l'intérêt de se faire des mamours après, en échangeant des baisers et de doux murmures. Une cigarette, ou même deux, d'accord. Après quoi, rester allongé le mettait de mauvaise humeur, et ce n'était pas des yeux pleins de larmes et des regards blessés qui allaient le retenir. Tant pis si Rosa était en colère contre lui maintenant.

Et puis, il savait qu'elle allait être après lui chaque fois que Gianni tournerait le dos, parce qu'elle avait été plus que consentante. Quand elles démarraient au quart de tour comme ça, elles ne pouvaient plus s'arrêter, même si elles le voulaient.

Un bateau accostait, et il courut pour ne pas le manquer. Malgré l'heure matinale, il y avait un clown parmi les passagers. Il avait le visage peint, une perruque rouge, et tenait un trombone dans son étui. Un pardessus cachait en partie son costume. En regardant la bouche démesurée du clown, rouge vif sur le fond blanc du fard gras, et ses yeux soulignés d'un trait appuyé, Rolf sentit la nudité de son propre visage. S'il devait rester à Venise, il devrait peut-être se procurer un autre masque.

Le clown avait de grosses taches de rousseur rondes dessinées sur le nez et les pommettes. Elles lui rappelèrent Sally. Il détourna les yeux, et fixa l'eau bouillonnant contre le flanc du bateau. Il la regarda jusqu'au Zattere.

Là, il descendit et jeta un coup d'œil autour de lui. Quelques cafés servaient à l'extérieur, mais il était encore trop près de la Giudecca. Il préférait mettre un peu plus de distance entre Rosa et lui. Il suivit nonchalamment le rio di San Trovaso en face du chantier des gondoles, bifurqua derrière un palazzo, et déboucha sur le campo devant la galerie de l'Accademia. Il y avait un kiosque à journaux près du pont de l'Accademia, et quelques cafés donnant sur le Grand canal.

Il se demanda s'il y avait un article dans les quotidiens

régionaux à propos de la mort de Sally. Il ne lisait pas couramment l'italien, mais le comprenait juste assez pour que ça vaille la peine d'acheter un journal. Il se dirigea vers le kiosque, et l'avait presque atteint, quand il vit Jean-Pierre apparaître sur le campo, arrivant de la direction opposée. Rolf était sûr que c'était lui, bien qu'il portât l'un de ces masques en carton jaune que l'on distribuait partout.

Rolf s'abrita derrière le tourniquet de cartes postales, près de l'éventaire de magazines en langues étrangères, et épia Jean-Pierre. Celui-ci ne paraissait pas l'avoir vu. Il portait sous le bras un sac de plastique blanc bien rempli. Tandis que Rolf l'observait, Jean-Pierre obliqua et se mit à grimper les marches du pont de l'Accademia.

S'attardant près des cartes postales, Rolf se demanda ce qu'il allait faire. S'il n'avait pas interpellé Jean-Pierre, c'est que le jeune homme était peut-être son ennemi, l'auteur du poème. Rolf ne pouvait faire confiance à aucun des membres du groupe, et il les éviterait jusqu'à ce qu'il ait décidé de sa prochaine manœuvre.

Toutefois, l'apparition de Jean-Pierre lui offrait peut-être l'occasion de découvrir ce qui se passait. Il allait sans doute voir Brian. Rolf était surpris qu'ils ne soient pas ensemble, mais peut-être Brian avait-il mal réagi à la mort de Sally.

Jean-Pierre était parvenu au sommet du pont. Dans quelques secondes, il serait hors de vue. Rolf quitta sa cachette et marcha vers le pont à sa suite.

Heureusement, les passants étaient assez nombreux, si bien que Rolf pouvait se perdre parmi eux. Mais il aurait donné beaucoup pour avoir un masque ou une protection supplémentaire et éviter d'être reconnu. Il en achèterait un dès qu'il pourrait.

En lui-même, il s'adressa ironiquement à Jean-Pierre : « Où allons-nous, mon chou ? » Il avait perdu tout respect pour lui depuis que le garçon était devenu fou de Brian. Cette dévotion écœurante, servile, était de la pure idiotie. Rolf, il était le premier à le reconnaître, avait ses problèmes, mais la dévotion n'en faisait pas partie. C'était plutôt le contraire, dans son cas. Il ne voulait être l'esclave de personne. Il voulait dominer. Et si la femme – une innocente dans le genre de Sally – était effrayée, terrifiée...

Il chassa cette pensée et se concentra sur Jean-Pierre. Ils avaient traversé le pont et passaient devant un stand de fleurs. Des bouquets de mimosa, d'iris, et de roses étaient disposés dans des baquets sur la chaussée. Jean-Pierre poursuivait son chemin, serrant son paquet, la tête penchée et les épaules voûtées. Il était l'image même du pauvre type vaincu, alors que, sa rivale disparue, il aurait dû jubiler.

Ils arrivèrent sur le vaste campo Francesco Morosini. Des enfants déguisés jouaient à se poursuivre, tandis que leurs mères, en sombres manteaux d'hiver et chargées de sacs à provisions, bavardaient avec animation. Quelques cafés servaient en terrasse, mais pour l'instant Rolf avait renoncé à prendre un café *al fresco*. Il suivit Jean-Pierre dans la ruelle en face de l'église Santo Stefano, puis le long d'une petite rue bordée de boutiques.

La rue se terminait en impasse devant un canal.

Voyant Jean-Pierre s'arrêter net, Rolf avait aussi stoppé, en poussant un juron. Si Jean-Pierre faisait demi-tour, comme il y serait obligé, il se retrouverait nez à nez avec lui, s'il n'agissait pas tout de suite. Évidemment, il n'y avait pas la moindre rue latérale. Il s'engouffra dans une petite boutique où des saucisses pendaient dans la vitrine, et attendit que Jean-Pierre repasse.

Un homme en tablier blanc lui demanda quelque chose en italien, et Rolf lui fit signe de se taire. Il tendit le cou au milieu des saucisses pour guetter Jean-Pierre, mais celui-ci ne revenait pas.

Il avait pu s'asseoir au bord du canal pour profiter du soleil, ou sauter dans l'eau. Rolf ne voyait pas d'autre possibilité. Il ne pouvait avoir rebroussé chemin sans que Rolf le voie. Il commençait toutefois à se demander s'il n'y était pas parvenu, par miracle.

L'homme en tablier était juste derrière lui, et recommençait à parler italien. Il posa une main sur le bras de Rolf et le poussa un peu. Rolf se dégagea et alla vers la porte. Il jetterait un bref coup d'œil pour s'assurer que Jean-Pierre était encore au bout de la rue.

Comme le marchand, toujours derrière lui, se mettait à crier, Rolf passa la tête par la porte. Il faillit se heurter à Jean-Pierre qui revenait du canal, les yeux baissés. Il ne portait plus son sac de plastique.

Rolf fit un bond en arrière. Il entra en contact avec le ventre mou du boutiquier, et lui marcha sur le pied. L'homme cria de douleur et d'indignation. Rolf se tourna vers lui et dit :

— Vous ne pouvez pas la fermer une seconde?

Il vérifia que Jean-Pierre ne regardait pas en arrière. Il ne paraissait pas l'avoir remarqué, et continuait à suivre la rue d'un pas régulier. Puis Rolf se glissa dehors, poursuivi par les cris de l'homme, qui s'assourdirent quand la porte se referma.

Rolf était dans l'embarras. Il avait le choix entre suivre Jean-Pierre, qui bientôt ne serait plus visible, ou chercher le sac en plastique. Jean-Pierre avait voulu s'en débarrasser dans un endroit où on n'établirait pas de lien avec lui. Si c'étaient des déchets ou un objet sans intérêt, pourquoi l'avoir transporté si loin? Il l'avait peut-être donné à quelqu'un. Rolf opta pour le sac, et se précipita au bout de la rue.

Le canal scintillait sous le soleil. Des marches descendaient jusqu'à l'eau. Et sur ces marches étaient empilés un certain nombre de sacs-poubelles en plastique blanc.

Rolf aurait voulu retrouver Jean-Pierre; il l'aurait secoué à lui faire claquer les dents. Comment allait-il reconnaître le sac au milieu de cette pile? Une boîte de coca-cola qui avait échappé aux balayeurs gisait aux pieds de Rolf. Il la ramassa et la balança dans le canal. La laideur de l'objet flottant à cet endroit le réconforta un peu.

Puis il eut une idée. Le sac de Jean-Pierre ressemblait aux autres, c'est vrai, mais en plus petit. Ils étaient soigneusement fermés, donc Jean-Pierre n'avait pas pu y fourrer son fardeau. Il l'avait sans doute poussé au milieu du tas. Rolf s'en approcha et se mit à fouiller. En moins d'une minute, il trouva le sac.

Il y avait une prime : le nom d'un hôtel, le Romanelli, et une adresse étaient inscrits en petites lettres noires sur le plastique. C'était probablement l'endroit où Jean-Pierre était descendu. Dans le sac, Rolf vit une masse de satin blanc et de tulle noir qui s'avéra être un costume de Pierrot. Le pantalon de style pyjama et la blouse flottante étaient accompagnés d'une calotte de satin et d'un masque de Pierrot incrusté d'une larme en faux diamant.

Jean-Pierre s'était-il déguisé en Pierrot? A première vue ça ne voulait rien dire. Et pourquoi avoir traversé la ville pour se débarrasser de son costume?

Pensif, Rolf remit le costume dans le sac. Il le plaça sous son bras et se dirigea lentement vers le campo Francesco Morosini. Il était prêt à prendre son café.

Sally fait les bagages

Sally était assise sur le lit où Brian et elle avaient fait l'amour la nuit précédant sa mort. Elle fixait du regard les deux valises ouvertes, vides. Elle portait un jean, un pull, des chaussures de jogging. Ses cheveux n'étaient plus coiffés en chignon à l'espagnole, mais retombaient sur ses épaules. Elle était débarrassée de toute trace de maquillage. Ses mains moites étaient serrées, paumes jointes, entre ses genoux.

Brian avait été assassiné. Le policier aux yeux lumineux, couleur chocolat, lui avait expliqué comment ça s'était passé, avec l'aide de Michele qui traduisait chaque fois que c'était nécessaire. Le policier se comportait avec beaucoup de gratitude et de déférence à l'égard de Michele.

Brian avait sans doute été frappé au visage, un coup assez fort pour lui casser le nez, malgré son masque.

— Il est frappé — comme ça, disait le policier en faisant

un mouvement de couperet en travers de son propre nez. Il est assommé, il trébuche en avant...

Michele, sobrement vêtu d'un costume gris foncé, un bouton de rose jaune à la boutonnière, l'interrompit par un flot de paroles en italien.

Le policier répondit sur un ton d'excuse, sans cesser de regarder Sally.

– Je lui ai demandé si on ne pouvait pas vous épargner tous ces détails, lui dit Michele.

– Non, il peut continuer.

Sur un signe de tête de Michele, le policier poursuivit :

– Il trébuche en avant, tombe dans l'eau. Son masque est fendu, mais il ne se défait pas. Il porte sur la tête ce... ces serpents, qui sont lourds. Sa figure, vous voyez, est dans l'eau.

Sally posa le regard sur une chope de céramique posée sur le bureau. Elle l'examinait avec tant d'attention qu'elle n'entendit pas la suite, mais elle savait déjà. Brian était tombé dans le canal. Étourdi, le nez cassé, gêné par sa lourde coiffure, il n'avait pu lever la tête. Son masque s'était rempli d'eau et de sang, et il s'était noyé.

Michele parla vivement, sur un ton de commandement, et on lui apporta de l'eau dans un gobelet en carton. Après avoir bu une gorgée elle demanda :

– Avec quoi a-t-il été frappé?

Le policier haussa légèrement les épaules.

– Peut-être avec le bâton qui était là, mais nous n'avons pas la preuve concluante que ce soit l'arme.

Alors ça pouvait être, aussi, le gourdin qu'un Arlequin porte à sa ceinture, pensa Sally. Elle ne regarda pas Michele, mais elle sentait sa présence, à moins d'un mètre.

Elle ne savait pas si Michele croyait vraiment qu'elle pouvait avoir tué Brian, ou s'il voulait seulement le lui faire entendre. De toute façon, elle avait insisté pour dire la vérité à la police. Elle avait parlé du jeu, de Brian lui parlant de sa peur, du message dans son gant, de sa découverte du corps, de l'homme-miroir qu'elle avait vu. A mesure qu'elle expliquait, les yeux du policier la fixaient,

121

et ses paroles paraissaient y disparaître comme dans des cuves de chocolat, sans laisser de rides à la surface. Quand elle eut fini, il lui demanda de ne pas quitter Venise.

Michele intervint encore en italien, puis se retourna vers elle :

— Je lui ai dit que vous seriez chez moi.

— Chez vous? Mais pourquoi ne puis-je pas rester à l'hôtel?

Les mots lui avaient échappé avant qu'elle sache qu'elle allait les prononcer. Elle regarda le policier, puis Michele.

Celui-ci secoua la tête.

— Il ne faut pas que vous soyez seule, Sally. Votre présence ne me gênera pas.

Le policier approuva. Son attitude indiquait que Sally avait de la chance que Michele soit si prévenant pour elle. Il était riche, et comte. Elle comprenait que cet homme soit impressionné.

Sally avait téléphoné à ses parents. C'était peut-être lâche de sa part, mais elle leur avait demandé d'appeler le père et la mère de Brian. Ses parents arriveraient dès qu'ils trouveraient un vol, ce qui pouvait prendre du temps, parce qu'il n'était pas facile d'obtenir des places pour Venise en plein carnaval. Sally ne pensait pas qu'ils aient des passeports, non plus. Elle ne se souvenait guère de la conversation, mais son père avait dit :

— Tu reviendras avec nous, ma chérie.

Maintenant, elle était assise sur le lit à l'Albergo Rondini. La police avait fouillé la chambre. Tout ce qui restait lui appartenait.

Elle se leva. L'épreuve allait être pénible. Essayant de ne pas y penser, elle ouvrit le tiroir où Brian avait mis ses affaires, et vit le fouillis de sous-vêtements, de chaussettes, le pull-over blanc à torsades que sa mère lui avait tricoté. Elle ne pouvait pas continuer. Elle referma le tiroir et ouvrit la grande armoire à l'odeur de moisi qui servait de penderie. Son jean et son blouson étaient sur des cintres, ses chaussures de jogging dessous. Le souffle court, elle prit le jean et le blouson et les mit dans la valise de Brian.

Puis elle s'assit sur le lit et posa sa tête sur ses genoux en attendant que son bourdonnement d'oreilles se dissipe.

Comme il se calmait, le téléphone sonna. Quand elle répondit, la voix de Michele dit :

— Vous avez fini vos bagages?

— Pas encore.

— Vous êtes sûre que vous ne voulez pas que je monte vous aider?

— Non. Je serai prête dans une minute.

— Je vous attends.

Elle raccrocha et retourna au tiroir. Elle prit les affaires de Brian à pleines poignées et les jeta dans la valise, sans les plier, et en évitant de les regarder. Dans la salle de bains, en saisissant son rasoir et sa crème à raser, elle se mit à pleurer. Ses genoux faiblirent et elle s'assit en tremblant sur le bord de la baignoire. Quand elle voulut s'essuyer les yeux, elle sentit sur sa joue le froid de la boite de crème à raser.

Sa crise de larmes passée, elle n'eut plus qu'une idée : ne pas aller chez Michele.

Elle se leva et finit d'emballer les affaires de Brian. Elle ferma la valise, garda la main dessus et réfléchit. Michele était trop policé, trop adroit, il changeait trop vite. Tantôt un Arlequin fantaisiste, tantôt un citoyen honnête et respectable, prêt à aider la police. Sally avait l'impression d'être manœuvrée. Elle n'irait pas chez lui. Elle trouverait un autre endroit. Elle se mit à jeter pêle-mêle des vêtements dans sa valise, même la robe espagnole d'Antonia, qu'elle avait soigneusement suspendue dans l'armoire quand elle était venue se changer avant d'aller voir la police.

Elle rangea sa brosse à dents dans son étui de voyage, qu'elle lança dans la valise, et la ferma. Elle trouverait un autre endroit. D'ailleurs elle n'allait pas en discuter avec Michele. Elle descendrait par l'escalier de service, et le laisserait attendre dans le hall. Elle enfila précipitamment son manteau, se battant avec les manches. Puis elle souleva les deux valises et ouvrit la porte.

Michele était appuyé contre le mur en face. Il sourit légèrement en la voyant et dit :

– Vous êtes prête, je vois. On y va?

Un instant plus tard, il lui avait pris les valises et ils suivaient ensemble le couloir.

Les lettres

Sally était assise en tailleur sur le lit d'Antonia. Elle se dégoûtait d'être revenue dans cette maison, son dégoût prenait la forme d'une lassitude extrême. Sa décision de s'échapper avait été son dernier sursaut d'énergie. Trop tendue pour se reposer, elle regardait les dessins mouvants que le soleil, se reflétant sur le Grand canal, projetait sur les murs.

Elle voyait Brian mort, son beau visage ruiné. Elle ne l'avait regardé qu'une seconde, une demi-seconde, quand elle l'avait identifié pour la police, mais la terrible image restait gravée devant ses yeux. Sa figure d'une teinte innommable, ses traits légèrement déformés, il était plus hideux que n'importe quelle Méduse.

La lumière dansante jouait sur une nature morte représentant des fruits, faisant briller un citron. Sally surveillait le rayon, se demandant s'il allait ensuite toucher la pomme.

Elle n'avait pas aimé Brian, elle s'en rendait compte et lui non plus ne l'avait pas aimée. Elle l'avait épousé parce que... eh bien... parce qu'il était beau, qu'il le lui avait demandé, et parce qu'il était temps pour elle de se marier. Elle devinait aisément ses raisons à lui. Il avait dû essayer d'échapper à ce qu'il était, et Sally avait représenté une planche de salut.

La lumière dansa sur la pomme, puis revint sur le citron.

Elle se demanda qui avait tué Brian, et pourquoi. Elle-même, elle le comprenait avec gêne, possédait le meilleur

124

motif, en tant qu'épouse humiliée. L'un de ses amis du groupe le détestait-il assez pour vouloir sa mort? Ou s'était-il agi d'une rencontre de hasard, d'une querelle avec un inconnu? Ou encore, puisque Brian était déguisé, son meurtre avait-il été le résultat d'une stupide erreur d'identité, son assassin étant à la poursuite d'une autre personne, et pas du tout de Brian? Elle revit la silhouette noire au miroir étincelant en guise de visage. Elle plia les genoux et les serra contre elle.

Elle n'avait pas aimé Brian, et il l'avait mal traitée, mais il n'avait pas mérité de périr ainsi, de souffrir cette mort infâme, et de ne laisser derrière lui qu'un tas de vêtements en désordre dans une valise.

Ce fouillis, justement, commençait à la tracasser. Elle avait fourré les vêtements n'importe comment dans sa valise. Ce serait peut-être sa mère qui l'ouvrirait, et qui verrait ce chaos. Par respect pour Brian, et pour sa mère aussi, elle allait replier proprement toutes ses affaires.

Soulagée d'avoir quelque chose à faire, Sally sortit la valise de Brian de la penderie et la posa sur le lit. Elle rassembla son courage, mais le fait d'avoir un but la raffermit. Elle vida la valise et commença à la refaire. Elle secouait les vêtements, les défroissait, les pliait, et les disposait en piles. Le seul rythme de ce travail la calmait.

Elle eut pourtant un coup au cœur, et sentit les larmes lui monter aux yeux, quand elle prit les chaussures de jogging de Brian. Il les portait déjà bien avant qu'elle le connaisse. Autrefois bleu vif, elles étaient décolorées, crasseuses, complètement usées. Elle arrangea les lacets.

Personne n'en voudrait, même pas l'Armée du Salut. Elle remarqua que la semelle intérieure d'une des chaussures se décollait. Elle tira dessus, pour voir si elle tenait encore, et elle lui resta dans la main. Au fond de la chaussure, épousant la forme du talon, il y avait une enveloppe.

Elle aurait souhaité ardemment pouvoir remettre la semelle, et oublier l'enveloppe. Elle ne l'avait pas vue. Elle ne voulait pas. Elle en avait assez, plus qu'assez.

Elle sortit l'enveloppe de la chaussure et en trouva

une autre dessous. Il y en avait quatre en tout, des petites enveloppes de papier fin. Elle reconnut les lettres qui avaient inquiété Brian quand il les avait reçues à Paris. L'écriture de l'adresse lui était inconnue, et elles avaient été postées à Paris, à quatre ou cinq jours d'intervalle.

Chaque enveloppe contenait une feuille de papier pelure pliée en deux. Au centre de chaque feuille, d'une écriture semblable à l'adresse, une courte phrase était inscrite, sans salutations ni signature. Par ordre de dates, les messages étaient les suivants :

Le désir est défini comme trouble.

La peur, c'est la fuite, c'est l'évanouissement.

La vase est l'agonie de l'eau.

Être mort, c'est être une proie pour les vivants.

Bien que la pièce lui ait paru chaude quelques minutes plus tôt, Sally fut parcourue de frissons. Elle replaça les lettres dans leurs enveloppes, et les fit disparaître au fond de son sac de tapisserie, dont elle serra les cordons.

En finissant la valise de Brian, elle fut prise de tremblements. Comme elle tremblait de plus en plus fort, elle rabattit le couvre-lit, se glissa sous les couvertures, resta allongée, respirant l'odeur de magnolia et observant le jeu de la lumière sur le plafond de la chambre.

Brian

Si les morts pouvaient voir et entendre, Brian aurait pu voir les couleurs changer, les corps se mouvoir. Il aurait pu entendre la musique d'une fanfare de clowns installés dans la calle Larga 22 Marzo. Ils jouaient comiquement faux, tout en dansant : le trombone levait la jambe, le clarinettiste faisait mine de marcher sur place en soulevant alternativement le talon et la pointe du pied; le batteur, quand il ne tapait pas sur ses caisses, faisait tournoyer des rubans multicolores attachés à ses baguettes.

Comme Brian était mort, il voyait au-dedans des clowns le clown intérieur, et au-delà du clown secret, le néant glacé. Par-delà la musique, il entendait le silence profond, intolérable. Il voyait les rubans d'air entourant les rubans de couleur. Si les morts pouvaient danser, il aurait pu danser avec ces clowns. La rage, cependant, n'arrête jamais de danser.

Sur le campo San Maurizio, les fabricants de masques avaient étalé leurs marchandises sur des tables protégées par une bâche du soleil et de la pluie. Des crânes austères représentaient la mort, mais Brian aurait pu leur dire qu'elle est loin d'être aussi propre. Qu'est-ce qu'un crâne à la beauté sévère peut exprimer de l'horreur de la matière en putréfaction?

Les masques étaient posés sur les tables, le nez en l'air, comme des têtes à moitié submergées. D'autres étaient suspendus aux montants de la toile, leur regard creux, immobile, chargé de dédain. Parmi les lions à la crinière dorée, les oiseaux au bec pointu, les visages de poupées sans expression peints de motifs de flammes et de fleurs, il se trouverait bien un masque qu'un mort pourrait porter. Il n'avait qu'à le trouver.

Brian flottait au travers du monde des masques. Il n'avait pas besoin d'horreur, car depuis qu'il avait franchi les barrières glacées, l'horreur était devenue son élément. Il n'était même plus question de douleur. Seule demeurait la pensée qu'il n'aurait pas dû être mort.

Le masque lui fit signe du crochet où il était suspendu par un œil. Brian et lui se reconnurent.

Brian dériva loin du marché au masque du campo San Maurizio. Le masque retiendrait la gelée répugnante et putride qu'il était en train de devenir. Il le conduirait là où il devait se rendre.

Confrontation

Sally pensait avoir un peu dormi. En tout cas, elle avait fermé les yeux, et les avait rouverts avec la conviction qu'elle devait aller tout de suite porter les lettres qu'elle avait trouvées à la police. Ces lettres n'étaient pas des menaces à proprement parler, mais leur ton était sinistre, et manifestement elles avaient inquiété Brian. Il les avait cachées dans sa chaussure, pensait-elle, parce qu'il souhaitait les avoir à portée de la main, mais ne voulait pas que quelqu'un d'autre les voie.

L'idée lui vint qu'on pourrait essayer de les récupérer.

Elle se brossa les cheveux, se passa de l'eau sur la figure, et enfila son blouson. Quand elle ouvrit la porte, elle s'attendait presque à voir Michele, mais le couloir était vide, la maison silencieuse. Son sac jeté sur l'épaule et maintenu fermement sous son coude, elle suivit le couloir sur la pointe des pieds et descendit l'escalier.

La longue salle du rez-de-chaussée paraissait déserte. Une porte était entrouverte dans le mur opposé, mais elle n'entendait rien. Elle avait traversé la moitié de la pièce quand un homme en blouse bleue ouvrit la porte en grand et lui dit :

— *Signorina?*

Sally aurait dû s'en douter. Elle avait vu cet homme auparavant, elle s'en souvenait, quand Michele l'avait amenée chez lui pour la première fois. C'était l'un des domestiques.

Elle montra la porte qui donnait sur le jardin.

— Je sors, dit-elle.

L'homme la considérait avec bienveillance. Elle dit plus fort :

— Je vais dehors.

Elle avança d'un pas.

— *Momento, Signorina,* fit-il.

Il rentra dans la pièce en laissant la porte ouverte. Elle voyait, maintenant, que c'était un salon, meublé d'un canapé, d'un poste de télévision sur une table. Cet homme devait être un portier.

Sans la quitter des yeux, il parla dans un téléphone mural. Après avoir raccroché, il haussa les épaules d'un air d'excuse.

— *Momento,* répéta-t-il.

Elle contempla par la fenêtre le triste petit jardin avec sa margelle, ses allées de gravier, l'appentis au toit de tuile, attendant les pas de Michele dans l'escalier. Elle les entendit presque tout de suite, légers et rapides. Il fit irruption dans la pièce et dit à l'homme en blouse :

— *Grazie, Sandro.*

Il tenait un journal à la main et son nez était chaussé de lunettes.

— Que se passe-t-il, Sally? Où allez-vous donc? demanda-t-il.

— Je retourne voir la police.

Michele enleva ses lunettes et les mit dans sa poche de poitrine.

— Puis-je savoir pourquoi?

Sally serra son sac.

— J'ai oublié de leur dire quelque chose.

Le regard de Michele se posa un instant sur le sac, tandis qu'il disait :

— Vraiment? Dans ce cas il faut y retourner. Pouvez-vous m'attendre un instant, pendant que je vais chercher mon manteau?

— Je veux y aller seule, répliqua-t-elle.

Elle crut voir un éclair d'approbation, ou même d'amusement dans ses yeux, puis il prit une expression inquiète.

— Vous savez que ce n'est pas raisonnable, dit-il en la prenant par les épaules. Vous n'avez pas confiance en moi. Non, bien sûr que non! Mais j'aimerais que vous écoutiez mes conseils.

Il avait peut-être raison, pensa-t-elle. Peut-être ne

devrait-elle pas marcher toute seule dans Venise, avec des lettres bizarres dans son sac. D'un autre côté, cela vaudrait sans doute mieux que de rester là en laissant Michele prendre les décisions à sa place.

— Indiquez-moi le chemin le plus rapide, dit-elle, s'attendant à des protestations.

Il la fixa dans les yeux un long moment, puis dit d'un ton résigné :

— Je vois que je ne peux pas discuter. Vous avez probablement raison. Je me conduis comme une vieille femme craintive.

Elle fut stupéfaite de cette soudaine volte-face. Tandis qu'il l'amenait vers la porte, en lui donnant des explications qu'elle entendait à peine, elle se mit à éprouver une nette appréhension. S'il renouvelait son offre de l'accompagner, elle serait capable de l'accepter.

Il s'en abstint. Une minute plus tard, elle sortait dans le jardin glacé. Michele lui tapa dans le dos.

— Ne mettez pas trop longtemps. Maria vous servira du café et des gâteaux à votre retour.

Il ne lui restait plus qu'à porter les lettres à la police. Elle fit quelques pas mal assurés. Elle aurait préféré retourner dans le lit d'Antonia, ou boire le café de Maria, mais elle se força à traverser le jardin, passer la grille de fer forgé et sortir dans la rue.

En marchant, elle se sentit plus forte. Quelques nuages couraient dans le ciel. Elle avait pris la bonne décision, de cela au moins elle était sûre. Les messages résonnaient dans sa tête, rythmant la cadence de ses pas : *Le désir est défini comme trouble. La peur c'est la fuite, c'est l'évanouissement. La vase est l'agonie de l'eau. Être mort, c'est être une proie pour les vivants.*

Elle était sortie de l'impasse menant au palazzo de Michele, et marchait dans une rue plus passante. Une petite foule s'était rassemblée autour d'un jeune homme au visage peinturluré, qui jouait de la trompette tout en actionnant une pédale pour taper sur un tambour, et en manipulant une marionnette. Voyant les visages émerveillés de l'assistance, elle se sentit isolée. Ces gens n'avaient pas à penser à un meurtre, à aller voir la police. Ils ne se souciaient pas de désir, de peur, de vase et de mort. Elle poursuivit son chemin.

Michele lui avait dit de tourner à ce coin, lui semblait-il, mais elle n'en était pas sûre. Elle chercha un nom de rue, ou un indice pour lui rafraîchir la mémoire sur son itinéraire.

Ses yeux glissèrent, puis revinrent, sur une silhouette qui se tenait sous un porche à quelques mètres. Elle portait une robe blanche, un masque blanc dénué d'expression et une coiffure faite d'appendices s'agitant dans tous les sens.

Sally écarquilla les yeux : c'était une Méduse.

Le déguisement ne ressemblait pas à celui de Brian, même de loin. Les serpents étaient des sections de fil électrique, qui faisaient ressort et se balançaient de manière bizarre. Cependant, l'effet produit, pour Sally, était plus horrible que comique. La Méduse la fixait, et Sally sentait de la violence dans son regard.

Tout en se disant que tout le monde avait le droit de se costumer en Méduse, qu'il pouvait y en avoir plusieurs au carnaval, que cette Méduse fantôme n'avait rien à voir avec Brian, elle ne put s'empêcher de reculer. La Méduse fit un pas dans sa direction.

Prise de panique, elle s'enfuit, bousculant les gens sans savoir où elle allait. Elle ne voulait pas tourner la tête. Elle ne pouvait pas supporter de voir cette coiffure mouvante derrière elle.

Poursuite

Au passage de Sally, les gens riaient en la montrant du doigt. Elle comprit, avec une terreur grandissante, qu'ils les prenaient, la Méduse et elle, pour des participants à un spectacle de rue. La Méduse, pour eux, était un monstre risible, et la fuite de Sally était une comédie. Elle aurait voulu hurler la vérité, les supplier de l'aider, mais elle savait, avec une certitude cauchemardesque, qu'ils penseraient que ses démonstrations de peur faisaient partie de la bouffonnerie.

Elle aurait sans doute réussi à s'échapper, si une troupe de personnages travestis en chiens ne l'avait pas entourée en riant. L'un d'eux lui barra le passage en lui saisissant les bras de ses pattes de peluche brune.

— Non! cria-t-elle.

Les yeux qui la regardaient par-dessus le museau proéminent étaient pleins de gaieté. Les autres chiens l'encourageaient, ravis.

Le chien la fit pivoter et la présenta cérémonieusement à la Méduse. Sally lut de la haine dans son regard. Quand elle essaya de se dégager, les chiens s'esclaffèrent.

— Non, dit-elle encore.

La Méduse s'inclina légèrement en signe de remerciement, et l'entraîna, sous les applaudissements, dans une petite rue latérale.

La ruelle était vide. Une feuille de papier journal chiffonnée volait vers elle. Sally gonfla les poumons pour crier, mais la Méduse lui plaqua une main sur la bouche, et lui tira la tête en arrière, si loin qu'elle en eut le souffle coupé. Essayant de se libérer, elle battit des bras, et sentit son sac glisser de son épaule, pour tomber sur la chaussée avec un bruit mou, en dépit de ses efforts pour le retenir.

La Méduse la poussa en avant. Elle connaissait ces yeux, même si elle ne les avait vus qu'un court instant. Par une torsion de tout le corps, elle s'arracha à l'emprise de son assaillante et se lança en avant, trébuchant. Elle atteignit le bout de la ruelle et tourna précipitamment le coin, mais, déséquilibrée, elle n'avait pas couru assez vite, et la Méduse la rattrapa.

Cette fois, elle cria au secours, mais le son s'arrêta dans sa gorge quand les mains de la Méduse se refermèrent autour de son cou. Dans la lutte, sa tête bascula en arrière et heurta le mur de pierre, si fort que ses dents s'entre-

132

choquèrent. De la salive plein la bouche, elle agrippa les mains de la Méduse.

Absorbée par la lutte, sentant ses forces décroître, elle ne remarqua la présence de Michele que lorsqu'il se jeta sur la Méduse, empoignant sa robe pour lui faire lâcher prise.

Elle ne résista pas, mais parut hésiter un moment. Puis elle fit demi-tour et s'enfuit par la ruelle, disparaissant au coin.

Sally sentit ses genoux se dérober. Elle glissa le long du mur et s'assit lourdement sur le pavé. Sa tête et sa gorge étaient douloureuses.

Michele s'agenouilla à côté d'elle et lui dit d'une voix essoufflée :

— Ça va, Sally? Je vous ai suivie parce que j'étais inquiet. Et puis vous vous êtes mise à courir et j'ai failli vous perdre.

Non, ça n'allait pas. Elle chuchota :

— Poursuivez-la.

— Mais vous êtes sûre...

— Allez-y.

Michele partit comme une flèche, et aussitôt, Sally fut saisie d'une peur horrible. Elle se recroquevilla contre le mur, terrifiée à l'idée de revoir la tête macabre aux serpents dansants, le masque blanc sans expression, les yeux venimeux de la Médusc fantôme. Celle-ci pouvait faire le tour et s'approcher d'elle, déboucher d'une embrasure de porte, esquiver Michele et apparaître, comme dans les pires cauchemars.

Elle avait hâte de revoir Michele, qui l'avait sauvée. Les pavés étaient froids sous ses mains.

Finalement, il revint, portant son sac à main.

— J'ai perdu sa trace, dit-il. Une fois débarrassée de sa coiffure, elle sera très difficile à retrouver dans la foule. Je suis désolé. (Il lui tend le sac.) C'est à vous, n'est-ce pas?

C'est tout juste si elle eut la force de l'ouvrir et de regarder à l'intérieur. Les lettres avaient disparu.

Michele l'observait.

— Il vous manque quelque chose?

Sally était trop épuisée et découragée pour en parler. Elle secoua la tête, ce qui réveilla la douleur. Elle s'appuya contre le mur en fermant les yeux.

— Rien de spécial, dit-elle.

Ils restèrent silencieux un moment. Enfin Sally dit :

— Vous avez vu? Une Méduse.

— Oui, j'ai vu.

Ils attendirent que Sally se sente capable de marcher, puis reprirent le chemin du palazzo.

Une visite de Michele

Francine venait de sortir de la douche lorsqu'elle entendit frapper légèrement à la porte. Elle passa son peignoir. Quand elle demanda sèchement qui était là, on lui répondit :

— Ouvrez, s'il vous plaît. Je voudrais vous parler.

— Qui êtes-vous?

— Un ami d'amis.

Elle entrouvrit la porte et regarda par l'entrebâillement. Un homme mince aux cheveux bruns coupés court se tenait dans le couloir. Il était en costume gris, un bouton de rose jaune passé à la boutonnière, et il portait un pardessus sur le bras. Son visage aux yeux marron clair, au nez droit, était conventionnel, rassurant, assez quelconque. Elle eut l'impression de l'avoir déjà vu.

— Qui êtes-vous? demanda-t-elle une seconde fois.

— Un ami de Brian, répondit l'homme.

Elle ne bougea pas. L'homme avança la main et poussa doucement la porte.

— Puis-je entrer?

Elle recula d'un pas, et il entra dans la chambre, refermant la porte derrière lui. Elle resserra son peignoir. L'homme la dévisageait, une expression agréable sur ses traits insignifiants.

134

Francine s'assit sur le lit.

— Vous êtes de la police?

Il hésita avant de répondre :

— Non, mais je pense que vous aurez bientôt sa visite.

— Possible.

Elle prit une cigarette dans un paquet sur la table de nuit et l'alluma.

L'homme posa son pardessus sur une chaise.

— Vous savez donc que Brian a été assassiné.

— Oui.

Il y avait du défi dans cette monosyllabe, et l'homme le sentit.

— Vous ne paraissez pas triste.

Elle haussa une épaule.

— Brian était un ignorant, et un enquiquineur. Je n'ai pas à faire semblant d'être triste.

— Vous êtes courageuse. Si vous parlez ainsi aux policiers, ils pourront croire que vous l'avez tué.

Elle resta silencieuse. Il se pencha vers elle.

— Vous l'avez tué?

Elle ricana.

— Vous pensez que je vais vous dire oui?

— Seulement si c'est la vérité. Je vois que vous êtes une femme très attachée à la vérité.

— En effet. Et vous?

— Moi, je suis attaché au mensonge. C'est une caractéristique vénitienne. Nous peignons le bois pour qu'il ressemble à de l'or, le papier pour en faire du faux marbre. Et les margelles de puits que vous voyez sur les places? Vous croyez qu'il y a des puits dessous? Pas du tout. Ce sont simplement des hauts de colonnes ramenés d'ailleurs par des Vénitiens maraudeurs, et installés là pour faire croire à des puits.

Il prenait un air triomphant, comme s'il venait d'énoncer une vérité essentielle.

— C'est honteux, dit Francine.

— Pas du tout, dit-il sérieusement. Si le meurtrier de

Brian avait essayé de le pousser dans un puits, et pas dans un canal, il serait toujours en vie.

Francine regarda de plus près cet homme quelconque, dont le visage lui paraissait familier. Elle était tentée de le considérer comme un idiot, mais en fait, il l'intriguait.

— Qui êtes-vous? Étiez-vous vraiment un ami de Brian, ou est-ce votre goût du mensonge qui vous pousse à le prétendre?

— Vous êtes maligne, dit-il en souriant. Non, je n'étais pas l'ami de Brian, pas plus que vous.

— Je déteste qu'on se moque de moi, dit Francine.

La figure de l'homme s'allongea.

— Alors nous n'allons pas très bien nous entendre.

— Brian s'est moqué de moi. Il s'est déguisé en Méduse. C'était par dérision...

— De qui?

— De Jean-Paul Sartre et de ceux qui admirent ses idées.

Elle tira furieusement sur sa cigarette et souffla la fumée sur la veste de l'homme.

Il paraissait réfléchir. Enfin il dit :

— Je vous ai vue sur la piazza hier. Sartre!

Francine ne répondit pas.

— C'est donc ça. Vous étiez Sartre! (Il paraissait très content de lui.) Vous n'étiez pas un gnome.

Elle se crispa.

— Bien sûr que non. J'étais Jean-Paul Sartre.

Il s'approcha du lit et s'assit à côté d'elle. Il lui prit la main.

— Comme ça doit être intéressant de parler avec vous, dit-il avec animation.

Tout à coup, Francine éclata en sanglots. Elle enfouit la tête au creux de son épaule. Il lui prit la cigarette qu'elle serrait entre ses doigts, et l'éteignit dans le cendrier. Puis il lui caressa le dos en murmurant :

— Ma pauvre enfant!

— Vous ne savez pas ce que c'est, cria Francine.

Elle avait agrippé les revers de sa veste, délogeant le

136

bouton de rose. « Être possédée, complètement possédée, par ses idées, et personne... »

– Pauvre petite!

Il écarta une mèche de ses yeux et lui embrassa le front.

– J'embrasse toutes ces idées.

Francine s'accrochait à lui en sanglotant. Enfin ses larmes se tarirent, et elle resta en reniflant la tête contre sa poitrine.

– Vous avez raison, c'est intéressant de parler avec moi, dit-elle d'une voix de petite fille.

– J'espère que nous aurons bientôt une longue conversation, dit-il.

Il continuait à lui tapoter le dos, et ajouta :

– Vous me parlerez de la mort de Brian?

Elle eut un mouvement de recul.

– Je ne sais rien.

Il n'arrêtait pas de la caresser de façon hypnotique.

– Qu'avez-vous vu? demanda-t-il.

– Rien que Brian. Mort. Quand ils l'ont sorti de l'eau.

– Ah!

Il lui tapotait toujours le dos d'un air absent.

Elle leva les yeux vers lui.

– Étiez-vous l'amant de Brian?

– L'amant! dit-il en riant doucement. Le désir est défini comme trouble.

Pendant un moment, Francine ne bougea pas, ne dit rien. Puis elle lui demanda :

– Dites-moi qui vous êtes.

– Je m'appelle Michele.

Michele. Francine avait entendu ce nom récemment. Elle l'avait entendu...

Il se leva, rajustant sa veste.

– Il faut que je m'en aille.

Un frisson de peur la parcourut. En même temps, elle regrettait la sensation que sa main avait créée en la touchant.

– Non, ne partez pas.

Il inclina la tête.

— Je dois partir. Mais cette visite a été très intéressante.

Il lui prit la main et lui baisa les doigts.

— Je veux que nous parlions bientôt de Sartre.

Quand la porte se fut refermée derrière lui, Francine trouva le bouton de rose qui était tombé sur le lit. En respirant ses pétales, elle se souvint où elle avait entendu ce nom, Michele.

Retour chez Ursula

La carte de Venise claquait au vent dans la main de Francine, qui maudit sa nervosité. Il fallait qu'elle se calme. Elle devait être calme et sensée, comme Sartre. La carte ne cessa pas complètement de trembler, mais au moins elle pouvait la lire.

Elle savait qu'elle était dans la bonne direction, mais elle ne connaissait pas l'adresse exacte. Elle ne s'était pas souciée de noter les points de repère la première fois. Toutefois, elle se souvenait d'un arrêt de gondoles sur un petit canal, et d'une église à la façade ridiculement chargée près du palazzo dont Ursula occupait le dernier étage. Elle plia la carte et prit sa valise.

Elle avait bien fait de quitter la pension après la scène que Tom avait faite ce matin, et les insultes qu'elle avait dû essuyer ensuite de la part du patron. Elle avait d'autres bonnes raisons de partir et elle l'avait fait juste à temps. Alors qu'elle descendait avec sa valise, elle avait entendu prononcer son nom au milieu d'une conversation qui se déroulait à voix basse en italien à la réception. Se penchant par-dessus la rampe du premier étage, elle avait vu un homme vêtu d'un vilain manteau marron, qui consultait le registre. Michele n'était pas policier, mais cet homme en était certainement un. Le propriétaire continuait à parler, gesticulant en direction de l'escalier, et Francine avait silencieusement rebroussé chemin et pris l'escalier de service.

Les rues étaient déjà pleines de gens en costume. Le beau temps avait attiré du monde. Sur le campo deux jeunes gens installaient un théâtre de marionnettes, et un air de violon flottait. Francine, qui avait d'autres préoccupations, n'était pas d'humeur à apprécier cette scène joyeuse et pittoresque, qui évoquait trop une mauvaise opérette.

Enfin elle arriva en vue de l'église à la statuaire grotesque. Oui, et voilà l'arrêt de gondoles. Maintenant elle savait comment trouver la maison.

La bonne qui ouvrit la porte d'Ursula parlait seulement italien, mais elle réussit à faire comprendre que sa patronne était sortie. C'était une petite femme aux allures de souris, qui jeta des regards soupçonneux sur la valise de Francine, mais finit par consentir, après un échange de signes et des haussements d'épaules, à la laisser attendre.

Francine s'assit sur une chaise tapissée de soie bleue dans l'antichambre et fuma une cigarette. Elle essayait de comprendre ce qui se passait. Elle revit le petit déjeuner à Torcello. « Êtes-vous une amie de Michele ? » avait demandé l'Espagnole. Maintenant que Francine avait fait le rapprochement, il était évident que ce Michele qu'elle avait vu tout à l'heure était le comte Zanon. Elle l'avait même aperçu, de loin, sans son masque, mais la foule, le manque de sommeil, le costume d'Arlequin qu'il portait avaient tout embrouillé, et elle ne l'avait pas reconnu quand il était venu à la pension. De toute façon, il avait des traits insignifiants, c'est du moins ce qu'elle avait d'abord pensé.

Michele lui avait dit qu'il était un ami d'amis à elle. La señorita, elle s'en souvenait maintenant, lui avait rappelé Sally, sauf qu'elle était beaucoup plus belle et sophistiquée. Regardant la fumée de sa cigarette s'enrouler autour des guirlandes de verre coloré du lustre d'Ursula, Francine se demandait si cette señorita pouvait vraiment être Sally. Elle décida que, aussi incroyable que cela paraisse, c'était possible. Plus elle y réfléchissait, plus cela semblait probable.

Mais comment Sally pouvait-elle être en termes si amicaux avec un comte vénitien? Et le costume d'Espagnole, était-ce le déguisement que Sally avait choisi pour exprimer sa vraie personnalité? Francine se mit à caresser l'idée absurde que l'apparence effacée de Sally à Paris avait été un déguisement, et que pendant tout ce temps l'Américaine avait mené une double vie à Venise en tant que... disons l'amie de Michele Zanon.

« Êtes-vous une amie de Michele? » lui avait dit Sally. Qui plus est, elle avait dû savoir qui était Francine, car le minuscule masque qu'elle portait n'était pas un déguisement.

Francine écrasa sa cigarette dans un cendrier de cristal. Elle se sentait abusée, dupée par Sally. Quant à Michele, il fallait qu'elle en apprenne davantage sur son compte.

Une clé tourna dans la serrure. La porte s'ouvrit et un lévrier bondit dans la pièce, le museau couvert d'une de ces muselières de paille que portent les chiens vénitiens. Il s'arrêta brusquement en voyant Francine et attendit, les flancs frémissants, tandis qu'Ursula faisait son entrée. Elle portait son manteau de fourrure, une laisse de cuir rouge à la main. Quand elle vit Francine, elle la lâcha et s'écria :

— *Cara!*

Elle se jeta sur elle, l'étouffant sous sa fourrure et un lourd parfum sucré. Ensuite, elle lui prit le visage et dit :

— Je t'ai cherchée désespérément. Je n'en pouvais plus. Ils n'ont jamais entendu parler de toi à l'Albergo Lorenzo, *cara!* J'étais folle de chagrin.

— Un malentendu, dit Francine. En tout cas, je suis là. J'ai apporté mes affaires, en espérant que tu me garderais.

— Ma chérie...

La voix d'Ursula se brisa, et elle étreignit de nouveau Francine.

L'instant d'après, elle appelait la bonne, enlevait la muselière du chien, conduisait Francine sur une petite terrasse. Elle était décorée d'arbres dénudés dans des jarres, d'une table blanche en fonte ouvragée, et de la statue d'un garçon nu tenant un coquillage. Bientôt, Francine et Ursula étaient installées à la table devant des cinzanos.

Après qu'Ursula eut encore exprimé sa joie de la revoir, et décrit les souffrances qu'elle avait traversées, Francine demanda :

— Parle-moi du comte Zanon.

— Michele? Pourquoi?

— Je suis curieuse d'en savoir plus, après être allée à sa soirée.

Ursula remonta son manteau sur ses épaules et tapa de l'ongle sur ses dents.

— Michele, dit-elle d'un ton pensif. C'est Michele, c'est tout. Tout le monde le connaît. Nous l'appelons Michelazzo, ce qui signifie qu'il est un peu fripon. Les Vénitiens ont coutume de dire que la bonne vie, c'est la vie de Michelazzo : manger, boire et se promener. Michele est comme ça. Il n'y a rien d'autre à en dire.

— Il est marié?

Ursula décocha un regard aigu à Francine, puis émit un rire haut perché :

— Tu cherches un riche mari? Eh bien, je suis désolée de t'apprendre qu'il est marié — en quelque sorte.

— Comment? fit Francine en levant les sourcils.

— Sa femme vit à Milan. Elle revient de temps en temps, et alors ils vont partout ensemble, mais... tu sais. C'est une histoire ennuyeuse.

— Comment est-elle?

— Oh! Antonia est ravissante. Très riche aussi. La plus grande partie de la fortune lui appartient. Je suis sûre qu'elle a des tas d'amants à Milan. Elle le mérite bien, la pauvre chérie.

— Pourquoi dis-tu ça?

— Ce ne sont que des commérages, en fait, dit Ursula en faisant la moue. Quand elle est partie à Milan on a dit que c'était parce que Michele avait perdu... certaines aptitudes. Sur le plan physique. Tu comprends?

Francine se sentit rougir sous le regard attentif d'Ursula.

— Bien sûr que je comprends.

— Je crois qu'Antonia en a beaucoup souffert, et qu'elle en a parlé à une excellente amie, qui a été indiscrète. C'est difficile de savoir à qui on peut faire confiance, n'est-ce pas?

— Depuis ce temps, depuis qu'elle est partie, il n'a pas eu de...

— Je n'en sais rien, répondit Ursula avec brusquerie. Je n'ai pas passé mon temps à m'occuper d'un sujet aussi peu passionnant que la vie du comte Zanon. Mais tu sais, *cara,* à quoi je pensais...

Ursula se pencha, approchant sa tête de celle de Francine. Celle-ci soupira intérieurement, essayant de se préparer.

Dans la Scuola di San Giorgio

Tom était assis sur un banc dans la pénombre de la petite salle de la Scuola di San Giorgio degli Schiavoni. Il percevait un bourdonnement de conversations — le gardien vendait des cartes postales et des guides aux visiteurs — et il était conscient de la présence des chefs-d'œuvre de Carpaccio qui tapissaient les murs. L'air frais sur son visage ne le gênait presque plus.

Il était complètement absorbé par la préparation de son livre, le pendant du précédent. Des liens s'établissaient déjà. Les deux livres décrivaient des êtres pris dans des situations cruciales. En 68, il s'agissait d'un soulèvement politique; aujourd'hui, c'était un meurtre. Il était manifeste que Tom avait besoin d'une crise pour libérer sa créativité. Pas étonnant qu'il ait eu du mal à travailler ces

142

dernières années. Il lui avait manqué la décharge d'adré-
naline que provoque le danger.

Il ne pouvait nier que son projet avait mal démarré,
et qu'il n'avait encore rien écrit. Mais il allait bientôt s'y
mettre. En fait, comme il s'était disputé avec Francine et
Jean-Pierre, il n'avait pas eu grand-chose à consigner
jusque-là. Il avait cru qu'ils auraient besoin de son soutien,
qu'ils lui confieraient toutes leurs pensées. Ça n'avait pas
marché ainsi, mais il trouverait bien un moyen. Il le fallait.

– Pardon, monsieur, lui dit-on en français.

Un homme coiffé d'un bonnet de bébé et portant un
biberon avec une énorme tétine se faufila devant lui pour
aller voir les tableaux de l'autre côté de la salle.

Ce qui freinait son travail, aussi, c'est qu'il ne voulait
pas rester dans sa chambre d'hôtel, pour éviter la police.
Ses randonnées dans la ville l'avaient mené à la Scuola di
San Giorgio. Il était entré dans ce bâtiment sans attrait,
situé près d'un canal écarté, parce qu'il avait vu d'autres
personnes y pénétrer, et qu'il voulait abriter son visage
du froid. Il avait même acheté un guide.

Il se leva et se balada, jetant un coup d'œil aux peintures. Il devait partir maintenant. Il fallait bien qu'il rentre
à l'hôtel. Parvenu à la porte, il s'arrêta devant la dernière
toile.

D'après le guide, c'était *la Vision de saint Augustin*. Le
saint était dans son cabinet de travail, une plume à la main,
contemplant une vive lumière de la fenêtre. La pièce était
spacieuse, somptueuse même. Des livres ouverts jon-
chaient le sol. Il y avait un lutrin, des rayons de bibliothèque. Un chien blanc à poils longs était assis dans un
coin, les yeux brillants.

Tom se sentit irrité. Qui ne serait pas saint dans un
endroit pareil! Naturellement, Saint Augustin pouvait travailler, sur cette belle table couverte de cuir! Saint Augustin n'avait pas une femme et un gosse, et un minuscule
appartement près de la tour Montparnasse.

Et le pire, c'est que le saint avait une épaisse barbe
brune.

Tom fourra ses mains dans ses poches et quitta la Scuola di San Giorgio.

Lorsqu'il rentra à l'hôtel, l'employé de la réception lui tendit une carte avec sa clé.

— C'est pour vous, *Signore*, dit-il.

C'était une grande carte de visite carrée, sur laquelle était imprimé en lettres cursives « Michele Zanon », ainsi qu'une adresse.

Il regarda la carte et la retourna. Quelques mots étaient écrits au dos : « Pourriez-vous me retrouver chez Florian avant midi? » Ce Michele Zanon était-il un policier? Tom dit à l'employé :

— Vous avez dû vous tromper de casier. Je ne crois pas que ce soit pour moi.

Celui-ci, en hochant vigoureusement la tête, répondit :

— Si, c'est pour vous. Le comte Zanon a bien précisé votre nom.

— Le comte Zanon? demanda Tom en regardant encore la carte.

— Oui, *Signore*.

Il se demanda s'il s'agissait d'un piège. Il se tourna vers l'employé, qui hochait encore la tête. Son comportement était devenu beaucoup plus onctueux.

— Vous connaissez ce comte Zanon?

Les hochements de tête s'accélérèrent.

— Certainement. Je l'ai souvent vu. Il est connu à Venise.

Tom tapa le bord de la carte sur le comptoir. Ça pouvait être un piège savamment monté. Mais si l'employé ne mentait pas, ce comte Zanon avait vraiment demandé à le voir, et il l'attendrait jusqu'à midi chez Florian.

Il arriva sur la piazza San Marco largement à temps. Florian était baigné d'une douce lumière dorée, et des odeurs de café et de chocolat flottaient dans la salle. Elle était pleine de clients, dont certains costumés, qui bavardaient avec animation. Toutefois, lorsque Tom demanda le comte Zanon, le serveur réagit promptement et le mena

144

à une table où un homme fluet, élégamment vêtu, finissait un expresso.

Une fois les salutations échangées, le café commandé, le comte dit :

— C'est très aimable à vous d'être venu. Merci.

— Oui. De quoi s'agit-il? demanda Tom, sur ses gardes.

— D'abord, je dois vous présenter mes condoléances au sujet de la mort de votre ami Brian.

Tom se sentait mal à l'aise. Il se demandait si un comte vénitien pouvait servir officieusement la police.

— Vous êtes flic, ou quoi?

Le comte secoua la tête.

— Un simple spectateur. Mais j'avais un autre motif pour souhaiter vous rencontrer.

Tom attendit.

Le comte se pencha.

— Je suis un grand admirateur de votre ouvrage *Sur les barricades.*

Voilà qui était mieux. Tom se détendit, comme il le faisait toujours quand on lui faisait ce genre de remarque, ce qui devenait de plus en plus rare. Il avait pris le comte pour une mauviette, mais il commençait à prendre de l'importance à ses yeux.

— Ah bon?

— Oui, vraiment. Il m'a fasciné. Quelle période ça a dû être!

Le visage du comte s'était enflammé, ses yeux brillaient de candeur

Tom voyait que cet homme comprenait l'importance de Mai 68.

— Eh bien, monsieur... comte Zanon.

— Michele.

— Eh bien, Michele...

Tom se lança dans son thème favori. Ils commandèrent et burent d'autres expressos. Tom prenait beaucoup de plaisir à être là. Il remarqua qu'il se frottait moins les joues.

145

Quand son éloquence finit par se tarir, Michele laissa passer un moment avant de dire :

— Et Brian était un de vos disciples? Quel coup terrible sa perte a dû représenter!

Tom secoua la tête.

— Ce gamin! Mai 68 ne signifiait rien pour lui.

Voyant l'air étonné de Michele, il s'empressa d'ajouter :

— Bien sûr, je suis désolé qu'il soit mort.

— Bien sûr.

Une trace d'ironie dans le ton de Michele poussa Tom à demander :

— En quoi êtes-vous concerné par cette affaire? Vous connaissiez Brian?

— Un peu. Son assassinat est bizarre, vous ne trouvez pas?

— Si, si.

— Bien que, vous savez... (Michele avait pris un ton méditatif.) Il semble qu'il y ait eu des incidents auparavant.

Tom aurait préféré que Michele change de sujet. Il attendit un bon moment avant de répondre :

— Ah oui?

— Oui. Ce matin, j'étais à l'Albergo Rondini où Brian était descendu. Le personnel était affolé par le crime, vous pensez bien. Un des employés m'a dit qu'un homme barbu avait été expulsé de l'hôtel avant-hier soir parce qu'il rôdait de façon suspecte.

Tom aurait voulu sortir du champ de vision de Michele. Il se rendit compte qu'il se frottait les joues et baissa la main.

— Sans blague?

— Oui. Personne ne sait qui était ce barbu, mais maintenant ils sont tous persuadés qu'il a un rapport avec le crime.

Il faisait chaud chez Florian.

— Il faut que je m'en aille, dit Tom.

— La peur, c'est la fuite; c'est l'évanouissement, prononça Michele.

Tom regarda le comte. Puis il dit :
— Peut-être bien.
Il se leva, et se dirigea vers la porte.

Jean-Pierre et le Bouffon

Un jeune acrobate costumé en Bouffon avait rassemblé une foule devant l'église San Moisè. Son visage était maquillé en blanc, sa bouche rouge imitait un arc de Cupidon. Il portait un bonnet et un habit bigarré rouge et vert auxquels étaient attachées des clochettes qui tintaient à chaque mouvement de ses longs bras et de son corps gracieux. Leur son se mêlait à la musique des pipeaux que jouaient deux garçons coiffés de bérets de velours ornés de plumes.

Le Bouffon se mit en équilibre sur les mains, arqua élégamment les jambes en arrière, fit le pont, se redressa, puis se fendit en un grand écart parfait. Les appareils-photos cliquetaient. Il se releva, pirouetta, et grimpa sur les épaules d'un des joueurs de pipeau. Il s'y tint un moment, silhouette incroyablement colorée contre la façade grise de San Moisè. L'instant d'après, on ne vit plus qu'une masse confuse de rouge et de vert, tandis qu'il exécutait un saut périlleux magistral, et atterrissait légèrement sur les pavés.

Jean-Pierre, qui était là, applaudit avec la foule. Il ne pouvait quitter des yeux le Bouffon. Il représentait tout ce qu'il n'était pas. Il se sentait lourd, maladroit, gonflé de chagrin et de rage. Chaque geste du Bouffon irradiait la joie, la légèreté et la grâce. Pendant qu'il faisait la roue, se contorsionnait, tournoyait, défiant avec désinvolture les lois de la pesanteur, quelque chose dans son numéro rappelait à Jean-Pierre le début de ses relations avec Brian.

Dans un instant, je vais recommencer à souffrir, pensa Jean-Pierre. Mais la douleur était miraculeusement suspendue. Jean-Pierre revoyait le corps de Brian s'animer sous ses baisers, il se souvenait de ses jambes, si droites, si fortes, de la façon dont les boucles trempées de sueur se collaient à son front. Il ressentit un désir si fort qu'il touchait à l'extase.

La douleur arriva, mais atténuée. Par les orifices de son masque, Jean-Pierre regarda le Bouffon avec gratitude. Il lui devait un soulagement qu'il avait pensé ne jamais trouver, même brièvement. Quand l'acrobate salua sous les applaudissements enthousiastes, et passa dans la foule avec le béret de velours d'un des joueurs de pipeau, Jean-Pierre posa un billet de vingt mille lires sur les autres dons plus modestes.

Le Bouffon leva les yeux vers lui.

— *Molto, molto grazie,* dit-il avec un accent français.

— J'ai beaucoup aimé le spectacle, lui répondit Jean-Pierre dans sa langue. Vous avez été merveilleux.

Le Bouffon haussa humblement les épaules.

— Vous êtes très gentil.

Et il s'éloigna pour présenter le béret aux autres spectateurs.

La foule se dissipait. Jean-Pierre resta encore un moment, regardant le Bouffon ramasser l'argent et les musiciens ranger leurs instruments. Finalement il s'éloigna et flâna devant les vitrines. Quelques instants plus tard, il entendit des clochettes à son côté. Le Bouffon l'avait rejoint.

— Tu es de Paris? demanda celui-ci en souriant.

— Oui.

— Moi aussi. Je fais parfois mon numéro sur l'esplanade de Beaubourg.

— Je t'y chercherai.

Ils poursuivirent leur chemin ensemble. Le Bouffon dit :

— Il y a beaucoup de gens généreux au carnaval, mais rarement autant que toi.

— Tous les acrobates ne sont pas aussi excellents que toi.

Ils continuèrent à parler de choses sans importance,

tout en flânant. Les clochettes tintaient, les entourant d'un tissu musical. Finalement, le Bouffon dit :

— Tu sais ce que j'aimerais?

— Quoi?

— Te voir sans ton masque.

— J'ai très mauvaise mine aujourd'hui, dit Jean-Pierre en secouant la tête. Si je porte ce masque, c'est parce que je ne veux montrer mon visage à personne.

— Je suis sûr que tu exagères. Je t'en prie...

— Je ne peux pas.

Le Bouffon sourit d'un air enjôleur.

— Même si nous allions dans un endroit intime? Ou personne d'autre ne pourrait te voir?

Jean-Pierre regarda le Bouffon. Celui-ci lui toucha l'épaule.

— S'il te plaît?

Au bout d'un moment, Jean-Pierre répondit :

— D'accord. On peut aller à mon hôtel.

Quand ils y arrivèrent, Jean-Pierre ne remarqua pas l'homme brun en costume gris qui sortait. Il avait sa clé, et ne vérifia pas s'il y avait des messages pour lui.

Quand ils furent dans la chambre, le Bouffon dit :

— Maintenant.

Jean-Pierre ôta son masque et le posa sur la commode. Le Bouffon s'approcha de lui, et posa une main fraîche sur ses paupières gonflées. A ce contact, Jean-Pierre respira profondément.

— Quelqu'un t'a fait du mal, dit le Bouffon en pressant la peau tendre sur les joues de Jean-Pierre.

— Oui.

— Ton amant?

— Oui.

— L'amour peut être brutal, paraît-il.

— C'est vrai.

— Je vais te montrer mon visage, si tu veux. Tu aimerais?

— Oui.

Le Bouffon entra dans la salle de bains et ferma la

porte. Jean-Pierre entendit les clochettes tinter, l'eau couler. Il se déshabilla et ouvrit le lit, qui venait d'être refait. Les draps étaient lisses et frais sous son corps.

Quand le Bouffon sortit, il avait enlevé son bonnet, et démaquillé son visage. Avec sa peau bronzée et ses cheveux emmêlés, il paraissait très jeune. Il avait un petit grain de beauté en haut d'une joue.

En voyant Jean-Pierre, il dit :

— C'est bien.

Il s'approcha du lit, se pencha, et l'embrassa. Sa bouche avait un goût sucré, comme s'il avait mangé des bonbons.

Le désir insensé que Jean-Pierre avait ressenti tout à l'heure revenait, le transperçant comme un couteau. Il étreignit le Bouffon et les clochettes tintèrent. Puis elles tombèrent par terre.

Au moment où Jean-Pierre allait se laisser emporter, il murmura :

— Mon amant est mort.

Plus tard, somnolent, Jean-Pierre sentit le Bouffon se glisser hors du lit et entendit les clochettes sonner à nouveau quand il enfila son costume. Ouvrant un œil, il le vit prendre son portefeuille et le vider. Il le vit aussi saisir sa montre, posée à côté du masque sur la commode. Il referma les yeux, et écouta la porte s'ouvrir doucement tandis que le Bouffon sortait de la chambre.

L'amour peut être brutal, mais ça n'avait pas d'importance. Jean-Pierre ne se souciait plus de rien, il n'avait plus rien à apprendre. Le Bouffon pouvait bien emporter tout ce qui restait de son naufrage.

Rolf et Michele

Comme toujours, dans la rue où habitaient Rosa et Gianni, des gosses jouaient au football, se renvoyant le ballon dans le large espace pavé entre les immeubles de briques noirâtres. Le ballon vola dans la direction de Rolf qui le bloqua d'un pied expert et le renvoya aux enfants. Il ricocha sur le pavé vers un homme fluet en costume gris, un pardessus jeté sur les épaules, qui s'abritait sous un porche presque en face de la maison de ses hôtes. L'homme se redressa et marcha vers Rolf. Quand il fut tout près, il prononça son nom.

Rolf fut instantanément sur ses gardes. Il examina l'homme, se demandant s'il l'avait déjà rencontré. C'était possible, mais pour le moment ce nez mince et droit et ces yeux marron clair ne lui disaient rien. Ce n'était pas un visage qu'on retenait.

— Oui? fit-il, presque sans ralentir le pas.

— Je me demandais si vous auriez le temps de parler avec moi. Je suis un ami de Brian.

A ces mots, Rolf s'arrêta. J'aurais dû filer. Pourquoi suis-je resté?

— Que voulez-vous?

— J'aimerais que nous parlions de hier après-midi.

Ce type était sûrement un policier enquêtant sur la mort de Sally. Comment avait-il trouvé Rolf? Minute! Un policier ne dirait pas qu'il est un ami de Brian. Et dans la police, à la connaissance de Rolf, on ne portait pas des costumes aussi coûteux. Il reprit sa marche.

— Foutez le camp!

Il entendit des pas derrière lui. La voix de l'homme dit :

— Je sais que vous y étiez.

Rolf s'arrêta brusquement et entendit l'individu en faire autant. Le sinistre environnement disparut, cédant la place à un vide grisâtre prêt à l'engloutir. S'il se laissait cerner par cette froide grisaille, il était perdu. Il attendit, et bientôt il vit de nouveau les immeubles, le linge qui séchait aux fenêtres, il entendit les cris des enfants. Il se retourna.

— De quoi parlez-vous?

— Vous portiez une cape et un capuchon noirs, et vous aviez un miroir sur le visage.

La grisaille revenait. Il serra le sac de plastique blanc contenant le costume de Pierrot de Jean-Pierre.

— Vous êtes fou.

L'homme sourit.

— Peut-être, mais ça ne m'empêche pas d'avoir raison.

Rolf déglutit plusieurs fois. Personne ne savait qui était derrière le miroir, et pourtant cet inconnu était au courant. Il s'était inquiété à propos du groupe, de celui qui savait quelque chose et lui avait envoyé un poème. Et voilà qu'arrivait ce type qu'il n'avait jamais vu, et qui savait que c'était lui, l'homme au miroir! Il se sentit douloureusement exposé, comme s'il avait crié par mégarde tous ses secrets sur la piazza.

— Vous avez choisi un déguisement tout à fait vénitien, disait l'homme. Vous saviez peut-être que le miroir a été inventé ici? Les artisans n'avaient pas le droit de quitter Venise, on voulait éviter qu'ils n'en révèlent le secret. Il a fini par être divulgué, comme il arrive souvent avec les secrets.

Rolf lutta pour garder son sang-froid.

— Dites ce que vous voulez, espèce de dingue, je ne sais pas de quoi vous parlez.

— Il faut du toupet pour nier l'évidence.

Presque comme en s'excusant, l'homme indiqua les gamins qui tapaient dans le ballon.

— Avant votre arrivée, j'ai eu une conversation avec ces enfants, là-bas. L'un d'eux m'a dit que vous étiez chez ses parents en ce moment. Hier, il vous a vu, ou du moins il a vu l'homme-miroir sortir de sa maison. Vous pouvez dire que ce n'est pas une preuve absolue, mais...

Rolf lâcha le sac et se jeta sur l'homme, mais celui-ci l'esquiva aisément. Son visage se colora, comme s'il allait se mettre à rire.

Rolf s'arrêta et respira profondément pour reprendre son calme. Il ramassa le sac.

— Je me suis peut-être déguisé de cette façon. Ça ne veut pas dire que j'étais... que j'étais...

— Au rio della Madonna? Mais si, vous y étiez.

L'homme paraissait beaucoup s'amuser. La poitrine de Rolf se gonfla de fureur.

— Comment le savez-vous? Vous ne pouvez pas le prouver.

Soudain, il se souvint d'une silhouette blanche, une mariée qui avait l'air échappée d'un asile, avec des fleurs sur la tête et du tissu effrangé qui pendait autour d'elle. Elle l'avait vu, c'était sûr, elle l'avait regardé de l'autre rive du petit canal. Il dit :

— C'était vous, la mariée?

L'homme eut l'air déconcerté. Puis il parut comprendre.

— Vous voulez dire le cadavre, objecta-t-il.

Et, se penchant en avant, il ajouta :

— Être mort, c'est être une proie pour les vivants.

La panique et la rage que Rolf avait eu peine à maîtriser jusque-là l'emportèrent.

— Laissez-moi tranquille! cria-t-il. Je me fous de ce que vous avez vu! Je n'ai pas tué Sally!

L'homme fronça les sourcils.

— Sally?

— Foutez-moi la paix, espèce de cinglé!

Si seulement ces satanés gosses n'avaient pas été là, il aurait empoigné l'homme et lui aurait écrabouillé la figure, jusqu'à ce que le sang gicle partout. Il lui aurait enfoncé les doigts dans les orbites et arraché les yeux.

L'homme, à présent, regardait Rolf d'un air soucieux.

— Ciao, marmonna-t-il.

Il tourna les talons et s'éloigna rapidement.

Essayant de réprimer ses tremblements, Rolf traversa la chaussée vers la maison de Gianni et Rosa. Il vit la jeune femme dans l'encadrement d'une fenêtre du rez-de-chaussée. Elle le regardait.

Elle ouvrit la porte, le visage animé. Montrant du doigt l'homme qui s'éloignait, elle dit :

— Moi j'ai vu. *Il conte Zanon.*

Il la considéra avec surprise.

— Tu le connais?

— *Si, si.*

— C'est son nom, comte Zanon?

— *Si.* Michele Zanon.

— Où habite-t-il? Euh... *Dove vive?*

— Ooh! fit Rosa avec des gestes expressifs décrivant une belle résidence. Beau palazzo! *Tanto bello!*

— *Dove?*

— *Canal Grande.* (Elle mit un doigt sur son menton pour réfléchir.) *Imbarcadero San Angelo.*

Bien. Rolf savait qui était cet homme, et où le trouver. Il ne lui en fallait pas plus. Il regarda Rosa, qui baissait la tête en rougissant. Comme il s'y attendait, sa pétulance avait disparu.

Enfin, elle lui avait rendu un sacré service! Il la prit contre lui, laissant glisser ses mains jusqu'à sa croupe rebondie. Il l'embrassa, lui mettant la langue dans la bouche. Au bout d'un moment, elle se dégagea, haletante. Montrant la rue, elle dit :

— Les garçons. Plus tard.

Tant mieux. Il n'était pas d'humeur à batifoler. Il monta l'escalier jusqu'à sa chambre, s'assit sur le canapé et alluma une cigarette. Contemplant la fumée, il se mit à penser au comte Michele Zanon.

Troisième partie

Interlude

Aujourd'hui c'est Mardi-Gras et la fin du carnaval. Demain viendra l'ennui du Carême. Les pluies désintégreront les confettis oubliés par les balayeurs, les déguisements seront repliés et rangés, et pendant les semaines qui précéderont l'invasion touristique de l'été, il sera possible d'obtenir une table chez Florian ou au Harry's Bar.

Pour l'instant, le carnaval continue. Le rythme est devenu fiévreux, car la pluie, qui va tout laver, est proche. C'est l'heure des dernières chances : celle de vendre une carte postale, une écharpe de tulle bleu, un collier de fleurs de verre, une gravure du vieux Venise, une chemise rayée de gondolier ; la dernière chance de se rendre déguisé à un concert, de danser impromptu avec un inconnu, de marcher dans les rues derrière un bouquet de baudruches haut comme les maisons, d'être à minuit à la Bocca di Piazza pour écouter une vingtaine d'adolescents au visage d'ange chanter des motets ; la dernière chance de porter un masque ; celle d'obtenir ce que l'on espérait du carnaval.

Le beau temps persistera peut-être. Venise sera si belle qu'on se moquera que les heures soient si brèves.

Michele revient

Sally était assise dans le salon de Michele donnant sur le Grand canal. Elle mangeait du salami, du pain bis, des olives noires, et buvait de l'eau gazeuse. Le soleil pénétrait par le balcon à travers un vitrail et tombait sur un énorme vase de lis et un tapis d'Orient aux motifs vert pâle et or, traçant un chemin de lumière sur les peintures qui tapissaient les murs jusqu'au plafond.

Elle était encore meurtrie et apeurée après son affrontement avec la Méduse, mais elle avait dormi, d'un sommeil lourd et profond, et elle se sentait un peu mieux. Lorsque le policier aux yeux noirs était parti, après avoir consigné son récit de l'attaque de la Méduse, Michele lui avait dit :

— Sally, je dois sortir un moment. Reposez-vous, surtout. Maria est ici, et Sandro aussi. Vous serez parfaitement en sécurité.

Sally n'était pas d'humeur à discuter, ni en position de le faire. Elle avait dormi et cela lui avait fait du bien. Au réveil, elle s'était rendue dans le salon et Maria, la gouvernante, qui lui avait prêté des chaussures pour aller à Torcello, lui avait apporté un en-cas. A son étonnement, Sally l'avait mangé avec appétit. Il restait quelques biscuits, généreusement saupoudrés de sucre glace. Elle ne voulait pas répandre du sucre et des miettes sur la tapisserie de soie jaune et blanche de sa chaise, ni sur le tapis. Elle enveloppa les biscuits dans sa serviette et les emporta sur l'étroit balcon de pierre.

L'air était froid et vivifiant. Sur les eaux du canal, l'activité était intense. Sally se pencha sur la balustrade pour regarder les chalands, les canots-taxis et les gondoles. Dans le ciel, des mouettes tournoyaient en criant. Les moteurs ronronnaient, les rames et les cordes faisaient résonner l'eau, des rires et des appels retentissaient. De l'autre côté du canal elle voyait d'autres palais aux fenêtres arrondies ou pointues, décorés de médaillons richement sculptés ou de lions ailés, de balcons semblables à celui sur lequel elle se tenait. Venise était belle, si on la voyait ainsi, si on pouvait rester au soleil après un bon repas et oublier ses soucis une minute ou deux.

Elle se rappela ce que son père lui avait dit le matin : « Tu reviendras avec nous, ma chérie. »

Elle vit la maison de briques de Tallahassee où ses parents vivaient, où elle avait grandi. A Tallahassee, en été, il pleuvait fort tous les après-midis, et ensuite, l'air était doux, parfumé. En automne, des noix de pécans tombaient de l'arbre de sa grand-mère.

Sally et ses parents boiraient du thé glacé et regarderaient les informations à la télévision le soir. Elle trouverait un poste d'enseignante. Peut-être rencontrerait-elle un gentil garçon, ayant terminé ses études de droit, ils se marieraient, et sa vie deviendrait comme elle l'avait imaginée avec Brian.

Le nouveau jeune homme ne serait sûrement pas si beau. Il serait quelconque, mais loyal, et bon.

Venise était belle si on pouvait oublier ses soucis, mais pour Sally, c'était impossible. Brian avait été assassiné, et elle-même était menacée, et seule.

C'était vrai que Michele l'avait sauvée de l'attaque de la Méduse, et elle avait d'abord éprouvé un soulagement et une gratitude immenses. Mais depuis, elle avait eu le temps de réfléchir.

Qu'avait-il résulté de l'épisode avec la Méduse ? Elle avait perdu les lettres qu'elle apportait à la police, les lettres menaçantes que Brian avait reçues à Paris. Supposons que Michele ait voulu ces lettres. Supposons que la Méduse et lui aient été de mèche. Elle ne savait pas comment il aurait pu organiser le coup, mais il aurait pu, elle en était sûre.

D'autre part si les lettres avaient été l'objet de l'agression, elle n'avait plus de raison d'être attaquée une

159

deuxième fois. Cependant elle ne pouvait pas prendre de risques. Elle était coincée.

Le ciel se couvrait. Sally rentra.

A supposer que Michele et la Méduse aient été de connivence, et que Michele ait les lettres, comment le vérifier? Elle pouvait les chercher, et peut-être les trouver.

Elle entendit sa mère lui dire : « Sally Ann! Tu ne feras pas une chose pareille! »

Bien sûr que non, maman. Je plaisantais.

« On ne va pas chez les gens fouiller dans leurs affaires ! »

Non, maman.

Sally soupira. Si elle trouvait les lettres, cela signifierait qu'elle ne pouvait pas faire confiance à Michele. Au moins ce point serait éclairci.

Elle traversa lentement la salle à manger, parfaitement en ordre aujourd'hui, un énorme bouquet de roses jaunes posé sur la surface brillante de la table. Puis elle prit le couloir jusqu'à la chambre d'Antonia. Elle ouvrit les portes de l'autre côté du couloir. Elles donnaient sur deux pièces à l'aspect ordonné, inoccupé des chambres d'ami. Avec toute cette place, Michele l'avait installée dans la chambre d'Antonia. Elle se demanda pourquoi.

Après la chambre, un couloir bifurquait à gauche. Elle le suivit et trouva une petite bibliothèque. Les murs étaient couverts de vieux livres enfermés derrière des grillages de cuivre terni. Deux fauteuils en cuir craquelé se faisaient face de chaque côté d'une cheminée sans feu. Au-delà des hautes portes-fenêtres, un balcon en fer forgé donnait sur le jardin. Sur un bureau aux pieds grêles, elle vit une petite machine à écrire portative, et une pile bien nette de papiers, sous un presse-papiers de verre vénitien multicolore.

Elle s'approcha du bureau et regarda les papiers. Celui du dessus était une lettre adressée à Michele en italien.

Elle posa la main sur le presse-papier.

« Sally », dit sa mère.

Elle écarta le presse-papiers.

« Sally Ann! »

Ce n'est rien, maman. J'en ai pour une minute.

Elle prit les papiers et les feuilleta, cherchant les enveloppes, ou les quatre petites feuilles aux courtes phrases ambiguës. Elle était si absorbée par ses recherches qu'elle faillit manquer le papier portant l'écriture de Brian. Elle le passa et dut revenir en arrière.

La feuille avait été pliée, puis dépliée. L'écriture de Brian était hésitante, mais c'était bien la sienne. Une tache violette, sans doute de vin, avait sali un coin de la page.

Brian avait écrit un poème :

> *La femme dont le visage change les autres en pierre*
> *Fait des amis confiants des êtres solitaires.*
>
> *Oui, la femme aux serpents en guise de cheveux*
> *Transforme amants fidèles en hommes malheureux.*
>
> *A qui portera-t-elle le prochain de ses coups ?*
> *Qui peut prévoir ce qu'elle changera en vous ?*

Sally relut le poème plusieurs fois. Elle était toujours là, ayant oublié l'objet de ses recherches, quand elle entendit un pas dans l'escalier. Elle posa rapidement les papiers, à l'exception du poème, et mit le presse-papiers dessus. Elle plia le poème et le fourra dans la poche de son jean, puis elle passa la tête par la porte, pour voir Michele atteindre le sommet de l'escalier.

Il marcha vers elle rapidement et s'écria :

– Sally ! Vous allez bien ?

– Ma foi... J'ai encore un peu mal à la tête.

– Mais ça a été ? Rien de nouveau ?

– Non. Ça va.

– Bien. Bien.

Elle remarqua qu'il paraissait surexcité. Il la prit par les épaules.

– J'ai quelque chose à vous dire, déclara-t-il. J'ai découvert qui a tué Brian.

— Rolf? Vous en êtes sûr?

Sally s'attendait à tout sauf à ça.

Michele marchait de long en large dans la bibliothèque. Sally s'assit dans un des fauteuils devant la cheminée.

— C'était lui, l'homme-miroir. Il a d'abord essayé de nier. Il a dit (Michele se redressa et prit une expression hargneuse) « Foutez le camp! »

En un clin d'œil Michele avait campé Rolf de façon si réaliste que Sally avait l'impression de l'avoir vu et entendu elle-même.

Michele reprit son expression normale.

— Mais bien sûr, j'avais une preuve. Un témoin. Alors il l'a reconnu.

Sally était déconcertée.

— Rolf a reconnu avoir tué Brian?

— Non, non. Il a reconnu que c'était lui, l'homme-miroir. Mais vous l'avez vu vous-même penché sur le corps de Brian. Vous disiez la vérité, n'est-ce pas?

Elle crut déceler une certaine ironie dans le regard soupçonneux qu'il lui lançait.

— Oui. Mais je ne l'ai pas vu frapper Brian.

Michele écarta cette objection d'un geste.

— Peut-être. Mais vous admettez que selon toute probabilité c'est lui le coupable, non? Il s'est enfui, après tout.

Moi aussi, pensa Sally, mais Michele poursuivait :

— Et il n'est pas allé ensuite raconter son histoire à la police, comme vous.

Elle revoyait la silhouette en cape noire, le miroir réfléchissant la lumière du soleil. L'assassin pouvait être Rolf. Elle n'avait aucune raison de ne pas le croire.

— La police a été plus facile à convaincre que vous, dit-il.

— Vous devez avoir raison, dit-elle en secouant la tête.

— Non. Vous avez des doutes. Lesquels?

Lesquels? Sally réfléchit, puis elle dit :

— Je ne vois pas pourquoi il l'aurait fait. Je ne pense pas qu'il détestait Brian. Il faisait à peine attention à lui.

Rolf ne faisait pas attention à Brian, pensa-t-elle. Il faisait attention à moi. Quand ils étaient au café des Écoles, il l'observait, les yeux mi-clos. En y repensant, elle sentit ses paumes devenir moites.

— Ah! Ceci, voyez-vous, est la deuxième partie de l'histoire.

L'excitation de Michele semblait être retombée. Il avait cessé de faire les cent pas et se tenait près du bureau.

— En fait, il ne sait pas que c'est Brian qui a été tué. Il pense que c'est vous.

Cette déclaration la remplit d'un sentiment d'horreur. L'idée que Rolf ait pu tuer Brian ne lui avait pas paru plausible. Mais qu'il ait tué son mari parce qu'il l'avait pris pour elle était tout à fait possible. Pourquoi, elle n'en avait aucune idée. La réponse devait être dans la façon dont il la regardait au cours de ces longs après-midis au café des Écoles. Cela n'avait rien à voir avec elle, mais avec quelque chose qui se passait dans sa tête à lui.

— Je n'aurais pas dû vous le dire, disait Michele. J'aurais dû attendre qu'on l'arrête.

— Comment savez-vous qu'on l'arrêtera? Il va peut-être se sauver, maintenant que vous l'avez averti.

— Il fallait que je le sonde, pour être sûr. L'enfant qui m'a dit l'avoir vu dans ce costume aurait pu se tromper, ou mentir. Il fallait que j'observe ses réactions.

— La police aurait pu le faire, dit-elle. Brusquement, elle eut envie de pleurer. Pourquoi n'avez-vous pas laissé faire la police?

Michele fronça les sourcils, comme s'il ne comprenait pas.

— Parce que ça aurait été beaucoup moins intéressant.

Elle s'appuya contre le dossier du fauteuil, et glissa ses doigts dans les poches de son jean. Le papier qu'elle

avait trouvé sur le bureau fit entendre un léger craque-
ment.

Michele recommença à marcher de long en large. Il
paraissait avoir retrouvé sa bonne humeur. Sally le regardait, essayant de réfléchir.

— Comment avez-vous pu trouver Rolf? demanda-
t-elle. Moi-même je ne savais pas où il était.

— C'était facile (Michele avait l'air content de lui) J'ai
appelé le bistrot où il travaille à Paris, et j'ai demandé si
quelqu'un savait où il se trouvait. Un monsieur très cordial
s'est fait un plaisir de me renseigner.

— Mais comment saviez-vous pour le restaurant? Je
sais que je n'ai...

— Brian me l'a dit.

— Brian?

— Quand j'ai parlé avec lui le soir avant sa mort.

— Quand vous avez parlé avec lui?

Elle était stupéfaite. Elle se rendait compte que Michele
ne lui avait presque rien dit, et elle — parce qu'elle était
en pleine confusion, par peur de ce qu'elle pourrait
apprendre — lui avait fait grâce de ses questions. Elle était
tout aussi furieuse contre elle-même que contre lui.

— Vous ne m'aviez pas dit que vous aviez parlé avec
Brian.

Michele ne fit aucun cas de son ton accusateur. Il
s'assit dans le fauteuil en face d'elle, et dit :

— Brian était un jeune homme extrêmement malheureux.

— Oui.

— Il était si beau, si malheureux. Sa tristesse m'intéressait autant que sa beauté.

Il prit une expression lointaine.

— Nous nous sommes rencontrés par hasard dans une
taverne près de la Fenice. Il était seul. Nous avons partagé
une carafe de vin ou deux, et il m'a tout dit : sur le groupe,
sur vous, Jean-Pierre, le jeu que vous deviez jouer. Une
fois lancé, on ne pouvait plus l'arrêter. Jamais je n'ai vu
un homme aussi obsédé par sa culpabilité, avec si peu de

164

raisons, si je peux le dire sans vous faire du mal, de se sentir coupable. Il pensait qu'il vous traitait de façon abominable, honteuse. Il était également angoissé parce qu'il ne pouvait pas rendre son amour à Jean-Pierre avec une ferveur égale à la sienne. Il ne se sentait pas à la hauteur, tout en ayant l'impression d'être étouffé. Enfin, il se reprochait terriblement d'avoir trahi les règles du jeu.

— Trahi les règles du jeu? Comment?

— Sur l'insistance de Jean-Pierre, ils s'étaient tout dit sur leurs costumes.

— Il a dit à Jean-Pierre qu'il allait se déguiser en Méduse?

— Oui.

— Et Jean-Pierre, en quoi allait-il se costumer?

— En Pierrot.

— En Pierrot? Mais il devait choisir un déguisement qui représente sa vraie personnalité.

Michele haussa les épaules.

— Il a dit à Brian qu'il avait l'intention de s'habiller en Pierrot.

Sally se demanda lequel, de tous les Pierrots qu'elle avait croisés, était Jean-Pierre. L'un d'eux ne l'avait-il pas bousculée quand elle suivait Brian après qu'il eut quitté la piazza? Un Pierrot avec une grande collerette de tulle noir?

Michele regardait Sally, paraissant réfléchir à quelque chose. Il se leva et se dirigea vers le bureau en disant :

— Il y a un détail particulièrement émouvant...

Il écarta le presse-papiers et se mit à feuilleter la pile de courrier.

Il examina tous les papiers, puis recommença. Après avoir cherché une deuxième fois, il se tourna vers Sally, un sourire sur ses lèvres.

— Je vois que je ne suis pas le seul à vouloir mener une enquête, dit-il. Qu'avez-vous fait du poème de Brian, Sally?

Sally, en bredouillant, improvisa une explication sur la façon dont elle avait trouvé le poème de Brian. Elle transpirait, et se demandait si Michele, qui l'observait d'un air neutre, la croyait. Elle espérait qu'elle n'aurait pas à répéter son histoire, car elle n'était pas sûre de se souvenir des détails : elle était entrée dans la bibliothèque pour chercher de la lecture, et elle avait vu l'écriture de Brian sur le coin d'une feuille qui dépassait de la pile de papiers. Quand elle fut à court d'arguments, il hocha la tête d'un air approbateur.

— Vous avez très bien fait. J'aurais dû vous le donner moi-même, mais j'avais peur de vous faire souffrir.

Sally n'était pas très sûre de le croire, non plus, mais elle était soulagée de ne plus être sur la sellette.

— Il y a une chose que je ne comprends pas, dit-elle.

— Quoi?

— Pourquoi Brian vous a-t-il parlé ce soir-là? Pourquoi vous a-t-il confié tous ses secrets?

Michele réfléchit un moment avant de répondre :

— Pour deux raisons, je pense. La première, c'est qu'il était désespéré, il avait envie de parler. La seconde, c'est qu'il m'a révélé ses secrets parce que je lui ai raconté les miens.

Sans savoir pourquoi, Sally se sentit mortifiée. Elle se demandait ce que Michele avait confié à Brian qu'il ne lui avait pas dit à elle.

— Vos secrets?

Il s'approcha de la porte-fenêtre et leva les yeux vers le ciel.

— Je crois qu'il va pleuvoir, vous savez.

Sally attendit. Elle n'allait pas se mettre à parler du temps.

Il revint s'asseoir dans le fauteuil en face d'elle.

— Vous savez que je suis une fleur des champs qui vit sans souci. Je n'ai pas à gagner mon pain quotidien. Ma vie n'est pas ennuyeuse parce que je sais m'amuser, et parce que mon attention est facilement captivée. Elle l'a été par Brian.

Il s'installa confortablement, avec une certaine affectation, dans son fauteuil.

— Quand j'ai vu Brian à la taverne, il était l'image même du désespoir. J'étais intrigué, comme je vous l'ai dit. Pourquoi un homme si jeune et si beau était-il aussi triste? J'ai essayé de lui parler, mais il me répondait à peine. Il devait croire que l'intérêt que je lui portais était d'ordre sexuel. Peut-être êtes-vous trop jeune pour le savoir, Sally, mais souvent, quand on confie un secret à une personne, ça l'incite à vous révéler le sien. Une confidence en entraîne une autre. Je voyais que Brian était triste, et si je voulais savoir pourquoi, la meilleure façon était de paraître triste aussi.

Sur ces derniers mots, son visage se transforma, presque par magie. Les coins de sa bouche s'abaissèrent, ses joues s'affaissèrent, même sa peau parut prendre une couleur terreuse. Il y avait de la tristesse au fond de ses yeux, et quand il continua, sa voix avait pris un ton âpre.

— J'ai commencé à lui parler de ma femme bien-aimée, Antonia, qui m'a quitté. Au début il ne m'écoutait pas, mais je lui décrivais ma solitude, mon désespoir. Moi-même, j'en étais ému jusqu'aux larmes. Quand j'eus fini mon histoire, il m'a raconté la sienne. Il avait écrit un poème sur la Méduse qui exprimait un peu de sa détresse, et il me l'a donné. J'en ai été très touché.

Son visage s'éclaircit.

— Voilà comment ça s'est passé.

— Mais c'était un mensonge? demanda Sally.

— Certainement pas, répondit-il en fronçant les sourcils. C'était la pure vérité.

Alors pourquoi en avoir parlé juste pour le plaisir, pour manipuler Brian, eut-elle envie de demander, mais elle se retint. Le vent faisait vibrer les fenêtres, et la pièce s'assombrissait un peu.

— Antonia n'aime pas Venise, dit Michele d'une voix douce, absente. Elle me dit : « Si tu aimes tant la décrépitude, pourquoi ne t'enfermes-tu pas dans une chambre délabrée au milieu de belles choses pourrissantes, et ne les regardes-tu pas se décomposer? Voilà à quoi ressemble la vie à Venise. »

— C'est pour ça qu'elle vit à Milan?

— Elle vit à Milan parce qu'elle aime l'avenir. Quel avenir est réservé à Venise? L'inondation. Un jour, les vagues recouvriront les dômes de la Basilique. Antonia n'a que faire de ces perspectives déprimantes. Elle a un appartement ultra-moderne à Milan, de nombreux amis qui vivent tournés vers l'avenir. Ils se réunissent dans des pièces où tout est blanc, même le sol, ils fument des cigarettes, et parlent du futur. Antonia n'aime pas ce qui est complexe, élaboré. Elle pense que Venise est trop sophistiquée, trop décadente, pour être vraiment chic. Elle a raison, bien sûr.

Sally ne trouvait rien à répondre. Elle n'était pas habituée à ce genre de conversation.

— Je vous ai dit qu'Antonia n'aime pas ce qui est élaboré, complexe. Moi, par contre, c'est ce qui me fascine.

— Êtes-vous tout de même d'accord sur certains points?

Il sourit tristement.

— Il y a quelques années, nous avons été d'accord pour nous marier. Franchement, je pensais que je mourrais si elle ne m'épousait pas. Passer une heure loin d'elle était un supplice. Pour elle, c'était pareil. Oh oui, nous étions en parfait accord alors (il eut un mouvement convulsif des épaules), mais maintenant elle est à Milan, et vous et moi, à Venise, pris dans toute la complexité que nous pourrions souhaiter. (Il sourit lentement.) Imaginez sa réaction quand elle saura que j'ai résolu une affaire de meurtre.

Des pas résonnèrent dans le couloir. Maria entra et parla en italien à Michele. Il semblait étonné par ce qu'elle lui disait. Quand Maria fut sortie, il se tourna vers Sally et lui annonça :

— Francine est en train de monter. Elle est venue sans crier gare, et demande à me parler.

Sally ne voulait pas la voir. Elle avait besoin de mettre de l'ordre dans ses idées. Elle se leva.

— Écoutez. Je ne pourrais pas attendre dans ma chambre jusqu'à son départ?

— Bien sûr. Mais vous feriez mieux de vous dépêcher si vous ne voulez pas la rencontrer.

Sally prit le couloir et traversa rapidement le palier. Comme elle ouvrait la porte de la chambre, elle entendit la voix de Michele saluer Francine.

La porte se referma derrière elle, et dans le silence elle se mit à réfléchir aux moyens de filer de cet endroit.

Déjeuner sur le campo

Francine, Tom et Jean-Pierre étaient assis à une terrasse du campo Francesco Morosini devant des sandwiches rassis. Pourtant, le temps s'était rafraîchi. Des masques en route vers la piazza luttaient contre le vent, leurs capes et leurs voiles s'envolaient derrière eux. L'un d'eux, un Pierrot au masque de clown triste entouré d'une extravagante collerette de tulle noir, quitta la foule pour se poster sous un porche non loin de là. Un des employés du café, regardant le ciel, se mit à empiler les tables inoccupées.

Francine se sentait déçue, flouée, après sa conversation avec le comte Zanon. Bien qu'il ait été extrêmement courtois, il ne lui avait rien appris de nouveau, et elle n'avait pas eu l'occasion d'explorer le palais toute seule.

Cette rencontre ne justifiait pas le mal qu'elle s'était donné pour se rendre chez Michele. Elle avait cru ne jamais pouvoir se libérer de la compagnie d'Ursula, mais finalement, même l'appétit et l'imagination de celle-ci avaient faibli, et elle s'était déclarée prête à faire la sieste.

169

Elle avait insisté pour que Francine reste avec elle dans la chambre aux rideaux tirés jusqu'à ce qu'elle s'endorme. Quand Ursula avait émis des ronflements sonores, Francine s'était esquivée sur la pointe des pieds.

Elle aurait bien voulu faire la sieste aussi. Elle avait mal à la tête, et le vent frais, la lumière du soleil lui étaient pénibles, pendant le trajet de la maison d'Ursula au palais de Michele Zanon.

A présent, sa visite achevée, son mal de tête avait empiré, et elle se sentait bizarre. Elle avait peur, et en même temps, elle était en colère contre Sally.

En effet, elle était sûre d'avoir vu celle-ci dans le palais de Michele, avec son affreux pull jacquard. Elle s'était glissée furtivement dans une pièce à l'approche de Francine. Quand la jeune Française avait demandé à Michele ce que Sally faisait là, il avait nié d'un air légèrement narquois, disant qu'elle avait dû apercevoir sa femme, Antonia, qui venait d'arriver de Milan. Elle était désolée, ajouta-t-il, de ne pas avoir accueilli Francine, mais elle était épuisée par son voyage.

Francine ne fut pas dupe. Sally était dans le palais avec Michele, et celui-ci la cachait délibérément. Quand elle y pensait, elle était furieuse. N'était-ce pas monstrueux que Sally, si pâle, si effacée, vive dans la compagnie de Michele Zanon, dans tout ce luxe, et avec cette impudence?

Francine voulait que Michele devienne son allié. C'était indispensable. Elle ne pouvait pas permettre à Sally de se mettre en travers de son chemin.

Pour couronner le tout, elle était tombée sur Tom et Jean-Pierre en sortant de chez Michele. Ils venaient apparemment de se rencontrer. Michele avait vu Tom le matin, et ensuite il avait laissé un message à Jean-Pierre. Tous les deux voulaient lui parler. C'était normal que Michele rende visite aux autres après être venu la voir, se disait-elle. Toutefois, elle aurait préféré être le seul objet de son intérêt.

Jean-Pierre semblait à peine en état de marcher. Quant à Tom, il se frottait les joues de manière exaspérante, et

170

il la traitait avec précaution, comme s'il craignait que leur dispute du matin ne se reproduise. C'était lui qui avait proposé d'échanger leurs adresses, puis d'aller déjeuner ensemble dans le voisinage.

Jean-Pierre n'avait rien mangé. Tom avait pris deux whiskies, et la moitié d'un sandwich, mais Francine mourait de faim. Au bout d'un moment, elle eut une idée. Désignant le palais de la tête, elle dit :

— Savez-vous qui est chez le comte Zanon? Sally.

Tom, fronçant les sourcils, rentra le cou dans son manteau.

— Comment le sais-tu?

— Je l'ai vue. Et je vais vous dire autre chose. (Elle se pencha par-dessus la table de fer.) Le comte a donné une soirée hier, un bal costumé, suivi d'un petit déjeuner à Torcello. Il était déguisé en Arlequin. Il a même fait des tours d'acrobatie.

Elle attendit d'éventuels commentaires, puis continua :

— Sally y était aussi. Elle était habillée en señorita, en robe noire et blanche à volants, sombrero, et châle rouge.

Tom la regarda comme si elle était devenue folle.

— Je n'y crois pas, dit-il catégoriquement.

Elle le toisa avec dégoût.

— Je t'ai dit que je l'ai vue de mes propres yeux. Elle était outrageusement maquillée. Et elle m'a dit — Francine prit un air affecté — « Êtes-vous une amie de Michele? »

Tom resta coi.

— Et si tu ne me crois pas, tu peux demander à Michele Zanon, conclut-elle d'un ton triomphant.

Ni Jean-Pierre, ni Tom ne réagirent. Il était difficile de savoir si Jean-Pierre avait entendu. Il avait le regard vide. Tom secouait la tête. Finalement il dit :

— Seigneur!

Il n'en fallait pas plus à Francine. Elle poursuivit :

— Nous avons complètement sous-estimé Sally. Si elle peut aller à un bal costumé quelques heures après l'assassinat de son mari, elle est capable de n'importe quoi.

— Cette rien du tout n'a pas pu..., commença Tom.

— Non seulement elle a pu, mais elle l'a fait. Et avec son Arlequin, son amant aristocratique, ils doivent bien en rire à présent.

Cette idée folle l'inspirait, elle s'épanouissait dans son esprit.

— Je pense qu'elle a tué Brian. Elle voulait vivre avec Michele. Elle a attendu l'occasion et elle l'a saisie.

Tom se frottait les joues. Il jeta un coup d'œil à Jean-Pierre.

— Mais Brian ne voulait pas d'elle de toute façon! Elle aurait pu rejoindre le comte Zanon si elle avait voulu. Elle n'avait pas besoin de tuer Brian pour ça.

Jean-Pierre repoussa sa chaise et se leva.

— Il faut que je m'en aille, dit-il.

Avant qu'ils aient pu protester, il était parti et se frayait un chemin à travers la foule qui encombrait la place.

Francine aurait aimé développer son idée, mais Tom n'était pas très convaincu. Au bout de quelques minutes, il se leva et partit aussi.

La plupart des tables étaient déjà empilées. La foule bigarrée, espérant toujours que le beau temps allait se maintenir, se pressait en direction de la piazza. Le Pierrot avait disparu du porche. Francine resta seule sur le campo Francesco Morosini, sous un ciel qui se chargeait de nuages.

Brian

Une substance froide et visqueuse montait dans la gorge de Brian, une substance dont il ne voulait pas sentir le goût. Il le sentirait bientôt, pourtant, car elle montait inexorablement.

A travers l'eau saumâtre, Brian voyait flotter des agrégations de matière, qui changeaient de forme, s'étirant et se repliant au gré des vagues.

172

A travers l'eau polluée de ses yeux, Brian voyait des tours et des dômes engloutis, des plongeurs des profondeurs en costumes éclatants. Les plongeurs nageaient autour de lui, riant dans leurs dentelles et leurs plumes, leurs paillettes et leur gaze. Leurs capes flottaient, leurs bijoux étincelaient dans la lumière marine.

Parce qu'il étouffait, Brian ne pouvait crier. Il ne pouvait pas dire aux nageurs ce qu'ils avaient besoin de savoir. Il ne pouvait pas leur apprendre à quel point la mort est sale et froide, comme elle vient de bonne heure, comme elle dure longtemps. Ils nageaient avec vigueur, tandis qu'il dérivait, mais un jour, ils dériveraient, se dissoudraient à leur tour. Si sa gorge n'avait pas été obstruée, il aurait pu le leur dire.

Ils nageaient toujours près de lui, dans leurs déguisements. Avec un déguisement convenable, on peut dissimuler la honte. Avec un déguisement convenable, on peut même cacher la mort pour un temps, la mort qui est la pire des hontes.

Une substance lui montait dans la gorge. Il ne restait plus beaucoup de temps.

La mort n'aurait pas dû prendre Brian. Il ne pouvait pas s'écouler encore, se répandre, se départir, car il était retenu par sa rage, comme un sac de plastique plein d'ordures jeté dans un canal peut être retenu au coin d'un pont, peut chevaucher une marée ou deux coincé par cette barrière, pendant que les ordures deviennent de plus en plus immondes.

Une substance montait dans sa gorge, il devait se hâter. Bientôt, il serait inondé par les marées de son propre corps.

Dans la chambre d'Antonia

Sally, assise dans le fauteuil d'Antonia, essayait de mettre de l'ordre dans ses idées. Elle était là depuis longtemps. Le soleil ne dansait plus sur les murs, la lumière dans la chambre était d'un gris glauque et changeant.

Michele croyait, ou prétendait croire, que Rolf avait tué Brian en le prenant pour Sally. Sally avait jugé cette hypothèse plausible. Brian était plus grand et plus lourd qu'elle, mais la robe et la coiffure de la Méduse modifiaient les apparences physiques. De plus, Rolf avait pu être convaincu à l'avance, pour une raison quelconque, que la méduse était Sally.

Cependant, Sally n'avait pas vu l'homme-miroir – Rolf, si c'était bien lui – en train d'attaquer Brian, mais penché sur lui. Elle savait que cela ne constituait pas la preuve formelle qu'il l'avait tué. Il s'agissait d'une preuve indirecte. N'était-ce pas suspect, dans ces conditions, que Michele semble si soucieux de la convaincre, ainsi que la police, que c'était Rolf le coupable?

Michele jouait son propre jeu. Sally voyait bien qu'il n'avait pas cessé d'exécuter des tours de passe-passe pour l'étourdir. Il était exaspérant et inquiétant, mais le pire, c'est qu'il était aussi attirant. Il le savait, et s'en servait pour faire marcher les gens et obtenir ce qu'il voulait. Mais que voulait-il au juste? Il était peut-être en train de jouer au détective pour impressionner Antonia, ou bien il avait tué Brian et il essayait de brouiller les cartes pour se disculper. Dans les deux cas, son intérêt ne coïncidait pas avec celui de Sally. Toutefois, il continuait à agir comme s'ils étaient alliés, et elle, dans son besoin d'échapper à la solitude, se laissait mener malgré elle.

Elle se leva, traversa la pièce et entrebâilla la porte. Elle n'entendait rien, et elle en déduisit que Francine devait être partie depuis un moment. Elle referma la porte et s'y appuya.

Le poème de Brian était toujours dans sa poche. Michele avait eu l'intention de le lui donner, disait-il. Mais il l'avait trouvée dans la bibliothèque. Il avait dû se douter, alors, qu'elle avait déjà pris le poème. Dans ce cas, il avait fait semblant de le chercher pour la mettre dans son tort.

Quoi qu'il en soit, Sally voulait partir, quitter cette

maison. Mais elle avait peur de la Méduse fantôme aux yeux pleins de haine qui l'attendait peut-être dehors.

La meilleure solution serait de pouvoir disparaître. Elle aurait aimé avoir un manteau d'invisibilité.

Comme elle ne pouvait pas se volatiliser, elle décida d'avoir une conversation avec Michele. Il aurait peut-être des explications convaincantes à lui fournir. Au fond, elle souhaitait qu'il la convainque, qu'il fasse taire ses doutes.

Rouvrant la porte, elle se glissa dans le couloir, sans trop savoir où le chercher. Elle gagna la salle à manger silencieuse et s'approcha du salon.

Elle était presque parvenue à la porte quand elle entendit la voix de Michele. Elle s'arrêta, pensant que Francine devait encore être là. Michele disait :

— ...même les passions les plus profondes ont leurs moments de difficultés, de chagrin. Peut-être les difficultés sont-elles d'autant plus grandes que l'amour est plus profond, ne croyez-vous pas?

— Je ne sais pas.

La voix qui avait répondu était assourdie, mais assez claire pour que Sally sache que c'était celle d'un homme. Elle hésita, tendant l'oreille.

— Vous avez vécu des moments terribles, poursuivait Michele.

— Oui. (La voix était basse, mélancolique.) Comment avez-vous rencontré Brian?

C'était la voix de Jean-Pierre!

— Par hasard, et très brièvement. Il m'a parlé de son amour pour vous.

— Vraiment?

Pour la première fois, le ton de Jean-Pierre s'était animé. Sally appuya la tête contre l'encadrement de la porte et ferma les yeux pour mieux entendre.

— Oui. Il vous aimait beaucoup.

Sans le voir, Sally savait que Michele avait pris une expression de profonde tristesse.

— Moi aussi, je l'aimais, dit Jean-Pierre.

— J'espère que la douleur de voir son corps vous a été épargnée.

Un silence, puis Jean-Pierre répondit :

— Oui. Je l'avais suivi depuis la piazza, car bien sûr, je l'avais reconnu, même sous son costume. Je l'ai perdu dans la foule, et je ne l'ai plus jamais revu.

Au bout de quelques instants, Michele dit :

— La vase est l'agonie de l'eau.

Sally ouvrit les yeux. Elle fixait si intensément le montant de la porte qu'elle distinguait un minuscule coup de pinceau, comme la trace d'une plume, dans la peinture couleur crème. *La vase est l'agonie de l'eau.* L'une des quatre phrases des lettres volées. Michele connaissait ces lettres, il les avait lues.

Elle recula. C'est à peine si elle entendit le sanglot rauque, étouffé, de Jean-Pierre. Elle fit demi-tour et regagna silencieusement la chambre d'Antonia.

Jean-Pierre réconforté

Jean-Pierre entendit des pas derrière lui dans l'allée de gravier du jardin du palazzo. Il sentit un bras lui entourer les épaules.

— Mon pauvre ami, je ne peux pas vous laisser partir ainsi, dit Michele.

Jean-Pierre secoua la tête. Il voyait le gravier trembler à travers ses larmes.

— J'ai vraiment honte! dit Michele, en secouant doucement Jean-Pierre. Nous allons marcher un moment, voulez-vous?

Ils franchirent la grille de fer forgé. Jean-Pierre s'essuya les yeux et vit la main de Michele lui tendre un mouchoir impeccable. Il le prit et s'en tamponna le visage.

— Je suis si étourdi, si léger, dit Michele. Je mets le costume d'Arlequin, vous savez, et parfois je me conduis comme lui. Pourrez-vous me pardonner de vous avoir blessé?

Jean-Pierre voulut protester, mais les larmes l'étouffèrent.

Ils s'arrêtèrent. Michele entoura Jean-Pierre de ses bras et attendit que celui-ci retrouve sa respiration. Puis il dit :

— Vous avez toujours le mouchoir? Bien. Marchons encore un peu.

Tandis qu'ils prenaient des rues au hasard, Jean-Pierre commençait à se reprendre. Il jetait des regards obliques à Michele Zanon, l'homme qui prétendait avoir été l'ami de Brian et dont Francine disait qu'il était l'amant de Sally.

— Vous vous sentez mieux? demanda Michele.

— Un peu mieux. Je suis désolé.

Ils s'accoudèrent au parapet d'un pont de fer à la courbe élégante. Leur vue plongeait sur un triste canal bordé de maisons décrépies et de portails rouillés. Une gondole glissa silencieusement au-dessous d'eux. Le gondolier vêtu de noir était seul dans sa barque.

La vase est l'agonie de l'eau. Jean-Pierre avala péniblement sa salive.

— Je voudrais vous demander. Qu'est-ce qui vous a poussé à prononcer... cette phrase?

— Je dois l'avoir lue quelque part, dit Michele en haussant les épaules, et elle m'a traversé l'esprit. Évidemment c'était macabre, horrible. Je n'ai pas réfléchi.

— C'est seulement que... avec Brian...

— Je vous en prie. Vous n'avez pas besoin d'expliquer.

Jean-Pierre examina le profil de Michele, avec son long nez droit. Ce visage n'était pas intéressant au premier abord. Il fallait l'observer un moment pour qu'il le devienne. Selon Francine cet homme était l'allié de Sally. Jean-Pierre trouvait cette idée très inquiétante.

Michele se tourna vers le jeune homme.

— Voulez-vous me permettre une question? demanda-t-il.

— Oui.

— Votre visage. On dirait que quelqu'un vous a sérieusement blessé.

La bouche de Jean-Pierre se crispa.

— Je me le suis fait moi-même.

Il se souvenait des coups, de la douleur paralysante.

Ils continuaient à contempler les eaux vertes du canal. Le ciel s'assombrissait. *La vase est l'agonie de l'eau,* pensa Jean-Pierre.

— Je suis sûr que la police arrêtera bientôt l'assassin, dit Michele d'un ton consolant.

Qu'est-ce que ça fait, pensa Jean-Pierre, si les vrais coupables sont toujours libres?

Ils marchèrent encore un peu, puis Jean-Pierre s'excusa, remerciant Michele pour sa gentillesse. Non, il ne lui tenait pas rigueur de ce que le comte appelait son « insensibilité impardonnable ».

En regardant Michele s'éloigner, Jean-Pierre eut la certitude qu'il n'était pas l'amant de Sally. C'était avec Brian qu'il avait eu une relation. Jean-Pierre ferma les yeux et sentit l'obscurité familière l'engloutir de nouveau.

Une rencontre inattendue

Rolf s'appuya contre la vitrine d'une boulangerie, collant ses mains à la vitre, pour éviter d'être entraîné vers la piazza. La rue qui partait du campo Francesco Morosini était noire de monde. Une vingtaine d'hommes et de femmes vêtus d'habits aux volants multicolores, et agitant des *maraccas,* essayaient de danser la conga à travers la foule. L'une des danseuses, bloquée près de Rolf, lui agita ses *maraccas* devant le nez. Il releva le défi et les lui prit. Elle rit, attrapa sa collerette, et se mit à chanter d'une voix criarde :

— Au clair de la lune
Mon ami Pierrot...

Il voyait des perles de sueur sur sa lèvre supérieure, sentait l'odeur de vin de son haleine; puis la foule se mit à avancer, et elle lui arracha les *maraccas* et s'éloigna en dansant.

Enfin, la foule s'éclaircit, et il déboucha dans une rue plus large. Il trouva un coin abrité et s'arrêta pour rajuster son masque et s'orienter.

Tout à l'heure, il avait vu Francine, Tom et Jean-Pierre assis autour d'une table sur le campo. Ils étaient tous là, sauf Brian, qui devait être en train de prendre des dispositions concernant la mort de Sally. C'était curieux, pensa Rolf, qu'ils soient tous si près du palais de Michele Zanon. Il sentait obscurément qu'ils l'avaient trahi, ce qui ajoutait à sa fureur.

Plein de haine, il était resté sous le porche à les observer. Francine parlait la bouche pleine, Tom se frottait les joues, et Jean-Pierre était prostré comme un zombie. Rolf n'avait pas pu s'approcher suffisamment pour entendre leur conversation. Il craignait que Jean-Pierre ne reconnaisse le masque et le costume de Pierrot, bien qu'il en parût incapable. D'ailleurs, comme il y avait des quantités de Pierrots, et que Jean-Pierre croyait son déguisement sous un tas d'ordures, c'était très improbable.

Jean-Pierre était trapu et de taille moyenne, alors que Rolf était grand et maigre, mais le costume lui allait étonnamment bien. La longue blouse et le pantalon de pyjama étaient suffisamment larges et flottants, bien que Rolf fût entièrement habillé dessous. Les manches et les jambes étaient trop courtes, mais quelle importance? Rolf voulait cacher son identité, pas remporter un prix à un concours de costumes.

A cause de Michele Zanon, il avait dû quitter la maison de Gianni et Rosa, mais il n'allait pas partir de Venise avant d'avoir montré à ce Michele qu'on ne le traitait pas ainsi impunément. Il serra les poings en pensant à ce sale petit comte qui avait failli lui rire en pleine figure.

En tirant tout le parti qu'il pouvait de son italien, il avait réussi à obtenir de Rosa des indications très précises pour se rendre au palais. Elle avait même fait un croquis sommaire, qu'il tira laborieusement du blouson qu'il portait sous le vêtement de satin blanc. Heureusement, Rosa était si folle de lui à présent qu'elle ferait tout ce qu'il voudrait, à condition qu'il puisse se faire comprendre d'elle.

Il consulta le plan. Il n'était plus loin maintenant. Il sortit de son coin et partit, face au vent.

Au bout d'un cul-de-sac désert, il trouva la grille de fer forgé qui donnait sur le jardin du palais. Elle était entrouverte, mais les deux fenêtres du rez-de-chaussée étaient protégées par des barreaux, et la porte, qui paraissait solide, était sûrement fermée à clé. Comme si ce n'était pas assez, il voyait quelqu'un bouger derrière une des fenêtres. C'était sans doute un gardien. Au-delà de la grille, la rue se terminait devant un passage voûté, à travers lequel il apercevait le froid miroitement d'un canal. Il passa sous l'arche et se retrouva au bord du Grand canal. Des mouettes, la tête sous l'aile, étaient perchées sur les poteaux d'amarrage devant le palais. Le vent ridait la surface de l'eau. Il allait sûrement pleuvoir. Comme il l'avait supposé, la façade de la maison donnait sur le canal, et on ne pouvait l'aborder qu'en bateau. Il repassa sous la voûte.

Il trouverait bien un moyen de pénétrer dans ce palais. Michele Zanon, avec ses serrures et son portier, se croyait à l'abri de Rolf, mais il se trompait. Rolf se sentait invincible, farouchement déterminé. Il avait pensé à des armes, mais il n'en voulait pas. Il regagna la grille, traversa le jardin et monta les marches.

Aussitôt qu'il sonna, un homme en blouse bleue le regarda à travers les barreaux d'une fenêtre.

Souriant sous son masque, Rolf s'inclina profondément à la manière de Pierrot, faisant de grands moulinets du bras.

L'homme entrouvrit la porte et dit :

— *Signore?*

— Je voudrais voir le comte Zanon.

— Votre nom?

Élargissant son sourire, il donna le nom de Tom.

— *Momento,* répondit l'homme en faisant mine de refermer la porte.

Rolf se jeta contre elle et repoussa l'homme. Il se rua à l'intérieur, et avant que le portier ait pu reprendre son équilibre, lui fit un croc-en-jambe qui le fit tomber lourdement sur le sol. Le bruit de sa chute résonna agréablement aux oreilles de Rolf. Avec un cri de joie, il se précipita sur lui, l'agrippa par le cou, et lui cogna la tête une ou deux fois contre les dalles de marbre.

Il fut presque déçu de sentir le corps de l'homme devenir mou. Il aurait préféré que la lutte se prolonge. Avec le comte Zanon, il essaierait de faire durer le plaisir.

La respiration du gardien était sifflante. Rolf se releva et referma la porte. Il examina la longue salle, les bancs debout contre les murs, la barque renversée et les rames.

Trois portes faisaient face à l'escalier. L'une d'elles était entrouverte. Rolf y passa la tête et vit un logement, sans doute celui du portier.

Les deux autres portes ouvraient sur des petites pièces de rangement, plongées dans l'obscurité. L'une était pleine de caisses et de malles empilées le long des murs, et l'autre de boîtes de peinture, de bouts de bois et — oui — de rouleaux de corde de différentes épaisseurs.

Rolf traîna le gardien inerte dans cette pièce et l'attacha. La sensation de la corde dans sa main, la solidité et la complexité des nœuds qu'il confectionnait lui procuraient une satisfaction intense. Il prit un chiffon taché de peinture et bâillonna l'homme, qu'il laissa derrière une pile de cartons.

Il referma doucement la porte. Il se sentait merveilleusement bien. Il traversa la salle en direction de l'escalier et commença à le monter.

Voilà, il était dans la forteresse de Michele Zanon! Celui-ci avait retrouvé sa trace, découvert ses secrets. Il allait s'apercevoir que Rolf aussi pouvait le traquer, transgresser ses barrières de sécurité. Il avait hâte de voir l'expression satisfaite du comte disparaître quand il comprendrait le sort que Rolf lui réservait. Arrivé en haut de l'escalier, il s'engagea dans un couloir. Toutes ses facultés étaient décuplées. Touchant le mur, il écouta le léger crissement de son gant contre la soie. Il dépassa une porte fermée et respira l'odeur citronnée qui émanait du bois. Il se sentait fort, il ne faisait qu'un avec la maison.

Le couloir menait à une salle à manger haute de plafond. Par l'embrasure de la porte, il vit la longue table, le bouquet de roses jaunes, le lustre, les fenêtres habillées de rideaux blancs froncés. La pièce était vide. Il entra, se déplaçant à la dérobée à travers l'air immobile, la lumière voilée. Faisant courir ses doigts sur la table, il se pencha pour voir son image de Pierrot réfléchie par la surface polie. Il crut voir étinceler la larme sur la joue du masque. Il se tourna vers la porte en face, et s'apprêtait à faire un nouveau pas, quand Sally entra.

Rolf fut pris d'une forte envie d'uriner. Elle s'était arrêtée en le voyant, et elle se tenait là, pareille à elle-même, une expression apeurée sur son visage pâle taché de son. Elle portait son affreux chandail jacquard. Chancelant, il s'appuya sur la table. C'était Sally. Elle n'était pas morte.

Elle aussi paraissait surprise. Même à cette distance, il vit – ou crut voir – ses lèvres trembler. Elle dit d'une voix hésitante :

– Qui êtes-vous?

Il ne dit rien. Il l'entendait. Il la voyait. Elle était bien là.

– Vous cherchez Michele? demanda-t-elle d'un ton incertain.

Rolf était paralysé. Enfin, il retrouva l'usage de ses membres, et tourna les talons. Il s'engouffra dans le couloir, heurtant les murs dans sa hâte désespérée de sortir de là.

La fuite de Rolf

La voix grêle de Sally appelant Michele résonnait dans la tête de Rolf tandis qu'il dévalait l'escalier, la sueur inondant son visage sous le masque de Pierrot. Il ne savait qu'une chose : il fallait qu'il s'en aille.

Au bas de l'escalier, il eut tout de même une pensée rationnelle : il devait se débarrasser du costume. Le portier avait été attaqué par un Pierrot. Sally avait vu un Pierrot.

Il entra dans la pièce pleine de malles. Il n'entendait rien de la pièce voisine, où le portier devait toujours être inconscient. Il arracha la calotte, le masque, la blouse de satin et le pantalon, et les laissa en tas par terre. Il ouvrit la porte et écouta. Pas un bruit. Il courut vers la sortie, et quelques instants plus tard il était dans la rue.

Quand il fut dans un endroit plus fréquenté, où la foule se bousculait sous un ciel de plus en plus sombre, il eut le temps de réfléchir. Sally était vivante. Mais alors, qui était la Méduse morte, la femme dont le visage change les autres en pierre? Il avait été certain que c'était Sally. La phrase lui correspondait si bien.

Des applaudissements qui éclataient et un tintement de clochettes troublèrent le cours de ses pensées. Un acrobate en costume de bouffon faisait son numéro devant une foule admirative, au coin d'un campo. Rolf ne s'arrêta pas. D'une certaine manière, tout s'expliquait à présent. Au cours de la lutte, il avait trouvé Sally curieusement forte. Mais si ce n'était pas elle, qui était-ce?

Brian, évidemment! C'était forcément un membre du groupe, et il avait vu tous les autres sur le campo. La Méduse était Brian, et Sally était vivante, elle était chez Michele Zanon, dans son beau palais.

A la pensée de Michele Zanon, sa colère revint, chassant la confusion et le choc provoqués par sa rencontre inattendue avec Sally. Il était presque aussi furieux contre lui-même. Il s'était conduit comme une poule mouillée, s'enfuyant comme s'il avait vu un fantôme. En fait c'est ce qu'il avait cru. Il s'était laissé démonter, il avait perdu sa supériorité, et assommé le gardien pour rien. Ils seraient doublement sur leurs gardes à présent. Mais ça n'arrêterait pas Rolf s'il décidait d'y retourner.

Quand il y retournerait, rien ne l'arrêterait.

Il fallait qu'il prépare un plan d'action, mais d'abord il devait retrouver Rosa et récupérer son sac à dos. Il sortit de nouveau le croquis qu'elle lui avait donné. Dommage qu'il ne puisse pas communiquer plus facilement avec elle! Il lui avait expliqué comme il pouvait qu'il ne se sentait pas à l'aise chez elle depuis que leur idylle avait commencé, qu'il avait besoin d'un autre endroit. Elle lui avait dit que son cousin, ou une autre personne, avait une chambre au-dessus d'un café appelé le Colombiana. Le cousin travaillait chez des gens qui avaient quitté Venise pour la durée du carnaval, et la chambre était vide. Rosa avait la clé. Elle le retrouverait là-bas avec ses affaires, dont il n'avait pas voulu s'encombrer pour son expédition chez Michele Zanon.

Il avait de la chance de pouvoir compter sur l'aide de Rosa. Cependant, il n'était pas très sûr de la façon dont elle se débrouillerait quand la police se présenterait pour lui poser des questions sur lui. Comme ça se produirait sûrement, la chambre du cousin ne serait qu'une étape provisoire.

Le Colombiana n'était qu'un minuscule boui-boui, avec un bar et deux tables entourées de clients qui buvaient des expressos. Aucun n'était costumé. C'était manifestement un café d'ouvriers, où personne n'avait le temps de se pavaner sous de fausses apparences. Rolf était d'autant plus content de s'être débarrassé du costume de Pierrot.

Une porte vitrée donnait sur un escalier qui sentait le café et la fumée. Rolf monta au deuxième étage et frappa à une porte sur le petit palier. La voix de Rosa demanda qui c'était, et il répondit :

– C'est moi. Ouvre.

Elle était ravie de le voir. Elle l'attira dans la chambre, l'étreignit, pressa son corps contre lui. Dans ce domaine, il était encore le maître. Quand il l'embrassa, elle frotta ses cuisses contre lui, en poussant des petits cris enamourés. Il se sentait bien de nouveau, puissant, prêt à la prendre. Il l'entraîna vers le lit qu'il avait aperçu en entrant, et ils s'écroulèrent dessus.

Elle était aussi pressée que lui, n'ayant probablement pensé à rien d'autre depuis qu'ils s'étaient quittés, et elle avait déjà eu un orgasme, bredouillant des mots en italien, lorsqu'il jouit à son tour, le visage effrayé de Sally dansant devant ses yeux.

Après quoi, il n'entendit plus que son propre souffle rauque, et celui de Rosa dans son oreille. Longtemps après, il ouvrit les yeux et vit Gianni, le mari de Rosa, sur le pas de la porte.

Sally fait des projets

Assise devant la coiffeuse, Sally attachait hâtivement le masque doré d'Antonia bordé de dentelle noire. Quand il fut ajusté, elle se coiffa du sombrero. Les volants blancs de la robe espagnole cascadaient presque jusqu'à terre. On voyait à peine les bottes que Sally portait au lieu de jolis escarpins. La señorita était de retour.

Sally ne resterait pas dans cette maison une minute de plus. Sa rencontre avec le Pierrot dans la salle à manger avait renforcé sa détermination. Elle partait, quoiqu'il doive arriver dehors.

Elle avait cherché Michele, décidée à l'affronter au sujet des lettres et de sa conversation avec Jean-Pierre. *La vase est l'agonie de l'eau.* Elle ne l'avait pas trouvé, mais elle était tombée sur ce Pierrot. Elle avait tout de suite su que ce n'était pas un ami de Michele lui rendant une visite impromptue pendant le carnaval. Mais le côté le plus effrayant de cette rencontre avait été la terreur qu'elle avait paru inspirer au personnage.

Michele lui avait dit que Jean-Pierre avait projeté de se déguiser en Pierrot pour le jeu, mais celui qu'elle avait vu n'était pas Jean-Pierre, elle en était sûre. Elle ne croyait pas non plus que ce soit Michele, même si celui-ci semblait avoir disparu.

Sally l'avait cherché frénétiquement après sa rencontre avec le Pierrot. Elle avait même regardé dans la cuisine, où elle avait trouvé Maria assise à la table, déchaussée, en train de boire du café en mangeant un biscuit saupoudré de sucre glace. Tout embarrassée, s'essuyant le sucre au coin des lèvres, Maria avait secoué la tête quand Sally lui avait demandé où était Michele. Quand elle haussait les épaules, des traînées de sucre montaient et descendaient sur le devant de sa robe.

Sally avait désiré un manteau d'invisibilité, un moyen de disparaître et d'échapper au regard de la Méduse ou d'autres personnes malveillantes. Dans son désespoir, elle se rendit compte qu'elle l'avait, ce manteau : le déguisement d'Antonia. Si elle le mettait, une fois dehors, elle pourrait aller où elle voudrait sans que personne sache qui elle était. Le costume d'Espagnole avait trompé même Francine. Quant au portier, elle insisterait simplement pour qu'il la laisse sortir. Il ne pourrait pas avertir Michele, puisque celui-ci était absent.

Sous la dentelle noire, ses lèvres tremblaient. Elle les serra très fort. Jamais de sa vie elle ne s'était sentie aussi seule.

Autrefois, elle avait eu de bonnes amies à Tallahassee, avec qui elle riait, étudiait, à qui elle disait tout. Elles se réunissaient dans les pizzerias près du campus. Elles parlaient des professeurs, de leurs petits copains – Brian avait été son seul copain sérieux –, de tout le travail qu'elles avaient à faire. Ses amies l'enviaient, parce que Brian était si beau, qu'il faisait son droit. Elle se demandait si elle pourrait leur dire ce qui lui était arrivé, si elle les voyait maintenant. Elles préparaient des doctorats, ou avaient débuté dans une carrière, elles étaient peut-être mariées, mères de famille. Elle ne savait pas si elles comprendraient. « Pourquoi pas ? » lui disait sa mère. « Elles ont pu avoir des ennuis, elles aussi. Tu as peut-être vécu à Paris, mais tu n'es pas si différente. »

Dehors, le vent soufflait, et il menaçait de pleuvoir. Elle fouilla précipitamment dans la penderie d'Antonia. Parmi les corsages de mousseline, les pulls torsadés, les élégants tailleurs, les douces robes d'angora, il n'y avait pas un seul imperméable. Elle trouva quand même un parapluie, d'un beau vert vif. Son fin manche de bois recourbé se terminait par une serre d'oiseau refermée sur une boule de pierre. Elle le décrocha pour l'emporter.

Elle se drapa dans son châle rouge et prit son sac de tapisserie. Elle n'avait pas le temps de faire ses bagages. Il fallait qu'elle s'enfuie tout de suite. Peut-être une fois dehors parviendrait-elle à comprendre la vérité ?

La vérité te rendra libre. Pourquoi pensait-elle à cette phrase ? Peut-être à cause du sucre répandu sur la robe de Maria. Elle se souvenait que, petite, un dimanche avant le dîner, elle avait mangé deux morceaux de nougat – blancs, sucrés, pleins de noix – qu'elle avait pris dans la bonbonnière de sa grand-mère. Elle avait ensuite menti. Comme elle niait obstinément, alors que des miettes sur le devant de sa robe la trahissaient, sa mère lui avait dit : « La vérité te rendra libre, Sally », et pensant que ça voulait dire qu'elle n'aurait pas de fessée, elle avait avoué. Elle avait tout de même reçu une fessée, et après, hurlant de rage, elle s'était réfugiée au fond du jardin, où elle s'était assise sur un tas d'aiguilles de pins qu'on avait ratissées. Là, sur son nid d'aiguilles piquantes, elle avait compris que la vérité ne vous aidait pas forcément à éviter une correction, mais que recevoir une correction pouvait être moins douloureux, à la longue, que de vivre avec des mensonges.

Elle éteignit la lumière, ferma la porte derrière elle, et s'engagea dans le couloir.

Explications

Ursula, vêtue d'une robe de chambre de satin molletonné, était affalée dans un fauteuil, fumant d'un air maussade. A environ un mètre de ses mules emplumées gisaient deux boulettes de papier et un bouton de rose jaune tout fané. Francine se demandait si Ursula la giflerait ou lui donnerait un coup de pied si elle essayait de ramasser le papier. C'était – elle l'avait vu quand Ursula lui avait agité la feuille sous le nez – son exemplaire du poème sur la Méduse, qu'Ursula avait trouvé, avec le bouton de rose, dans sa valise, et qu'elle avait déchiré en deux. Francine se rendait compte que l'Italienne trouvait parfaitement naturel de fouiller dans ses affaires sans sa permission.

Ursula s'était réveillée assez tôt, semblait-il, après le départ de Francine. Avant le retour de celle-ci, sa colère avait eu le temps de mûrir. Elle hurlait. Pendant qu'elle dormait, Francine la traîtresse s'était esquivée pour aller voir Michele Zanon!

Comme c'était effectivement ce que Francine avait fait, bien qu'elle n'ait pas vraiment réussi sa mission, les accusations d'Ursula l'exaspéraient. Elle lui tourna le dos et dit froidement :

– Je refuse de répondre à des accusations ridicules et sans fondement.

– Sans fondement!

Ursula bondit et sortit le bouton de rose fané de sa poche.

– Qui d'autre que ton merveilleux Michelazzo porte chaque jour une rose jaune à la boutonnière? Tu me prends pour une idiote.

– Pas du tout. Je te prends pour une espionne!

Francine avait eu l'intention de garder son sang-froid, mais elle avait élevé la voix.

– Et ça!

188

De son autre poche, Ursula sortit une feuille de papier. Elle la déplia, les doigts tremblants, et l'agita sous le nez de Francine.

— Des poèmes! Il t'envoie des poèmes! C'est tout ce dont il est capable, le pauvre imbécile.

Trébuchant un peu sur les mots, Ursula lut à haute voix :

La femme dont le visage change les autres en pierre
Fait des amis confiants des êtres solitaires.

Elle s'arrêta et regarda Francine, les yeux rétrécis.

— Vous vous moquez de moi, tous les deux, siffla-t-elle. Il t'envoie des poèmes qui me tournent en ridicule.

Francine décocha à Ursula un regard chargé du plus profond mépris, marcha jusqu'au canapé et s'assit. Elle laissa sa tête rouler en arrière sur les coussins, et s'absorba dans la contemplation du plafond. Des volutes sculptées s'enroulaient gracieusement autour du lustre, divisant le plafond en cercles concentriques. Celui du centre était peint en crème, le deuxième couleur pêche et le dernier vert d'eau. Francine entendit le papier se déchirer, se froisser, tomber sur le parquet. Elle entendit Ursula se jeter lourdement sur un fauteuil, le bruit du briquet allumant une cigarette, puis elle sentit l'odeur de la fumée.

Elle releva la tête. Elle se demandait si elle allait essayer de ramasser le poème. Elle laisserait le bouton de rose, qu'elle avait été stupide de garder, de toute façon. Elle jaugea la distance entre elle et les boulettes de papier. Si elle se jetait dessus, les ramassait, et courait jusqu'à la porte, Ursula ne pourrait peut-être pas l'attraper. Elle se barricaderait dans sa chambre et déciderait de la conduite à suivre.

Ursula la regarda. Ses yeux étaient pleins de larmes.

— Pourquoi me fais-tu ça, *cara*? pleurnicha-t-elle.

Francine se détendit un peu. Le pire avait l'air d'être passé.

— Si seulement tu voulais m'écouter, ma... *cara*, dit-elle.

Le mot italien était étrange à prononcer, mais elle ne pouvait pas employer une expression plus tendre.

— Tu veux me trahir à chaque instant. Avec cette affreuse Espagnole, avec Michele...

— Ce n'est pas vrai. Laisse-moi t'expliquer.

Francine se passa la langue sur les lèvres. Ursula la regardait avec espoir.

— Tu peux me donner une cigarette? demanda Francine.

Ursula aurait pu simplement lui lancer son étui à cigarette brodé et son briquet en or. Au lieu de cela, elle se leva, traversa la pièce, lui plaça une cigarette entre les lèvres et l'alluma, sans cesser de la regarder dans les yeux.

Francine tira une longue bouffée de sa cigarette et laissa la fumée s'échapper lentement par ses narines. Elle dit :

— Dans un sens, tu as parfaitement raison. Je m'intéresse beaucoup à Michele Zanon.

Voyant Ursula crisper la mâchoire, elle poursuivit :

— Ce n'est pas du tout ce que tu penses. Tu m'accuses d'avoir des sentiments romanesques pour lui, mais en fait, je le poursuis dans l'intérêt de la justice.

— De la justice? Le ton d'Ursula indiquait qu'elle se méfiait encore.

— De la justice. Tu as le journal d'aujourd'hui?

Elle savait qu'Ursula l'avait, puisqu'elle-même l'avait parcouru tout à l'heure.

D'un air résigné, Ursula lui apporta le journal. Francine chercha l'article consacré à la mort de Brian. Comme la ville vivait du tourisme, il était relégué à une place secondaire. Elle tendit le journal à Ursula en lui montrant l'entrefilet.

— Lis ça.

Ursula mit un certain temps à lire. Quand elle eut fini, elle leva les yeux et demanda :

— Et alors?

190

— Et alors je connaissais la victime, et j'enquête sur son assassinat. D'après moi, Michele Zanon est peut-être directement impliqué.

Ursula eut un rire incrédule, mais elle semblait intéressée.

— Michele Zanon impliqué dans un meurtre! persifla-t-elle. Il ne ferait pas de mal à une mouche!

— Je n'ai pas dit qu'il a tué quelqu'un. Ce dont je le soupçonne, c'est de receler la meurtrière — la señorita dont tu te souviens si clairement, qui joue un rôle si important dans tes accusations.

Francine se sentait triomphante, et elle voyait qu'Ursula était impressionnée.

Son scepticisme aidant, toutefois, elle demanda :

— Une enquête? Tu fais partie de la police?

— Certainement pas, dit Francine en haussant les sourcils. Crois-tu que la police voudrait causer des désagréments au comte Zanon?

— Alors cette enquête que tu fais..., dit Ursula, l'air perplexe.

— C'est strictement privé.

— Le poème, la rose?

— Des indices.

Ursula alluma une cigarette et regarda ses mules. Enfin elle dit :

— Je ne comprends pas. Pourquoi Michele recèlerait-il, comme tu dis, cette meurtrière?

— Eh bien, tu vois, dit Francine en se penchant vers elle, c'est justement ce que je veux découvrir. C'est pour ça que je dois retourner au palais poursuivre mes investigations.

Ursula ne répondit pas. Elle paraissait encore douter, c'était incroyable. Francine se dit qu'elle allait la rendre folle. Puis elle eut une idée. Elle dit doucement :

— En fait, j'ai réfléchi. Si tu le veux bien, tu pourras m'aider.

191

Sally trouve un refuge

Un vent humide balayait la piazza San Marco. Les chapeaux de gondolier suspendus aux stands de souvenirs s'agitaient au bout de leurs élastiques. Des pigeons aux plumes ébouriffées étaient perchés sur le toit de la Procuratie Vecchie, dédaignant les graines humides sur la place. La musique qui faisait danser des milliers de personnes semblait faiblir, emportée par les rafales. Quelques-unes abandonnaient pour se mettre à l'abri. D'autres continuaient obstinément.

Sally observait la scène de la porte d'une boutique fermée. Derrière la vitrine protégée par une grille de fer, des nappes de dentelle faite à la main à l'île de Turano étaient exposées. Dans une autre vie, Sally aurait pu avoir besoin d'une nappe de dentelle. Elle avait du mal à imaginer, à présent, ce que cette vie aurait pu être.

Elle était sortie du palais si facilement qu'elle était inquiète. Le portier ne s'était pas manifesté, et Michele n'était pas rentré non plus. A chaque marche de l'escalier, en traversant la salle du rez-de-chaussée, puis le jardin, elle s'attendait à ce qu'il la rappelle, qu'il lui demande où elle allait. Une fois dehors, l'idée lui vint que Michele avait peut-être des ennuis.

Évidemment, il avait plus l'air d'une personne qui provoque les ennuis que de quelqu'un qui les attire. Mais où était-il, alors, et où était le portier, et qui était ce Pierrot qui s'était introduit dans la maison? Il s'était peut-être enfui parce qu'il venait de faire du mal à Michele, ou de le tuer.

Le vent faisait voler son châle, et elle le resserra autour d'elle. Il fallait qu'elle se décide : voulait-elle échapper à Michele ou le protéger? Elle essaierait d'appeler, quand elle aurait trouvé un endroit où aller.

Ce qui soulevait une autre question : où irait-elle? Son

désir le plus cher avait été de sortir du palais aussi vite que possible. Elle y était parvenue. Elle était sur la piazza San Marco, un orage menaçait, elle n'avait nulle part où aller et pour tout viatique, elle avait son sac à main et un parapluie vert.

Si elle allait voir la police, il est probable que les policiers se contenteraient de téléphoner à Michele de venir la chercher. Celui qu'elle avait vu avait chaudement approuvé l'idée qu'elle réside chez le comte Zanon. Non, ce qu'il lui fallait, c'était un endroit où se cacher pour ce soir. Demain, le carnaval serait fini, les Pierrots et les Méduses ne rôderaient plus dans les rues, et il serait plus facile d'y voir clair.

Depuis son départ du palais, elle avait été sur le qui-vive, craignant de voir apparaître la Méduse. Elle jeta nerveusement un coup d'œil autour d'elle. Elle ne la voyait toujours pas.

Le métal dur et froid de la grille s'enfonçait dans son épaule. Elle avait assez d'argent pour aller à l'hôtel. En y réfléchissant, de nombreuses objections se présentaient : elle n'avait pas de bagages ; elle ne parlait pas suffisamment italien pour demander une chambre ; et tout serait complet de toute façon.

Par ailleurs, elle ne pouvait certainement pas passer la nuit dans la rue, où de grosses gouttes de pluie commençaient à s'écraser. Elle empoigna le parapluie d'Antonia et se mit à la recherche d'un hôtel.

Au bout d'un moment, elle avait établi une routine : elle entrait ; elle demandait à la personne de la réception si elle parlait anglais ; quand cette personne lui avait répondu – généralement par l'affirmative – elle demandait s'il y avait une chambre ; l'employé lui répondait que c'était complet ; elle sortait.

Quand elle eut essayé une dizaine de fois, elle se dit avec angoisse que ça n'allait pas marcher. Des larmes de déception lui montaient aux yeux, qu'elle ravalait après chaque échec.

Découragée, épuisée, elle continua mécaniquement

jusqu'à ce qu'elle arrive à un petit hôtel. Là, dans le hall poussiéreux, elle demanda à l'homme au comptoir s'il parlait anglais, et il répondit, avec un accent du sud des États-Unis :

— Bien sûr, mon chou.

Il avait le sommet du crâne dégarni, une couronne de cheveux roux lui couvrait les oreilles. Ses yeux marron étaient légèrement proéminents. Sally le regardait, étonnée. Enfin elle dit :

— D'où êtes-vous?

— D'Eufaula, Alabama, répondit-il en souriant. Et vous?

— Tallahassee. Tallahassee, Floride.

Il lui tendit la main.

— Eh bien, salut, cousine. Je m'appelle Otis Miller.

Cette fois, les larmes de Sally débordèrent. Elle s'accrocha à sa main.

— Heureuse de vous rencontrer, dit-elle d'une voix tremblante.

— Tallahassee, disait l'homme. J'ai un ami qui est allé à l'université là-bas. Avant votre époque, sûrement. (Il la regardait avec curiosité.) Vous avez besoin de vous asseoir, d'un verre d'eau?

Elle prit une profonde inspiration.

— Je cherche une chambre, dit-elle.

Elle leva la main pour s'essuyer les yeux, et se rappela son masque. Elle l'enleva, et chercha un mouchoir en papier dans son sac.

— Je vais vous dire. L'hôtel est complet, mais...

Un téléphone sonna près de lui, et il décrocha.

— *Pronto*, dit-il.

Il écouta un moment, puis se mit à parler à toute vitesse en italien.

Sally était aussi stupéfaite que s'il s'était mis à faire de la lévitation devant elle. Elle avait du mal à croire que ce gentil citoyen d'Eufaula puisse à la fois parler américain comme elle, et italien.

Après une rapide conversation, Otis Miller raccrocha et dit :

194

— Où en étions-nous?

— Vous parlez vraiment bien l'italien, dit-elle.

— Le contraire serait malheureux, j'habite ici depuis dix ans. Je suis venu pour peindre quand j'ai quitté l'université d'Auburn. J'ai cru que mon père allait avoir une attaque.

Avec un crayon, il fit sauter une gomme sur le comptoir.

— Bon. Une chambre. C'est complet ici, mais je pourrais vous donner la chambre de Carla dans l'annexe. Ils voulaient qu'elle vienne aider à la cuisine pendant le carnaval, mais elle a jeté un plat de pâtes à la tête du cuisinier et elle est repartie chez elle à Mestre. Ce n'est pas assez bien pour une demoiselle de Tallahassee, mais je ne peux pas faire mieux.

— Ça m'a l'air parfait.

— Allons voir, alors.

Il jeta un coup d'œil par-dessus le comptoir.

— Où est votre valise?

Elle se mordit les lèvres.

— Je ne l'ai pas avec moi.

Otis eut un regard entendu.

— Vous vous êtes disputée avec votre petit ami? Il va se faire du souci quand vous ne rentrerez pas ce soir, hein?

— Oh... sans doute.

— Bien sûr que oui. Vous verrez, il sera désolé demain. Ça arrive tout le temps pendant le carnaval.

L'annexe était derrière l'hôtel, de l'autre côté de la ruelle. La chambre de Carla était minuscule, avec un lavabo dans un coin. Les toilettes étaient au fond d'un couloir obscur, sentant le renfermé. Sally dit à Otis Miller qu'elle prenait la chambre, et il retourna à son poste. Elle resta sur le seuil jusqu'à ce qu'il disparaisse dans l'escalier et qu'elle entende décroître le son de ses pas.

Rolf avança prudemment la tête. Le vent, qui sifflait dans la ruelle, ébouriffa ses cheveux tandis qu'il jetait un regard circulaire. Pas de Gianni.

Il avait de la chance d'être en vie, après le carnage auquel s'était livré ce cinglé de Gianni, quand il l'avait surpris avec Rosa. Rien n'avait été élucidé, au cours de la bagarre, mais sans doute Gianni avait soupçonné Rosa et il l'avait suivie jusqu'au Colombiana. Elle n'avait même pas fermé la porte à clé. Quelle idiote!

Heureusement pour Rolf, Gianni s'était d'abord déchaîné contre sa femme, ce qui lui avait donné le temps de s'habiller. Il était prêt à abandonner son sac à dos, mais, alors que Rosa sanglotait de façon hystérique et que Gianni la poursuivait, il avait pu mettre la main dessus. De toute façon, comme il n'avait pas l'intention de rester au Colombiana, il n'avait rien perdu en réalité, à condition de pouvoir échapper à Gianni.

Serrant son sac contre lui, il avait descendu l'escalier quatre à quatre, tandis que Gianni, qui s'était finalement aperçu que Rolf se débinait, le suivait en hurlant. Pourvu qu'il n'ait pas un tas de copains au café pour lui prêter main-forte! Il n'avait pas eu trop de mal à semer Gianni, en se faufilant à travers la foule du carnaval, parce qu'il était agile et en forme. L'Italien, lui, était trop gros, et il était essoufflé par ses cris.

Il était sûrement dans les parages. Rolf devait quitter ce quartier, et de préférence se mettre à l'abri quelque temps, car il commençait à pleuvoir. Il jeta de nouveau un coup d'œil au bout de la ruelle. Aucune trace de Gianni, mais il ne se sentait pas en sécurité. Il valait mieux qu'il se déguise d'une manière quelconque.

A cette idée, il faillit se mettre à rire. S'il voulait un déguisement, il était bien tombé. De l'autre côté de la rue

196

brillamment éclairée où aboutissait la ruelle, un magasin vendait des masques et des déguisements. Il était encore ouvert, et plein de clients, pour la dernière soirée du carnaval. Dans la vitrine pendait un masque noir de diable à l'air méchant, muni de cornes pointues. Justement, sa première intention avait été de se déguiser en diable. Il vérifia une dernière fois derrière lui et traversa la rue en courant.

Il acheta le masque, le mit, et cacha ses cheveux blonds sous un bonnet noir pris dans son sac à dos. Il avait déjà élaboré un plan, et partit dans la direction du pont de l'Accademia.

L'hôtel de Jean-Pierre, Rolf l'avait appris grâce au sac dans lequel celui-ci avait jeté le costume de Pierrot, s'appelait le Romanelli. Rolf croyait connaître la rue, aussi. Il traversa le pont et trouva l'endroit assez vite, mais quand il y arriva, Jean-Pierre était sorti. Rolf enleva son masque et s'installa dans le hall pour attendre.

Jean-Pierre fut absent un long moment, et Rolf songeait à partir dîner quand il se pointa, chargé d'un sac. Quand Rolf l'interpella, il se retourna :

— Rolf...

Il avait le visage gonflé, et ses yeux étaient curieusement vitreux.

Rolf dit à voix basse, de façon à ce que personne ne l'entende :

— Écoute, Jean-Pierre. J'ai été viré de l'endroit où j'étais. Je me demandais si je pourrais rester avec toi? Dormir par terre?

Jean-Pierre cligna des yeux. Il dit :

— Je ne peux pas parler de Brian. Je ne peux pas.

Rolf leva les mains, paumes en avant.

— Aucun problème. Vraiment. Je suis désolé de ce qui est arrivé, mais...

— Je ne peux pas en parler.

Jean-Pierre se tourna à demi, comme pour partir.

Rolf ramassa son sac à dos.

– Alors tu es d'accord pour que je vienne dans ta chambre?

Jean-Pierre fronça les sourcils.

– Dans ma chambre? C'est impossible.

– Écoute, Jean-Pierre...

– Impossible.

Rolf voyait avec stupéfaction ce petit con s'éloigner vers la porte, comme s'il avait oublié sa présence. Il l'arrêta :

– Attends une seconde.

Jean-Pierre se tourna vers lui.

– Je ne peux pas. Demande à Tom ou à Francine.

Rolf n'en croyait pas ses oreilles.

– Je ne sais pas où ils sont.

Jean-Pierre posa son sac et fouilla dans sa poche.

– Je vais te donner leurs adresses.

Rolf revaudrait ça à Jean-Pierre, plus tard. Il arracha le papier sur lequel l'autre venait de griffonner en lui disant d'un ton caustique :

– Merci beaucoup!

Puis il se dirigea vers la porte. Francine allait être contente de le voir. Il tenterait d'abord sa chance avec elle.

Nouveau refus

Malgré le temps, le pont de l'Accademia était encombré de passants costumés. Les capes claquaient au vent comme des drapeaux. Un plumet orange échappé à une coiffure virevolta devant la figure de Rolf, accompagné du cri angoissé de sa propriétaire.

Tandis qu'il repartait en sens inverse pour se rendre chez Francine, il songeait à la Méduse, au rio della Madonna. Il l'avait vue accroupie au bord du canal, sa robe gonflée par le vent, les serpents aux yeux rouges bougeant de façon inquiétante, comme s'ils étaient vivants. Il lui avait dit :

— Salut, Méduse! As-tu changé beaucoup d'amis confiants en êtres solitaires, ces jours-ci?

Il avait d'abord trouvé comique la façon dont la Méduse — Sally, croyait-il — l'avait repoussé avec fureur en agrippant le manche de son miroir. Il avait encore dans les oreilles le bruit du verre brisé.

Comment avait-il pu commettre une pareille erreur? Il en était malade de honte. Il mordilla très fort l'intérieur de ses joues.

Enfin il trouva la maison où Francine séjournait, au bord d'un tranquille petit canal, près de l'église Santa Maria del Giglio. Le bâtiment avait une façade pelée, comme souvent à Venise, mais l'intérieur était beaucoup plus luxueux que l'extérieur. Il monta jusqu'à l'appartement du dernier étage. À son coup de sonnette, une bonne à l'allure sournoise vint ouvrir. Elle parlait seulement italien et, comme il répétait avec insistance le nom de Francine, elle lui indiqua par gestes que celle-ci n'était pas visible.

Rolf n'avait pas l'intention de partir avant d'avoir pris des dispositions pour dormir là. Sans tenir compte de la bonne qui essayait de lui barrer le chemin, il franchit le seuil.

— Je vais attendre.

Il examina l'antichambre, avec son petit lustre et ses chaises bleues à l'aspect satiné. La bonne disparut. Rolf avait fumé la moitié d'une cigarette quand une femme en robe de chambre rouge et mules ornées de plumes fit son entrée. C'était une blonde décolorée à la peau très bronzée. Les bras croisés, elle avançait la mâchoire d'un air agressif.

Malgré son attitude, Rolf fut soulagé. Si c'était elle qui vivait dans cet appartement, il n'aurait aucun problème. Il avait rarement du mal à obtenir ce qu'il voulait des femmes.

— Qui êtes-vous? aboya-t-elle.

Rolf lui dit son nom, et demanda :

— Et vous?

— Ursula.

Elle s'enquit sans ménagement de ce qu'il voulait.

Pendant qu'il expliquait qu'il était un très bon ami de Francine, celle-ci, vêtue de sa robe de chambre noire imprimée de coquelicots, apparut sur le pas de la porte. Elle ne paraissait pas enchantée de le voir.

— Au nom du ciel, qu'est-ce que tu fais ici? demanda-t-elle.

Rolf n'avait pas eu le temps de mettre Ursula de son côté avant l'arrivée de Francine. Il tendit la main vers elle pour lui donner une tape amicale, ou peut-être lui enfoncer les doigts dans le bras pour lui faire comprendre qu'il ne plaisantait pas, mais elle fit un bond en arrière comme s'il avait la peste.

— Alors? demanda-t-elle d'un ton cinglant.

Il expliqua qu'il avait dû quitter l'endroit où il était hébergé, et qu'il espérait...

— Tu espères t'imposer chez mon amie?

Elle ne laissait pas entendre que ses espoirs seraient comblés.

— Bon sang, Francine, je ne demande pas une grande faveur.

Il ne comprenait pas ce qui se passait, mais il n'aimait pas ça du tout.

— Si, tu demandes une faveur. Et en plus, tu cherches à nous forcer la main. Il faut que tu partes.

Rolf croyait rêver. En quoi cela pouvait-il gêner qu'il dorme par terre dans cet appartement, où manifestement il y avait de la place?

— Écoute. Je voudrais seulement..., commença-t-il.

A ce moment, la main d'Ursula se referma sur son bras.

— Vous dérangez mon amie, dit-elle.

Un instant plus tard, elle l'avait poussé dehors.

La surprise empêcha Rolf de réagir avant que la porte se ferme, mais quand il entendit le déclic, il fut pris d'une

200

fureur indescriptible. Il se jeta contre la porte, la frappant de ses poings et hurlant :

– Francine! Ouvre, salope!

Il donna plusieurs coups de pied laissant des éraflures dans la peinture blanche. Il tambourina encore un moment, en criant :

– Laissez-moi entrer!

Un chien aboya furieusement derrière la porte.

Il donna un dernier coup de pied qui résonna dans l'immeuble et descendit l'escalier à toute vitesse avant que les voisins sortent pour voir ce qui se passait. Dehors, il courut jusqu'à la rue animée qui passait devant l'église. Il y avait un arrêt de traghetto plus loin sur le canal, près du Gritti. Il laissa tomber son sac et s'assit dessus, respirant convulsivement l'air froid et humide. Ça lui rappela le Minnesota. Une journée froide et humide dans le Minnesota, où il avait abîmé une fille. Il espérait lui avoir seulement fait mal. Oui, l'air du Minnesota était le même. Elle s'appelait Barbara, et il pensait, il était pratiquement sûr qu'elle n'était que blessée.

Finalement, sa respiration ralentit. La qualité de l'air à Venise en février ne rappelait pas vraiment l'automne dans le Minnesota. Mais ça lui avait probablement fait du bien de se mettre en colère. Ça éliminait les tensions. Quand il sentit qu'il pouvait marcher calmement, normalement, sans attirer l'attention, il se leva. Dans cinq minutes il serait à l'hôtel de Tom.

L'idée de Rolf

Rolf s'appuya en arrière et cessa d'écouter le ronronnement monotone de la voix de Tom. Il avait ce qu'il voulait. Premièrement, la permission de dormir sur le parquet de sa chambre. Deuxièmement, il avait appris tout ce que Tom savait sur l'assassinat de Brian. Sally était chez le comte Michele Zanon – cela, il le savait déjà – et en plus, Francine prétendait l'avoir vue à un bal masqué, déguisée en Espagnole, quelques heures après la mort de Brian.

Il but une gorgée de bière. Ils étaient dans une pizzeria voisine de l'hôtel de Tom. Dehors, les banderoles de papier qui servaient de décoration claquaient furieusement. La pluie martelait la vitrine par saccades.

Tom parlait de Mai 68 et de la façon dont le meurtre de Brian avait ressuscité cette époque — le sens du danger, la tension accrue. Tom tenait un journal, disait-il, et il voulait poser des questions à Rolf. Le problème avec Tom, c'est qu'il ne se taisait jamais. A la table voisine, une femme en manteau de fourrure, le visage caché derrière un masque de chat en velours, étendit ses longues jambes serrées dans un pantalon de cuir fauve. Elle faisait de l'œil à Rolf par-dessus l'épaule de son compagnon, mais Rolf avait d'autres préoccupations. «Plus tard, peut-être, ma poupée.» Il la gratifia de son sourire en coin et la vit sourire à son tour, puis il se désintéressa d'elle.

— Je me demandais si tu avais une idée sur l'identité de l'assassin? demandait Tom. Il avait la voix rauque.

— Ma foi non. Probablement un fou.

Rolf préférait changer de sujet. Se tournant vers Tom, il lui demanda :

— Pourquoi as-tu rasé ta barbe?

Tom se tut. Sa main monta vers son visage.

— Pour différentes raisons, dit-il avec raideur.

— Tu n'as pas froid à la figure?

Tom parut se crisper avant de répondre :

— Un peu, oui. Un peu plus qu'avant.

Rolf alluma une cigarette, souffla la fumée, et regarda Tom. Quelle lourde mâchoire il avait!

— C'était de l'automutilation?

D'après l'expression de Tom, il voyait qu'il le faisait vraiment maronner.

— Bon Dieu, Rolf, on ne pourrait pas parler d'autre chose?

202

Rolf prit un air profondément sincère et se pencha vers Tom.

— Non, je parle sérieusement. Tu décides brusquement de te couper la barbe. C'est une décision grave. Ça doit vouloir dire que tu n'es pas satisfait de ce que tu es, non? Est-ce que tu t'en veux pour une raison quelconque?

Il avait adopté le ton à la fois soucieux et détaché d'un psychiatre.

— Je t'ai dit de changer de sujet, dit Tom en se frottant les joues.

— Oui, on pourrait, mais ensuite ça continuerait à te travailler. (Il se pencha encore plus.) Tu sais, on dit que la barbe est liée à l'idée qu'on se fait de sa virilité. Si on regarde les choses sous cet angle, se raser la barbe équivaudrait à...

— Je te préviens...

— A une castration, non?

— Nom de Dieu, Rolf!

Tom se leva brusquement, renversant presque la petite table. Rolf le voyait trembler violemment.

Il haussa nonchalamment les épaules.

— Sacré Tom! Tu ne changeras jamais. Tu adores analyser les problèmes des autres, mais tu as horreur qu'on en fasse autant avec toi, hein?

— C'est parfaitement injuste...

— Bon, laisse tomber...

Rolf fixa son attention sur le bout de sa cigarette, regardant la fumée s'élever, la cendre s'allonger. Il retournerait au palazzo. Maintenant qu'il connaissait la musique, il serait mieux préparé. Quand Tom se rassit, il l'avait presque oublié.

— Tu as peut-être raison, dit Tom d'une voix plus calme. Je devrais peut-être en parler...

Déçu que Tom ne soit pas parti, Rolf prit un air pontifiant.

— Tout ceci est lié à une question importante. Où en sont tes rapports avec... Comment s'appelle t elle?

— Olga.

– Oui, Olga. C'est une femme charmante, très attirante.

Tom ouvrit de grands yeux.

– Tu la trouves vraiment attirante?

– Oh oui!

Rolf essayait de revoir la femme de Tom. Des cheveux gris, l'air fatigué.

– Bon Dieu, je ne sais pas ce que tu fais ici, alors que tu pourrais être chez toi en train de la sauter.

Tom le regarda d'un air soupçonneux.

– Tu me fais encore marcher, salaud.

Rolf se redressa et leva une main.

– Non, je te jure. Elle me fait de l'effet chaque fois que je la vois. C'est pour ça que je ne vais pas souvent chez vous.

Tom était rouge.

– C'est vrai qu'elle a des côtés surprenants. Une sorte de férocité, comme un tigre.

– Tu vois, je le sentais rien qu'à la regarder.

Tom se voûta, l'air misérable.

– Tu avais peut-être raison à propos de cette histoire d'automutilation.

Rolf commençait vraiment à s'ennuyer. Si Tom avait eu un tant soit peu de fierté, il se serait tiré, au lieu de rester là à geindre. Il jeta un coup d'œil à sa montre.

– Toi, tu as besoin de baiser, dit-il d'un ton péremptoire. Si ça ne marche plus avec... comment... Olga... en ce moment, eh bien, le monde est plein d'autres nanas. (Il désigna la femme-chat à la table voisine.) En voilà une.

– Tu es cinglé. Je ne pourrais pas...

Rolf eut une idée géniale. Une véritable inspiration.

– Que penserais-tu de Francine, alors? A moins que tu aies déjà couché avec elle?

– Non, mais...

– Voilà la solution. Francine!

Rolf finit sa bière et se leva.

– Tu peux demander l'addition? Il faut que je m'en aille. Je te paierai plus tard.

204

– On ne peut pas parler un peu, Rolf?

Rolf s'appuya sur le dossier de sa chaise et se pencha vers Tom.

– Francine. Elle a le béguin pour toi. Elle me l'a dit.

– Elle me déteste, dit Tom en secouant la tête.

– Pas du tout. (Rolf recula d'un pas.) Elle fait seulement semblant, parce qu'elle croit que tu ne l'aimes pas. (Il leva la main en signe d'adieu.) Ciao!

Le visage déconcerté de Tom lui sortit rapidement de l'esprit. Seigneur! Les gens vous faisaient toujours perdre votre temps. Il marchait d'un pas vif. Maintenant il pouvait consacrer son attention au sujet qui le tenaillait.

Découvrir que Sally n'était pas la fille toute simple qu'elle paraissait aurait dû tout gâcher, normalement. Ce qui l'avait excité, après tout, c'était sa timidité, cette attitude hésitante qu'elle avait, presque de la peur. Privée de cela, théoriquement, elle cessait d'être attirante.

Pourtant, ça ne fonctionnait pas comme ça. Qu'elle puisse être la petite Sally, et en même temps une femme capable de se déguiser, de mettre un masque et une robe à volants, quelques heures après la mort de son mari, cette idée le frappait comme un coup de poing dans l'estomac, il pouvait à peine respirer. Il avait envie de la disséquer, de l'examiner, de découvrir quel était son point de rupture.

Non, ce n'était pas du tout comme dans le Minnesota. Il se mit à pleuvoir plus fort, et Rolf pressa le pas.

Les fantasmes de Tom

Tom regrettait que Rolf soit parti si vite, sans lui laisser le temps d'explorer ses émotions. Ils avaient tout de même soulevé des points intéressants. Mais Tom ressentait le besoin de s'exprimer. Il avala le reste de sa bière.

Rolf lui avait donné matière à penser, en tout cas. Cette histoire d'automutilation, de castration, par exemple.

205

Il y réfléchit. Mais pourquoi voudrait-il faire une chose pareille? Non, il était sûr que ce n'était pas ça. Il avait voulu se raser la barbe pour des raisons qu'il n'avait pas envie d'expliquer à Rolf et il l'avait fait. Elle repousserait. Elle avait déjà commencé à repousser, il sentait les poils sur ses joues.

Et ce que Rolf avait dit à propos d'Olga, de Francine, de son soi-disant besoin de baiser.

C'était facile pour Rolf. Il se rappelait la façon négligente dont celui-ci avait demandé s'il avait déjà couché avec Francine, dont il avait suggéré qu'il s'intéresse à la jolie femme-chat à la table à côté.

Il la regarda, avec son pantalon de cuir et son manteau de fourrure. Son masque de chat couvert de plumes ne cachait que le haut de son visage. Elle buvait du Campari. Des bracelets et des bagues en or brillaient à chacun de ses gestes.

Si Rolf avait voulu cette femme, il l'aurait eue, bien qu'il ne l'eût jamais vue, et bien qu'elle fût assise avec un homme qui paraissait assez costaud pour faire passer n'importe quel importun à travers la vitrine. Comment s'y serait-il pris? Il lui aurait fait de l'œil? Il lui aurait glissé son numéro de téléphone? Si Tom essayait, elle crierait au secours.

Sombrement, Tom la regarda finir son verre, rejeter ses cheveux en arrière pendant que son compagnon demandait l'addition, et sortir avec lui bras dessus bras dessous. Elle était si fascinante, si excitante. Si Tom avait été Rolf, il l'aurait eue dans son lit ce soir même.

Ce qui l'amena à penser qu'il y aurait une femme qu'il pourrait avoir dans son lit ce soir s'il en avait envie, c'était Olga. Rolf avait dit qu'il la trouvait attirante. Il évitait même de venir chez eux à cause de l'effet qu'elle lui faisait. Tom s'interrogea. Il ne se souvenait pas d'occasions où Rolf ait précisément refusé de venir, et en général Olga n'était pas là, de toute façon.

C'était peut-être vrai, pourtant. Tom lui-même avait trouvé Olga extrêmement attirante à une époque, bien

206

qu'il ne se souvienne plus bien pourquoi. Il pouvait payer sa note d'hôtel et prendre un avion pour Paris, il y serait en fin de soirée. Stéphane, plongé dans son travail, le regarderait comme s'il se moquait qu'il soit rentré ou non, mais Olga, enjouée, voudrait tout savoir sur Venise.

Il pouvait la baiser ce soir, mais il n'y tenait pas follement.

Restait Francine. Parfois, surtout quand elle essayait de lui faire raconter ses souvenirs sur Sartre, qu'il avait soi-disant connu, il avait l'impression qu'elle était attirée par lui. Mais ces derniers temps, elle l'avait très mal traité, même si on considérait qu'ils étaient tous sous pression.

Peut-être était-elle attirée par lui, tout de même, son hostilité n'étant que le revers de la médaille. Dans ce cas, l'attirance devait être forte, si on en jugeait d'après son attitude.

Tout à l'heure, il irait sans doute la voir pour parler avec elle. Il fallait qu'il le fasse, de toute façon, pour sa recherche, qui ne progressait pas autant qu'il l'aurait voulu. Au cours de la conversation, il tendrait la main, la toucherait. Il lui poserait la main sur les cheveux, ou sur l'épaule. Il verrait sa réaction, si elle s'écartait ou si elle le laissait faire. Après, il saurait comment se comporter.

Bercé par son fantasme, Tom était quasiment heureux. Il sentait presque les doigts de Francine lui caresser la main, l'entendait lui parler d'une voix miraculeusement douce, sans trace d'agressivité.

Momentanément tranquillisé, il fut d'autant plus surpris de voir deux policiers en uniforme passer avec détermination devant la pizzeria et entrer dans son hôtel. Il se redressa. Ils étaient vraiment entrés dans son hôtel. Et ils n'avaient pas l'air de procéder à une ronde de routine. Il sortit une poignée de lires de sa poche et les jeta sur la table.

Dehors, il jeta un coup d'œil par la vitre de l'hôtel. Il voyait le large dos d'un des policiers. Il entrouvrit discrètement la porte. Une conversation se déroulait entre les agents et l'employé de la réception. Tom entendit une version italianisée de son nom. Il laissa la porte se refermer doucement et se mit à marcher.

Tandis qu'il s'éloignait de l'hôtel et se perdait dans les rues sombres et pluvieuses de Venise, Tom aurait pu crier de joie. Il était en Mai 68 de nouveau. Il avait échappé aux flics. Il était un fugitif, un hors-la-loi. Il était libre.

Ursula écrit une lettre

Les réactions d'Ursula, Francine s'en rendait compte, n'obéissaient qu'à une logique, celle d'être imprévisibles. Lorsque Rolf eut crié sa dernière insulte et donné son dernier coup de pied, une fois le chien calmé et les excuses présentées aux voisins, Francine s'attendait à une scène de jalousie. Elle s'imaginait dans Venise pieds nus, en peignoir, trempée par la pluie, transie, monter en trébuchant les marches du palais de Michele Zanon pour se jeter dans ses bras. Cette idée lui plaisait tant que, bien que certaine d'être jetée dehors, elle ne s'était pas donné la peine de s'habiller. Mais une fois l'ordre rétabli, Ursula la considéra avec une admiration sans bornes.

– Qu'il est beau, et qu'il a l'air cruel, ton amant! souffla-t-elle. Il doit t'aimer de façon extraordinaire pour être aussi furieux. Et tu l'as renvoyé à cause de moi.

– Bien sûr. Il n'est rien pour moi, répondit Francine avec hauteur.

– Il va te battre la prochaine fois.

Cette idée paraissait exciter Ursula.

Francine rit.

– Oh, *cara*, tu es merveilleuse!

Ursula avait été si émoustillée par la visite de Rolf que Francine eut toutes les peines du monde à la persuader de reprendre le travail qu'elles avaient entrepris. Elle dut insister pour qu'elle se rassoie à son bureau.

– Où en étais-je? demanda Francine.

208

Ursula se pencha sur la feuille chargée de corrections, et lut de manière hésitante :

— Deux : le soir du jour où son mari a été assassiné, cette femme a été vue à un bal costumé. Elle croyait peut-être que son masque et son déguisement cachaient son identité, mais...

Elle leva les yeux vers Francine.

— Très bien, dit celle-ci... cachaient son identité, mais en fait elle a été remarquée et reconnue. Trois : cette femme vit actuellement chez... Non, vit actuellement dans le plus grand luxe chez...

— Pour l'amour du ciel, va moins vite! protesta Ursula. Je ne me contente pas d'écrire, tu sais. Il faut aussi que je traduise en italien.

Francine se demanda si Sartre avait jamais eu recours à de pareilles mesures, et s'il avait trouvé cela aussi irritant qu'elle en ce moment?

— Je voudrais du vin, dit Ursula. Nous finirons demain.

Francine s'obligea à répondre avec une patience angélique.

— Mais on avait décidé de le faire maintenant. C'est presque terminé.

Enfin le premier brouillon fut achevé. Quand Francine dit qu'il fallait recopier le document, Ursula explosa.

— Non! cria-t-elle. C'est trop difficile! Tu n'as qu'à le faire!

— Comme tu voudras, répondit froidement Francine. Tu m'as dit que tu voulais m'aider. Je vois que j'ai eu tort de te croire.

Prenant le papier, elle se dirigea vers la porte.

— Arrête, je vais le faire! cria Ursula.

Tandis qu'Ursula, calmée, se remettait au travail, Francine s'allongea sur le canapé, les mains derrière la tête. Cette lettre donnerait matière à réfléchir à la police. Entre-temps, elle devait retourner au palais aussi vite que possible.

Au bout d'un long moment, Ursula posa son stylo d'un air triomphant.

— C'est fini, dit-elle.

Francine examina la lettre. L'écriture informe d'Ursula s'étalait en travers de la page. Francine espérait qu'elle n'avait pas commis d'erreur de traduction, ni fait des fautes d'orthographe ou de grammaire en italien. De toute façon, elle n'avait aucun moyen de vérifier.

— C'est merveilleux, dit-elle, en pliant le document et en le mettant dans une enveloppe. Maintenant, habillons-nous.

Elle s'attendait à des hurlements de protestation d'Ursula. Elle lui expliqua que si elles avaient fini la lettre ce soir, c'était pour être sûres que la police la recevrait le plus tôt possible. En conséquence, Ursula devait revêtir un déguisement et exécuter la deuxième partie de leur plan.

— Moi? Il faut que je me déguise et que je porte la lettre à la police? Mais pourquoi pas...

— Parce que je dois continuer mon enquête au palazzo Zanon.

Ursula regarda Francine.

— Ce n'est pas une ruse, *cara*? Tu n'es pas en train de me mentir?

— Cette affaire est trop sérieuse. Dépêche-toi. Nous devrions être parties.

Dans la chambre de Jean-Pierre

Jean-Pierre était presque prêt, mais il décida de se reposer cinq minutes. Il s'allongea sur le lit, ce qui lui rappela le Bouffon.

Le garçon lui avait volé son argent, mais Jean-Pierre avait pu s'en procurer aux distributeurs Carte Bleue de Venise. Jean-Pierre était un jeune homme assez riche, mais il en faisait rarement état. Il ne l'avait même pas dit à Brian. Il s'était souvent demandé avec angoisse si Brian l'aurait aimé davantage s'il l'avait appris.

Le Bouffon, s'il l'avait su, ne l'aurait pas quitté aussi vite. Il serait avec lui à présent.

Le Bouffon sortit de l'esprit de Jean-Pierre. D'autres événements avaient glissé sur lui : la visite de Rolf qui voulait être hébergé, un message lui demandant d'appeler la police dès que possible.

Il pensait à Sally et au comte Michele Zanon. Ces deux-là avaient conspiré pour lui prendre Brian. Maintenant qu'il avait vu le comte, il comprenait beaucoup mieux. Brian et le comte Zanon avaient dû se rencontrer à Paris au cours des semaines précédant le carnaval et c'était sans doute leur relation secrète qui avait rendu Brian nerveux, agressif et distant. Brian prétendait être étouffé par la possessivité de Jean-Pierre. Il était clair à présent que la vérité était toute différente.

Jean-Pierre ne s'était pas montré possessif à l'égard de Brian, il avait simplement voulu le chérir à chaque minute.

Jean-Pierre se souvenait parfaitement du jour où Brian lui avait dit d'un ton las :

— Ça ne te servira à rien de chercher à m'effrayer, Jean-Pierre.

Et quand Jean-Pierre lui avait demandé de s'expliquer, il avait répondu :

— Je t'en prie! Le désir est défini comme trouble. La vase est l'agonie de l'eau.

Jean-Pierre avait été stupéfait. Comme chaque fois qu'ils parlaient, une inquiétude lui serrait le cœur.

— De quoi parles-tu?

Brian l'avait regardé avec une incrédulité qui avait quelque chose de blessant.

— Oh, rien. N'en parlons plus.

Aujourd'hui, Jean-Pierre avait entendu le comte Zanon prononcer la même phrase affreuse : « La vase est l'agonie de l'eau. » La relation était établie.

Sally avait dû les encourager. Elle ne voulait pas garder Brian pour elle, comme il l'avait cru. Elle préférait le voir avec Michele Zanon. A présent, le comte s'acquittait de sa dette en s'occupant de la veuve de Brian.

Tout avait sans doute commencé à Paris. Le comte s'y rendait sûrement de temps en temps. Voilà aussi pourquoi Brian s'était montré si impatient d'aller à Venise. Et le jour de sa mort, il avait dû quitter la piazza à la requête de Michele. Brian avait pressé le pas pour être sûr de ne pas être suivi, mais il avait compté sans Jean-Pierre.

Jean-Pierre s'assit au bord du lit. Dehors, le monde ruisselait. La pluie brouillait les carreaux, agitait le lierre qui grimpait sur le mur, crépitait dans la cour. Jean-Pierre savait qu'il ne pouvait pas haïr Michele Zanon. Le comte l'avait trahi, mais ils étaient liés, irrévocablement, par leur amour pour Brian. Jean-Pierre se souvenait de la chaude pression du bras du Vénitien sur ses épaules. Cette pensée lui fit monter les larmes aux yeux.

Jean-Pierre avait encore quelques préparatifs à faire, puis il s'en irait.

Tom et Ursula

Tom était en pleine euphorie. Il sentait à peine la pluie sur son visage, les gouttelettes qui s'accumulaient dans le col relevé de son imperméable et lui coulaient dans le cou. Il était de retour à Paris, jeune de nouveau, en train de balancer des pavés sur les flics.

On l'avait pris en photo en train de faire ce geste. Il était sur une barricade, entouré de fumée, le bras levé, prêt à lancer la pierre. D'autres gens figuraient sur la photo, mais il en était le personnage central. Il avait une expression d'exaltation intense. La photo était devenue symbolique, elle avait été reproduite partout, y compris sur les jaquettes des éditions française et américaine de son livre, *Sur les barricades*. Quelque temps auparavant, Tom l'avait vue dans un livre d'histoire, mais le texte ne citait pas son nom.

212

Il ralentit son pas. Pour la première fois, il se rendit compte qu'il était trempé. Avant, ça ne comptait pas d'être mouillé ou sec, affamé ou rassasié. Il dormait par terre chez des copains, passait la nuit dans les cafés à discuter. Il écrivait tout dans son journal : ce que les gens disaient, à quoi ils ressemblaient, ce qu'il ressentait, même ce qu'il mangeait. C'est ce que tout le monde avait aimé dans son livre. Ce n'était pas philosophique, mais courageux et authentique.

Il avait l'occasion de recommencer. S'il ne le faisait pas maintenant... Il devait le faire.

Il avait mis une distance raisonnable entre lui et les flics, mais il ne savait pas très bien où il était. Malgré la pluie incessante, les rues étaient pleines de monde. Il traversa un campo où un orchestre jouait vaillamment pour des danseurs opiniâtres.

Il fallait qu'il recommence, ça ne faisait aucun doute, alors pourquoi ne s'y était-il pas encore mis? C'est à peine s'il avait pris quelques notes. Il éternua. De l'eau coulait de ses cheveux, dégoulinant de son menton. Il était peut-être temps de se mettre à l'abri.

Il réfléchissait à ce qu'il allait faire, quand il vit les cahiers. Ils étaient exposés, sous les confettis et les serpentins, dans la vitrine éclairée d'une petite papeterie. Reliés d'un magnifique papier marbré, ils avaient des feuillets épais, d'une couleur crémeuse, engageante. Ce serait facile d'écrire avec un si beau cahier. La boutique était encore ouverte.

Quelques minutes plus tard, il en sortit avec un paquet soigneusement emballé qu'il abrita sous son imperméable. Sa détermination était renforcée. Le cahier qu'il avait choisi, à marbrures bleues et or, avec quelques mouchetures rouges, allait lui fournir l'élan nécessaire. Il était impatient de s'y mettre.

Et il ne voyait pas de meilleur endroit pour commencer que chez Francine. Il avait décidé d'aller la voir, de toute façon, à la fois pour faire avancer son entreprise et pour vérifier si elle était vraiment attirée par lui, comme

213

Rolf l'avait dit. Il plongea la main dans sa poche, à la recherche du morceau de papier où il avait inscrit son adresse.

Trouver son chemin sous la pluie, même avec le plan, n'était pas facile, mais enfin il y parvint. Quand il sonna à la porte, une bonne à l'air terrifié l'entrebâilla. Mais il eut beau lui donner le nom de Francine plusieurs fois, elle refusa de le laisser entrer. Elle répétait d'un ton hystérique que Francine n'était pas là. Il demanda s'il pouvait attendre et fit un pas en avant, mais elle lui ferma la porte au nez.

Il resta indécis sur le palier. Peut-être que Francine était là et se cachait? Il n'avait pas envie de ressortir sous la pluie. Il allait attendre. Il sortit son cahier et s'assit sur la dernière marche. Pourquoi ne pas commencer tout de suite? Il ouvrit le cahier et écrivit son nom et son adresse à l'intérieur de la couverture. Sa plume glissait aisément sur la surface vierge. Puis il regarda la première page.

Il la contempla longuement. Il ne trouvait rien à écrire qui justifie de souiller la beauté sans tache du papier. Il devait parler de Brian. De ses sentiments à son égard, de son amertume quand Jean-Pierre avait insisté pour que Brian, et par la même occasion Sally, fassent partie du groupe; de l'indifférence de Brian pour ce qu'il avait été, ce qu'il représentait. Son stylo se posait sur la page quand il se rendit compte à quel point c'était compromettant d'écrire des choses pareilles. Il regardait toujours la blancheur crémeuse de la feuille quand il entendit des pas dans l'escalier.

Par-dessus la rampe, il vit une religieuse en habit noir et cornette. Il se demanda si elle allait de porte en porte demander la charité. Il se dressa à son approche et quand elle leva la tête, il s'aperçut qu'elle portait un masque qui n'avait rien de religieux. C'était un visage de femme à l'expression aguichante, aux joues rouges, à la bouche incurvée, avec des cils d'une longueur démesurée. Même Tom, qui n'était pas croyant, et sûrement pas catholique,

214

se sentit mal à l'aise. Était-ce une vraie bonne sœur se livrant à une étrange plaisanterie, ou quoi?

Il se posait encore la question quand elle lui parla en italien.

— Je ne... *Non parlo...*, bafouilla-t-il.

— Évidemment! dit la religieuse. Parlons français, alors.

Son ton excédé contrastait curieusement avec le joyeux sourire de son masque.

Elle était arrivée sur le palier. Les poings sur les hanches, elle regardait Tom.

— Qui êtes-vous?

Lorsqu'il répondit qu'il était un ami de Francine, elle leva les yeux au ciel. Elle sortit une clé de la poche de son habit, ouvrit la porte et lui fit signe d'entrer par-dessus son épaule.

Ils traversèrent un élégant vestibule et pénétrèrent dans un salon luxueux. Un lévrier surgit de nulle part et se jeta sur la religieuse. Elle le caressa. Pour se donner une contenance, Tom remarqua :

— C'est un bel animal.

Elle lui jeta un regard pénétrant.

— Il est fidèle, en tout cas.

Tom décida de se taire. La religieuse appela d'un ton brusque, la bonne apparut et, après avoir reçu quelques ordres rapides, s'éclipsa de nouveau. La religieuse prit un tisonnier et attisa un feu déjà vif. Finalement, elle ôta son masque et sa cornette, les jeta sur un fauteuil, s'assit et dit :

— Mon dieu, comment peuvent-elles supporter ce carcan?

C'était une femme aux traits énergiques, bronzée, les cheveux décolorés. Son rouge à lèvres était brillant et ses yeux lourdement soulignés. Tout en lui donnant son nom, Ursula s'informa du sien. Il demanda nerveusement s'il pouvait voir Francine.

— Elle n'est pas là, répondit-elle.

Tom était déçu. Il s'était plus ou moins préparé et ne voulait pas que ce soit pour rien. D'ailleurs, il pleuvait dehors, et la bonne entrait avec une bouteille de cognac et des petits verres sur un plateau.

— Savez-vous quand elle rentrera? Je veux vraiment la voir.

— Je m'en doute.

Tom décela une note de sarcasme dans sa voix, mais elle poursuivit plutôt aimablement :

— Je ne sais pas quand elle reviendra. Elle avait des choses importantes à faire.

Tom prit un cognac. Il était vraiment bon. Il se demandait ce que Francine avait à faire, et où, mais avant qu'il puisse interroger Ursula, elle dit :

— Vous êtes un ami de Francine?

Elle l'examinait avec attention, ce qui, s'ajoutant à l'habit religieux, le mettait mal à l'aise.

— Euh... oui, en effet.

— De Paris?

— Oui, de Paris.

— Vous êtes un ami proche?

Tom perçut l'allusion, mais il se sentait téméraire. Ce serait probablement bientôt vrai, de toute façon. Il gratifia Ursula d'un sourire entendu, et dit :

— Oui, un ami très cher.

— Je vois.

Il finit son cognac et s'en versa un autre. Il commençait à se détendre. Sur la table à côté de lui, son beau cahier brillait de façon prometteuse dans la lumière des flammes.

— Dans ce cas, vous aimeriez peut-être savoir où elle est, dit Ursula d'une voix onctueuse. Il paraît qu'elle mène une enquête sur un assassinat.

Il se redressa, piqué au vif. De quoi Francine se mêlait-elle? L'assassinat de Brian était son affaire. Elle allait tout gâcher.

— Quoi? s'écria-t-il.

Ursula hochait la tête.

— Une enquête sur un meurtre. En ce moment elle la mène au palais du comte Zanon.

Tom était furieux. Il comptait rendre visite au comte pour parler du meurtre avec lui. A l'idée de ce qu'il pourrait révéler à Francine, il était malade.

— C'est de la blague! Elle ne fait pas d'enquête! Elle veut seulement se rapprocher du comte Zanon.

Ursula se leva d'un bond.

— Exactement! La sale menteuse!

Stupéfait de sa réaction, Tom dit :

— Hé, attendez...

— En ce moment, en ce moment même, votre maîtresse vous trompe avec Michele Zanon!

— Écoutez...

Elle s'approcha de lui dans un envol de jupes. Se penchant, elle lui enfonça un ongle rouge dans la poitrine.

— Vous êtes aussi stupide que moi! Nous sommes des idiots tous les deux!

— Vous devriez peut-être...

Elle approcha son visage de celui de Tom.

— Idiot! glapit-elle.

Elle quitta la pièce au pas de charge. Tom entendit le chien aboyer comme un fou.

Les oreilles lui tintaient, et il tremblait. Heureusement, la bouteille était à côté de lui. Il se versa un troisième verre de cognac.

Brian

Brian glisse à travers les rues de Venise. Les restes visqueux de ce qu'il fut, coagulés par sa rage, le portent comme s'il était vivant.

A Venise, la nuit tombe, et il a commencé à pleuvoir. Sous les arcades du palais des Doges, les marchands de souvenirs, munis de hautes bottes de caoutchouc vert, commencent à remballer en maudissant le temps. Ils essaient en vain d'allumer des cigarettes et jurent de plus belle. Sur le Môle, les proues des gondoles tirent sur leurs cordes, comme des poneys à l'attache, et des vagues lèchent les pavés. Les longs jupons de dentelle, les chaussures à boucles étincelantes sont trempés. La mer veut noyer les festivités. Au matin, peut-être, la marée aura amené l'*acqua alta,* et la piazza sera transformée en un lac, mirant les beautés condamnées de Venise.

Mais rien de tout ceci ne concerne Brian. Les noyés se moquent de la marée haute. Pour lui, la pluie a jeté un filet d'argent sur Venise. Tous ceux qui y sont pris, les marchands de souvenirs et les participants de la mascarade, se débattent pour s'échapper. Tous, sauf Brian, qui est dans son élément.

L'eau monte, le carnaval continue. Les musiciens attachent leurs partitions à leurs pupitres à l'aide d'épingles à linge et continuent à jouer. Un bouffon pirouette et cabriole devant une foule transie mais enthousiaste. Un gladiateur ivre vomit dans un coin près des Procuratie Vecchie, non loin d'un vendeur de masques dont les marchandises sont étalées sur une couverture maintenue aux coins par des briques.

Le carnaval continue, Brian aussi. Sa chair pourrissante peut encore donner l'illusion de la vie. Il a encore un peu de temps pour agir.

Rolf fait le guet

De son abri dans la remise du jardin, Rolf surveillait le palais. La pluie tombait du toit de tuiles. Les murs étaient humides, l'air sentait le renfermé. Rolf s'assit sur un sac d'engrais et regarda par la porte entrouverte. Il portait son masque de diable, son bonnet, et des gants noirs. Même si on avait regardé, on l'aurait difficilement repéré. Il était à peine conscient du froid, de la pluie. Des frissons d'excitation le parcouraient.

Il devait être temps de passer à l'action, mais il préférait être sûr. Il avait observé assez longtemps pour constater que le comte Zanon avait un autre gardien, un gamin d'environ dix-sept ans. Rolf l'avait aperçu à l'intérieur, et l'avait vu refuser l'entrée du palais à Francine un peu plus tôt.

Elle était venue voir le comte, sans doute, mais celui-ci était parti précipitamment avant qu'elle arrive. Rolf ne savait pas si Sally était dans la maison, mais une fois qu'il y aurait pénétré, il était décidé à attendre. Lorsqu'il était dans cet état, alerte et sûr de lui, il pouvait patienter longtemps.

Il se sentait capable d'assommer le gardien, comme il avait fait avec le vieux, mais il voulait procéder différemment cette fois. S'il trouvait son portier inconscient à son retour, le comte serait sur ses gardes, et Rolf tenait à le surprendre, ainsi que Sally. En fait c'était Sally qui l'intéressait, Sally la ressuscitée, dans sa robe à volants. Des gouttes de sueur se formaient sous son masque.

Dans le Minnesota, il avait perdu le contrôle de la situation. La peur de la fille, Barbara, lui avait donné un trop grand sentiment de puissance. Le moment où elle avait commencé à être terrifiée avait été irrésistible, comme si la foudre avait frappé, comme si l'océan s'était déchaîné.

Un souvenir d'enfance lui revint tout à coup : on l'avait amené au bord de la mer, et il avait été renversé par une vague. Il avait été emporté, bousculé, étouffé, jusqu'à ce que sa grande sœur, qui trouvait ça drôle, le relève. Il se revoyait, accroché à sa jambe, de l'eau dégoulinant du nez et de la bouche, son rire lui résonnant dans les oreilles. En y pensant, il brûlait encore de honte.

Venise n'était pas le Minnesota. Sally n'était pas Barbara. Elle avait les mêmes taches de rousseur, les mêmes cheveux, le même regard effrayé. Mais il s'y prendrait autrement cette fois. Malgré lui, il vit Barbara. Des feuilles mortes étaient accrochées à ses cheveux, et elle avait une traînée rouge, humide, sous le nez. Elle était si pâle que ses taches de rousseur s'étaient estompées, et ses paupières étaient fermées.

Il chassa cette pensée et se leva. Pourquoi ne pas commencer tout de suite?

Le jardin était sombre, éclairé seulement par un rond de lumière jaune à la porte d'entrée et par un réverbère de la rue. Si Rolf était prudent, si personne ne se manifestait, tout se passerait bien. Il poussa la porte de la remise et sortit sous l'averse.

L'œil rivé sur les fenêtres du rez-de-chaussée de façon à pouvoir s'immobiliser si le gardien regardait dehors, il se dirigea vers le mur du jardin où grimpait du lierre. La pluie, qui tambourinait sur le gravier et les feuilles, couvrait tous les bruits qu'il faisait. Il se glissa le long du mur vers le palais, sentant les feuilles de lierre dans son dos. Quand il fut presque arrivé au bâtiment, il s'arrêta. Le plus dur restait à faire. Il se tourna vers le mur et en évalua la hauteur du regard. Il aurait préféré avoir de l'élan, mais c'était impossible. Il prit une profonde inspiration, plia les genoux, et sauta.

Il saisit facilement le haut du mur et s'y accrocha jusqu'à ce que ses pieds trouvent un appui dans le lierre. Il grimpa au sommet et s'assit, pensant aux gestes qu'il devait faire. La pluie serait à son désavantage, parce que le balcon de fer serait glissant, mais il était sûr d'y arriver.

Le mur était assez large et quand il eut repris son souffle, il se déplaça jusqu'au point le plus proche du balcon. Là, il resta quelque temps en contemplation. Il n'avait pas à sauter très loin, mais il ne pouvait pas rater son coup. L'eau ruisselant du balcon brillait dans le rond de lumière au-dessous. Le spectacle le fascinait.

Le moment venu, il se mit debout et bondit. Ses mains gantées se refermèrent sur les supports métalliques du balcon. Il assura sa prise, puis balança les jambes une fois, et les passa par-dessus les supports. Il se hissa péniblement. Il escalada la balustrade et se laissa tomber sur le balcon, épuisé et trempé, mais il savait que c'était gagné.

Puis, il s'accroupit près de la fenêtre. Elle était fermée, bien sûr, mais il avait un couteau et un tournevis dans sa poche. Ce ne serait pas du joli boulot, mais tant pis! Il l'ouvrit enfin. Dégoulinant de pluie, Rolf inondait le parquet de la bibliothèque de Michele Zanon.

Le retour de la Méduse

Sally dînait avec Otis Miller. Après être restée dans sa chambre sinistre à se ronger, elle en avait eu assez. Elle partit à la recherche de la salle à manger de l'hôtel, se disant qu'elle ferait mieux de manger quelque chose, elle chercha Otis Miller également.

— Nous n'avons pas de barbecue ici, jeune fille, lui dit Otis.

Il lui recommanda les *seppie con polenta*, une spécialité vénitienne. Elle s'inclina, mais lorsque le plat arriva, elle vit des tentacules dans une sauce noirâtre, accompagnés de carrés pâles qui ressemblaient à des crêpes de maïs aplaties.

— L'aspect est normal, dit Otis en riant. Des pieuvres cuites dans leur encre. Essayez, miss Sally.

Ne voulant pas le vexer, elle goûta une petite bouchée. Ce n'était pas si mauvais que ça. Elle allait en manger un peu par politesse, pensa-t-elle, mais tout en buvant du vin et en écoutant Otis lui raconter son enfance en Alabama, elle vida son assiette.

Il n'avait jamais pu s'adapter à Eufaula, disait-il, parce qu'il détestait la chasse et la pêche. Quand il était venu en Italie, pour la première fois, il s'était senti chez lui.

Sally était étonnée.

— Mais vous semblez — elle ne savait pas comment l'exprimer — vous semblez si typiquement de là-bas.

— Oui, bien sûr. Je suis de là-bas. Je n'ai pas été élevé sur une colline toscane, ça ne servirait à rien de le prétendre.

Il parlait très sérieusement, le regard animé. Puis il se détendit :

— Et vous ?

Elle se mordit les lèvres. Elle aurait aimé tout lui raconter, mais elle avait peur. Il y avait longtemps qu'elle ne faisait plus confiance à quelqu'un.

— J'ai de graves ennuis. Mais je ne peux pas en parler.

Il hocha la tête comme s'il était au courant.

— Est-ce que je peux faire quelque chose?

Elle était toujours inquiète pour Michele. Pendant le dîner, ses soucis s'étaient estompés, mais maintenant ils revenaient. Elle avait voulu appeler, mais sa petite chambre n'avait pas le téléphone.

— Je pourrais téléphoner?

— Bien sûr, dit Otis.

Quand elle sortit de l'argent pour payer son repas, il l'arrêta, disant que c'était la maison qui offrait.

Ils retournèrent dans le hall, et Otis posa le téléphone sur le comptoir et lui tendit un annuaire. Son inquiétude renaissait, maintenant qu'elle allait appeler. Elle chercha le numéro de Michele et essaya de le composer, mais les chiffres lui sortaient de l'esprit. Après plusieurs tentatives, elle le nota sur un bloc et réussit à l'obtenir.

Ce fut Maria qui répondit, d'une voix tendue. Sally, paralysée, ne savait plus que dire. Elle raccrocha.

— Il n'y a personne? demanda Otis.

Elle fit non de la tête.

— Merci quand même.

De retour dans sa chambre, elle se sentit encore plus agitée. Qu'avait-elle à se terrer comme un lapin, au lieu d'aller voir la police, et la laisser s'occuper de ce qui se passait? Michele avait peut-être de graves problèmes, et le temps comptait. Elle avait le costume d'Antonia, elle ne serait donc pas reconnue. Elle devait y aller tout de suite. Elle remit son masque, son chapeau, et sortit.

Le parapluie la protégeait un peu de l'averse, mais bientôt l'humidité la pénétra. Elle pensait pouvoir trouver le poste de police où elle était allée avec Michele. Si elle ne trouvait pas celui-là, il devait y en avoir d'autres.

Arrivée sur une petite place, elle vit une estrade vide.

Les musiciens s'étaient réfugiés sous un passage voûté menant à une autre rue, et jouaient un air qui lui rappelait « Yankee Doodle ». Au milieu de la place, une douzaine de personnes dansaient sous la pluie. Elles riaient avec l'insouciance de gens qui ne peuvent pas être mouillés davantage. Leurs vêtements pendaient lamentablement.

Quand elle essaya de passer, un homme en habit Renaissance imprégné d'eau lui prit les mains et la fit tourner. Ils glissaient sur les pavés, mais sa jupe s'envolait et le parapluie tournoyait au-dessus de leurs têtes.

Lorsqu'il la lâcha, elle vit la Méduse. La silhouette blanche était postée dans l'ombre de la rue qu'elle venait de quitter. Elle ne pouvait pas se tromper. C'était bien la coiffure mouvante, le masque blanc sans expression. Elle recula, fit demi-tour et s'enfuit.

En se frayant un chemin à travers la foule, elle essayait de comprendre comment cette rencontre avait pu se produire. Elle s'était assurée que la Méduse ne rôdait pas autour du palazzo quand elle était partie. Elle n'avait rien vu. De plus, personne ne savait qu'elle portait le costume d'Antonia. Personne ne pouvait reconnaître la señorita.

Seul, Michele aurait pu. Il pouvait savoir qu'elle avait le costume.

Elle secoua la tête. Elle avait vu Michele et la Méduse ensemble, quand il l'avait mise en fuite. Il ne pouvait donc pas être la Méduse. En tout cas, pas cette fois-là.

Enfin elle trouva le courage de ralentir et de regarder en arrière. Elle était dans une rue très fréquentée, bordée de trattorias bondées, de boutiques de souvenirs, de bars animés et bruyants. La Méduse avait disparu.

Elle entra dans l'un d'eux, serrant le parapluie contre elle, et cria à l'homme derrière le comptoir qu'elle cherchait le commissariat.

Il parlait anglais, à sa manière. Il était très obligeant, et lui expliqua en détail comment trouver le poste de police. Elle écoutait, mais elle avait du mal à se concentrer, son accent était difficile à comprendre. Il faisait de grands gestes. Elle pensa qu'il lui disait d'aller tout droit un moment, puis de tourner à gauche. Le commissariat serait tout près. Elle pouvait bien se rappeler ces indications.

Elle le remercia plusieurs fois. Elle n'avait plus de raisons de rester.

Tout droit pendant quelque temps, puis à gauche. Aucune trace de la Méduse. Elle espérait avoir bien compris où il fallait tourner. Elle parcourut une distance raisonnable, puis vira à gauche. La rue, qui lui avait paru bien éclairée et passante, devint rapidement sombre et déserte. Les marchandises dans les vitrines éteintes paraissaient vieilles de cent ans. Elle n'entendait que ses pas et le martèlement de la pluie. Elle s'engagea sur un pont et vit des milliers de gouttes cribler l'eau noire d'un canal. De l'autre côté, tout était obscur. De faibles lumières brillaient de loin en loin au-dessus des portes. Elle avait dû se tromper.

Elle s'arrêta brusquement au milieu du pont. Elle devait retourner sur ses pas, essayer encore. Elle fit demi-tour. Au pied du pont, une silhouette blanche s'enfonça dans l'ombre.

C'était la Méduse. Sally tourna les talons et courut vers l'autre rive.

Sally poursuivie

Sally surveillait le pont à travers les colonnes d'un portique qui bordait le canal. Elle était accroupie dans un coin contre un mur de pierre humide, cernée par des odeurs d'ordures et d'urine.

Elle était sûre que la Méduse n'avait pas eu le temps de traverser. Elle n'avait pas perdu le pont de vue, tout en essayant de prendre le large. Mais la rue faisant un crochet l'avait ramenée près du canal, non loin du pont. Revenir en arrière, c'était risquer de se trouver face à face avec sa poursuivante. En restant là, elle pouvait être prise

au piège. Comme une créature pourchassée, elle se recroquevilla pour guetter.

Un bateau à fond plat, recouvert d'une bâche, était
amarré près d'elle. Elle entendait le léger grincement de
ses cordes lorsqu'il était tiré par le courant, suivi d'un
bruit sourd quand il heurtait le bord du canal. Puis elle
entendit un autre son, des craquements qui s'arrêtèrent,
et reprirent bientôt plus fort. Pourvu que ce soit des chats,
pensa-t-elle. Faites que ce soit des chats! Pas des rats. Pitié!
Les *seppie con polenta* qu'elle avait mangés avec tant de
plaisir menaçaient de remonter, mais elle se retint.

Dans une maison sur l'autre berge, elle voyait une
fenêtre éclairée voilée d'un rideau de dentelle. Derrière
le rideau, une femme se déplaçait dans la pièce. Elle avait
les cheveux noirs. Sally la regarda avec envie. Puis elle vit
la Méduse s'engager sur le pont.

Celle-ci s'arrêta au milieu du pont, comme elle l'avait
fait. Elle regarda dans sa direction, mais elle ne pouvait
pas la voir, pas encore. La Méduse continua. Sally était
assez près pour entendre ses pas.

Si la Méduse prenait le même chemin qu'elle, elle
n'aurait pas d'autre issue que de sauter dans le canal.

Vivement, comme une souris, elle s'approcha du bord
de l'eau. Le même bateau était au-dessous d'elle. Aussi
silencieusement qu'elle le pouvait, elle s'y laissa glisser.
Les cordes grincèrent avec le mouvement de la barque,
mais pas trop. Elle souleva le coin de la bâche, rampa
dessous, et la tira sur elle. Elle s'aplatit au fond du bateau.

Son chapeau était de travers et la cordelette l'étran-
glait à moitié, mais elle n'osait pas le redresser. Elle eut
un moment de panique en pensant qu'elle avait laissé le
parapluie vert, mais elle s'aperçut qu'elle le tenait fermement.

Elle n'entendait que la pluie crépiter sur la bâche, et
les cordes gémir de temps en temps. Pas le moindre indice,
pour lui indiquer si la Méduse était venue et repartie. Elle
ne pouvait qu'attendre.

Elle attendit. L'air était rare, elle suffoquait. Au bout

d'un long moment, elle desserra la cordelette de son chapeau. En faisant ce geste elle fut prise de tremblements, mais elle s'obligea à se calmer.

Dans le vacarme de la pluie, elle fixait l'obscurité, les yeux grands ouverts.

Quand l'angoisse devint intolérable, elle s'extirpa de sous la bâche et remplit ses poumons d'air froid et humide. Elle grimpa sur le quai et retourna s'abriter sous le portique. Elle ne voyait et n'entendait personne. De l'autre côté du canal, la fenêtre au rideau de dentelle n'était plus éclairée.

Elle retourna sur ses pas. Sans cesser de surveiller les alentours, elle retrouva la rue où elle avait tourné. Malgré la pluie, elle était pleine de passants. Beaucoup portaient des déguisements recherchés ou des tenues de soirée. Sally s'inséra dans la foule et suivit le mouvement.

Elle commençait à reconnaître le quartier. L'hôtel où elle était descendue avec Brian n'était pas loin. La foule devait se rendre à la Fenice. Au-delà d'un pont, elle vit briller des lumières.

Les marches et les abords de la Fenice étaient encombrés. Les parapluies s'entrechoquaient. Les badauds, les photographes et une équipe de télévision se bousculaient. Un homme et une femme, à mi-hauteur des marches, illuminés par les projecteurs et par les flashes, saluaient la foule de la main. Sally ne les connaissait pas. C'étaient peut-être des vedettes de cinéma italiennes.

C'est alors que, tournant la tête, elle vit la Méduse.

Celle-ci était à trois mètres environ, les yeux fixés sur elle. La pluie faisait danser les serpents de sa coiffure. Sally se sentit vidée du reste de son énergie. Elle demeura immobile. Le châle trempé ne protégeait plus la belle robe d'Antonia.

Une voix féminine cria :

– Antonia !

Sally regarda dans la direction de l'appel. Sur les marches, une femme brune lui faisait des signes frénétiques. Elle portait une robe du soir pailletée et une étole de fourrure blanche. Le haut de son visage était couvert d'un masque argenté orné de plumes d'autruches. Un homme en smoking tenait un parapluie au-dessus de sa tête.

— Antonia! Antonia! cria-t-elle de nouveau.

Autour de la femme, on tournait la tête vers Sally. Sans même s'en rendre compte, celle-ci lui rendit son salut.

Sans se soucier de la pluie, la femme en blanc bouscula les gens pour rejoindre Sally. Elle lui prit la main et l'entraîna fermement sur les marches.

Plusieurs personnes la saluèrent en disant :

— Ciao, Antonia.

Dans le brouhaha, personne ne se préoccupait de sa réponse. Elle regarda derrière elle. La Méduse se tenait un peu à l'écart de la foule, et ne semblait pas vouloir la suivre.

La foule avançait lentement. La femme en blanc serrait toujours sa main. Sally n'avait pas de billet pour le spectacle, mais elle s'en soucierait au moment voulu. D'ailleurs le problème du billet ne se posa pas. Quelqu'un en avait toute une liasse, et Sally, toujours en remorque, passa la porte avec les autres.

Dans le hall, le bruit avait augmenté. Elle fut entraînée vers le vestiaire, où la femme en blanc se débarrassa de son étole. Quand la femme lui lâcha la main, elle put alors se perdre dans la foule.

De l'autre côté du hall, elle trouva un escalier. Arrivée au premier étage, elle se pencha. Elle ne savait pas si la femme et ses amis avaient remarqué la disparition d'Antonia.

Une sonnette se mit à tinter. Sally s'éloigna de la balustrade, et vit une porte portant l'inscription *Dames*. Dans les toilettes, des femmes se recoiffaient ou procédaient à un dernier repoudrage. Une banquette était inoccupée. Sally s'y laissa tomber, s'appuya contre le mur, et ferma les yeux.

Dans la trattoria

La porte de la cuisine de la trattoria s'ouvrait à la volée toutes les dix secondes, et des serveurs faisaient irruption dans la salle chargés de plats. Sur les nappes en papier, des pichets de vin rouge laissaient des marques. La musique des haut-parleurs fixés près du plafond couvrait par intermittence la rumeur des voix. On n'entendait pas le bruit de l'averse, mais Francine, assise à une table près de la cuisine, voyait que la pluie tombait encore.

En fait elle levait rarement les yeux, parce qu'elle lisait *l'Être et le Néant. Il n'est personne qui n'ait été un jour surpris dans une attitude coupable ou simplement ridicule.* Elle serra les lèvres. Sartre était si intelligent. Elle se demandait ce qu'il avait fait quand il avait été surpris dans une semblable posture.

Malgré l'absence de Michele lorsqu'elle avait frappé chez lui, elle avait décidé d'attendre ou d'y retourner après le dîner, plutôt que de rentrer chez Ursula. Elle était soulagée d'être débarrassée un moment de l'Italienne. D'ailleurs, elle n'était pas sûre qu'Ursula l'ait tout à fait crue quand elle lui avait dit qu'elle menait une enquête, et elle était fatiguée de chercher des explications pour se rendre chez Michele. En tout cas, Ursula lui avait été utile pour écrire la lettre à la police. Elle devait l'avoir apportée sans encombre.

Francine rejeta ses cheveux en arrière et essaya de se concentrer sur sa page. Quelle situation grotesque! Si seulement Brian ne s'était pas moqué d'elle! L'antagonisme entre eux avait été palpable depuis le début, quand Jean-Pierre avait amené Brian au café des Écoles pour le présenter. Il était là, comme un prince attendant des hommages, et elle avait tout de suite décidé qu'elle n'allait pas lui en offrir. Elle lui avait jeté un bref regard en le saluant sèchement, un traitement auquel il ne devait pas être habitué.

Brusquement, sans raison, les yeux de Francine se remplirent de larmes. Les mots dansaient devant ses yeux. Que devait-elle faire? Se laisser attaquer par Brian? Permettre à cet ignorant de dénigrer Sartre? Elle était excusable de s'être défendue, puisque personne ne s'en chargeait. Quand Brian émettait des remarques scandaleuses, Jean-Pierre continuait à le regarder avec adoration, Rolf restait indifférent, et Tom parlait d'autre chose. Elle ne pouvait pas ignorer Brian. Comme un ange noir, il lui chuchotait à l'oreille qu'elle était absurde. Comme elle avait souhaité être délivrée de ses moqueries!

Elle pressa les mains sur ses yeux. Elle se tirerait de là. La première chose à faire était de retourner au palais.

Elle se remit à lire, mais des éclats de rire à la table voisine l'empêchaient de se concentrer. Elle fit un effort, et lut : *Mais je ne sais ni quelle est ma place dans le monde, ni quelle face ce monde où je suis, tourne vers Autrui.*

Elle ferma son livre et décrocha son manteau. Dehors, il pleuvait toujours à verse.

Devant le feu

Tom s'adossa aux coussins du canapé et sirota son cognac en regardant le feu. Ursula n'était pas revenue depuis sa disparition, et il n'avait pas envie d'aller la chercher.

Francine, lui avait-elle dit, enquêtait sur le meurtre de Brian, et elle avait une liaison avec le comte Zanon. Il n'aimait pas du tout ça. Il fallait qu'il la voie très vite. Pas question de la laisser fouiner ainsi. D'autre part, si Ursula se croyait trahie, c'est qu'elle devait être la maîtresse du comte.

Il devait reconnaître, dans ce cas, qu'il se sentait plutôt solidaire avec elle, malgré sa bizarrerie, parce que lui aussi se trouvait bafoué par Francine.

Ce n'était pas rationnel. Son idylle avec Francine, jusque-là, n'avait existé que dans sa tête. Elle était libre d'avoir des aventures avec vingt comtes italiens, si ça lui chantait.

Et pourtant, ce rêve lui avait paru si doux. Ils avaient échangé d'une voix tranquille leurs pensées les plus profondes. Il avait tendu la main et lui avait caressé les cheveux et elle avait répondu à ce contact. Elle avait penché la tête contre sa main, et à travers la masse de ses cheveux, il avait senti le contour de son crâne. Cette idée lui coupait encore le souffle.

Percevant une présence, il leva les yeux. Ursula était sur le pas de la porte, l'air mauvais. Elle portait toujours l'habit de nonne. Elle se dirigea vers la bouteille de cognac, s'en versa un verre et se laissa tomber dans un fauteuil près du feu. Fixant les flammes avec une expression maussade, elle faisait tourner son verre entre ses mains. Tom jugea préférable de se taire.

— Nous sommes tous les deux des idiots, dit-elle.

— Oui, peut-être.

Tom se sentait mal à l'aise. On l'avait traité d'idiot plusieurs fois ces jours-ci, et il n'avait pas apprécié. Il passa la main sur ses joues. Sa barbe repoussait vraiment.

— En fait, je ne sais pas pourquoi vous dites ça, reprit-il.

— Abandonnés, trahis!

Elle leva les bras d'un geste accablé, puis avala son cognac et reposa le verre.

— Ce n'est sans doute pas si grave, risqua-t-il. Peut-être n'est-ce pas sérieux entre Francine et le comte Zanon.

— Ah! Bien sûr que non! Michele Zanon n'a jamais rien pris au sérieux de sa vie.

Tom se demanda pourquoi, sachant que Michele n'était pas sérieux, elle s'étonnait d'être trompée.

— Est-il marié? demanda-t-il.

Sa réaction l'interloqua : elle se leva, se prit la tête à deux mains, et hurla.

— Mon dieu, combien de fois faudra-t-il que je réponde

230

à cette question? Oui, oui! Il est marié! Sa femme vit à Milan. Maudit soit le jour où elle l'a quitté. Pourquoi me demandez-vous ça? Vous aussi vous voulez le guérir de son impuissance?

Dans le silence qui suivit Tom entendit la porte s'ouvrir et se refermer derrière lui. La bonne devait vérifier s'il n'était pas en train d'égorger sa patronne. Ou peut-être était-elle habituée à ces éclats et voulait-elle seulement s'assurer qu'il restait du cognac.

— Je ferais mieux de partir, dit-il.

Ce qu'elle venait de lui révéler sur le comte était intéressant, mais elle criait trop fort pour lui. Par ailleurs, il fallait qu'il sache où en était Francine. Il se versa une dernière rasade d'alcool.

Tandis qu'il vidait son verre, Ursula changea soudain d'attitude.

— Qu'est-ce que je dis? fit-elle d'une voix étouffée. Vous devez souffrir autant que moi. Pardonnez-moi.

Et, s'agenouillant devant lui, elle posa la tête sur son genou.

— Seigneur! Levez-vous!

— Vous me pardonnez?

— Bien sûr. Bien sûr, voyons.

Elle releva la tête, mais s'assit sur le parquet à côté de lui. Personne ne s'était jamais mis à genoux devant lui pour implorer son pardon. Il lui tapota gauchement la tête, et à travers la masse de ses cheveux, il sentit le contour de son crâne.

Dans les toilettes des dames

Sally était dans les toilettes de la Fenice depuis une heure et demie. Elle s'était massé l'estomac en disant « Malade » à l'employée en blouse rose, qui avait paru comprendre. Après le départ des spectatrices, la femme s'assit dans un coin du vestibule et se mit à tricoter. Elle ne faisait pas attention à Sally, qui enleva son chapeau, son masque et ses bottes et s'allongea sur la banquette. Le vestibule sentait le renfermé et des odeurs de vieux parfum. Elle ferma les yeux.

Ses parents allaient venir, le lendemain peut-être, et la ramener à la maison. Elle imaginait le soleil filtrant à travers les rideaux de mousse des arbres. Sa chambre serait la même, sauf que sur la commode, sa mère aurait mis une photo de son mariage avec Brian. Elle lui demanderait de l'enlever avant de se réinstaller.

Sally était dans le garage, agenouillée près d'un coffre plein de ses vieilles poupées. Leurs yeux ne se fermaient pas, et leurs expressions figées lui faisaient un peu peur. Dans les bois derrière la maison, un matou, ventre à terre, guettait le merle.

Elle se réveilla en tremblant. L'employée la regardait, un peu inquiète.

Sally frotta son visage en sueur et secoua la tête.

– Ça va, ça va.

La femme baissa les yeux sur son travail. Sally essayait de réfléchir. Étant donné la situation, elle ne s'en était pas si mal tirée. La Méduse ne viendrait tout de même pas la chercher dans le théâtre. Mais elle attendrait, cachée, comme les autres fois, que Sally se montre. Il fallait qu'elle reste.

Elle se tourna sur le côté. La banquette n'était pas confortable; des boutons créaient des dépressions dans la peluche.

Elle ne partirait pas tout de suite, mais elle ne pouvait pas passer la nuit dans les toilettes. Si elle tentait de s'y cacher, on la chasserait sans doute. Et si elle parvenait à rester, et que la Méduse trouve le moyen de s'introduire dans la Fenice après le spectacle, quand tout serait désert?

Elle ferait mieux de continuer à être Antonia.

Elle s'assit. Dans le miroir du vestibule, elle vit que son chignon avait glissé sur le côté, et que des mèches s'en échappaient. Sa figure était d'une pâleur laiteuse, et de grands cernes lui entouraient les yeux. Aucune importance : si on voyait son visage, c'était fichu de toute façon.

Elle s'examinait encore quand la porte s'ouvrit et plusieurs femmes entrèrent en riant. Son estomac se noua. C'était l'entracte. La femme en blanc pouvait paraître à tout moment. Elle rassembla ses affaires et alla s'enfermer dans des toilettes. Elle s'assit sur le couvercle. Il faudrait qu'elle attende que tout le monde soit sorti.

L'entracte durait. Enfermée, Sally écoutait les bavardages. Elle avait peur qu'on se scandalise qu'elle reste si longtemps, mais personne ne frappa à la porte ni ne lui posa de questions.

Quand les femmes furent parties, elle sortit. Elle devait améliorer son apparence. Antonia ne se promènerait sûrement pas comme ça. Elle s'aspergea le visage d'eau, se lava les mains, refit son chignon. Elle fit bouffer la robe d'Antonia, qui était défraîchie, mais avec cette pluie, c'était normal.

Lorsqu'elle jugea que le spectacle allait se terminer, elle ajusta son masque et son chapeau et enfila ses bottes humides. La préposée continuait à tricoter. Sally eut un pincement au cœur à l'idée de quitter ce refuge et cette femme qui l'avait si miséricordieusement laissée tranquille.

Bien qu'elle ne la regardât pas, Sally lui fit un petit signe de la main en sortant.

Un bal masqué

Derrière les spectateurs qui se bousculaient en bavardant près du vestiaire, Sally se dressait sur la pointe des pieds et tendait le cou. La représentation était finie depuis dix minutes, et elle ne voyait pas la femme en blanc ni l'homme qui avait déposé son châle et son parapluie. S'ils ne se montraient pas bientôt, la foule serait suffisamment éclaircie pour rendre la conversation possible, et ce serait une catastrophe.

D'ici là, pas question d'être la pauvre petite Sally, dont le mari avait été tué, qui était poursuivie par la Méduse. Elle était Antonia, la belle Antonia que Michele avait perdue.

Cette idée lui donna des forces. Quelques secondes plus tard elle vit le masque orné de plumes de la femme en blanc, et comme Antonia l'aurait certainement fait, elle agita énergiquement la main. Tout en se frayant un chemin vers la femme et ses amis, elle haussa plusieurs fois les épaules, pour exprimer sa consternation amusée d'avoir été séparée d'eux pendant le spectacle.

Brusquement, elle se sentait pleine d'énergie. Ces quelques gestes assurés, insouciants, semblaient avoir libéré en elle des réserves d'audace et d'élégance. Avait-elle assimilé la personnalité d'Antonia en dormant dans sa chambre et en portant ses vêtements? Ou bien cette créature pétillante avait-elle été là tout le temps, n'attendant que l'occasion de montrer de quoi elle était capable?

Comme elles étaient poussées de tous côtés, la femme prit Sally par les épaules et lui cria quelque chose. Avec désinvolture, elle lui fit signe qu'elle n'entendait pas. Elle se sentait parfaitement sûre d'elle, comme Antonia aurait pu l'être.

Une ou deux minutes plus tard, l'homme en smoking lui passait son châle et lui tendait le parapluie, et bientôt, toute la bande se retrouva sur les marches de la Fenice. En suivant le groupe, elle chercha la Méduse. Elle ne la voyait pas, mais elle pouvait se cacher dans n'importe laquelle de ces sombres ruelles.

Tout en marchant, la femme en blanc se mit à chanter.

— *Brava, brava!* s'exclamèrent les autres en se joignant à elle.

Ils paraissaient tous connaître les paroles. Sally aussi avait l'impression de les connaître, et elle fredonna avec le chœur.

L'air terminé, ils en entonnèrent un autre, et ils chantaient encore quand, un peu plus tard, ils tournèrent dans un passage. Une porte s'ouvrit, elle vit de la lumière et entendit un orchestre. Elle entra avec eux. Sa place était parmi eux, à présent.

A l'intérieur, elle se sépara de nouveau de son châle et de son parapluie, qu'elle confia cette fois à un homme en gilet brodé et gants blancs. Avec les autres, elle monta un escalier, traversa une pièce pleine d'orchidées, et entra par une double porte dans une salle de bal.

Des gens masqués, déguisés ou en tenue de soirée, dansaient sous d'énormes lustres scintillants. Au plafond, une peinture représentait des personnages traversant le ciel dans un char, entourés de chérubins.

Sally s'obligea à reprendre une expression normale. Antonia ne resterait pas bouche bée, elle en avait vu d'autres. Elle saurait s'amuser.

Deux ou trois personnes inclinèrent la tête en lui disant ciao, et elle leur rendit leur salut. La femme en blanc et ses amis s'étaient fondus dans la foule. Elle s'approcha du buffet, et prit de la salade de langouste, des petits gâteaux glacés et du champagne. Elle était heureuse de pouvoir manger sans enlever son masque bordé de dentelle. Plus tard, un peu grisée par le champagne, elle s'assit sur une chaise gracile et elle regarda les danseurs — des princesses de contes de fée, des pharaons, des déesses grecques — évoluer sous les chérubins du plafond. Elle devrait bientôt décider ce qu'elle allait faire, mais pas encore.

Elle perçut un mouvement près de la porte, non loin de sa chaise. Elle leva les yeux, et vit Michele.

Il était de nouveau en Arlequin, dans son habit de soie et col de dentelle. Du seuil, il inspecta la salle, sans prêter attention aux personnes qui le saluaient.

Lorsque son regard se posa sur elle, elle se leva. Quand ils furent face à face, il dit :

— Antonia. *Carissima.*

Un instant après, ils dansaient ensemble.

Quatrième partie

Interlude

Ce soir, les bals masqués sont nombreux dans Venise. Dans un palais, des danseurs évoluent sous les cabrioles de chérubins célébrant une noce. A l'autre bout de la ville, dans le gymnase d'un lycée, des adolescents se déhanchent aux accents d'une musique assourdissante. Des fêtards, trop ivres, ou trop mouillés déjà pour se soucier de la pluie, dansent sous les dômes ruisselants de San Marco.

Cette nuit, saint Georges et le dragon peuvent valser, le diable et un prêtre boire à la santé l'un de l'autre, un lion et un agneau s'embrasser avec fièvre, assurés de se coucher ensemble.

Pendant ce temps, la marée monte. Des portions de la Riva degli Schiavoni sont déjà balayées par les vagues. De l'autre côté du bassin, l'eau submerge les marches de San Giorgio Maggiore. Elle menace les fondations de la Giudecca. Oui, la marée de l'Adriatique est importante. Les Vénitiens appellent un numéro, et on leur confirme la nouvelle : l'*acqua alta* est peut-être pour demain.

Ils ont l'habitude. Ils gardent dans leurs placards de solides bottes en caoutchouc. Pour ceux qui n'en ont pas, on assemblera des passages de fortune. Si l'*acqua alta* arrive, les sirènes se mettront à hurler.

Dans le hall des hôtels chics, on se prépare à cette éventualité. Le personnel roule les tapis, dispose des planches pour permettre aux clients de se déplacer si le Grand canal, qui recouvre déjà l'embarcadère, se glissait inexorablement sous les portes, créant sur le sol une mare dangereuse. Les marées précédentes ont laissé des marques au pied des escaliers. On attache les rideaux, on met à l'abri les meubles anciens, des pancartes disant *Attenzione* sont installées.

C'est de la routine. Demain, l'eau froide de l'Adriatique envahira peut-être les rues, couvrira la piazza et les petites places. Quelques heures plus tard, elle se retirera. Les mosaïques du sol de la Basilique sécheront. Venise ne disparaîtra pas sous les vagues avant la fin du carnaval.

Dans la salle de bal

Sous l'apparence d'Antonia, Sally dansait, malgré ses bottes humides, aussi gracieusement qu'avec des souliers de satin. La main de Michele lui effleurait le dos, et il lui tenait les doigts si légèrement qu'elle s'en apercevait à peine. Sans presque se toucher, ils évoluaient à travers le parquet. Des gouttes de pluie brillaient sur le col de dentelle de l'Arlequin.

Elle avait ressenti une joie immense en voyant Michele vivant et indemne. Cette réaction l'inquiétait, car rien n'avait changé. Elle était toujours désespérée, menacée, et seule. Et pourtant, en cet instant, elle sentait sans se l'expliquer que tout était suspendu par magie. Le fait d'être là, d'incarner Antonia dans cette salle de bal vénitienne, compensait un peu son chagrin et son angoisse.

Sa perception du monde était aiguisée. Elle sentait les parfums, les effluves de la nourriture, du vin, de la cire. Elle sentait plus loin la mer et les fumées des usines, et plus loin encore, l'odeur des gardénias qui au printemps fleuriraient à Tallahassee. Au-delà des chérubins du plafond, elle voyait les toits de tuiles mouillés de Venise, et, au-dessus des toits et de la pluie, les masses de nuages et les étoiles.

Bientôt, son euphorie commença à retomber. Elle

240

avait des ennemis, peut-être son cavalier était-il l'un d'eux. Quelle folie de soupirer pour un homme si ligoté par ses propres désirs! Pourtant, rien qu'un instant, elle serrerait plus fort son épaule, et danserait avec lui comme si l'espace entre eux les unissait au lieu de les séparer. Sous la dentelle de son masque, elle souriait, et elle savait qu'il en était conscient, bien qu'il ne vît pas son visage.

Ils dansèrent ainsi sans parler jusqu'à la fin du morceau. Après s'être incliné devant elle avec une courtoisie presque narquoise, il dit :

— On m'a téléphoné pour me prévenir que vous étiez ici.

Il lui avait parlé en anglais, il ne la prenait donc pas pour Antonia. Elle se demanda tristement si elle avait donné le change à quiconque, à part elle-même.

— Qui vous a téléphoné?

— Mes amis, qui vous ont rencontrée à la Fenice.

— Et que vous ont-ils dit?

— Qu'Antonia était là, répondit-il en souriant, mais qu'elle paraissait silencieuse et triste. Ils m'ont demandé de venir danser avec elle pour la dérider.

Donc on l'avait réellement prise pour la femme de Michele.

— Qu'avez-vous pensé?

— Eh bien, j'ai cru qu'Antonia m'était revenue, dit-il d'un ton moqueur.

La musique reprit. Il lui baisa la main.

— Il faut que nous partions, dit-il.

Elle le suivit à travers la foule, et de la porte jeta un dernier coup d'œil aux danseurs. Elle aurait aimé rester, être celle que Michele avait espéré trouver ici. Elle se retourna, et descendit avec lui l'escalier de marbre.

— J'étais sûr qu'on vous avait enlevée, dit-il, tandis qu'il récupérait son manteau, ainsi que le châle et le parapluie de Sally. J'avais dû sortir, et lorsque je suis rentré, vous aviez disparu, et Sandro aussi. J'étais très inquiet, mais imaginez mon angoisse quand j'ai trouvé Sandro dans la réserve, attaché et bâillonné. Il m'a dit qu'il avait été attaqué par votre ami Tom, habillé en Pierrot.

– Tom?

– C'est le nom que le Pierrot a donné. Croyez-vous ce Tom capable de violence?

Elle réfléchit.

– Oui, peut-être, répondit-elle lentement. Mais j'ai vu le Pierrot dans la salle à manger, et je ne pense pas que c'était Tom. Il était trop... je ne sais pas... trop vif.

Michele l'enveloppa douillettement dans le châle, comme il l'aurait fait avec Antonia. Ils étaient prêts à partir, mais Sally regarda avec appréhension la lourde porte qu'un valet s'apprêtait à leur ouvrir.

– La Méduse a reparu, dit-elle.

Une fois qu'elle eut commencé, elle raconta tout : son départ de la chambre d'hôtel, comment elle s'était cachée dans le bateau, son sauvetage miraculeux à la Fenice. Les yeux de Michele étaient attentifs derrière son masque. Quand elle eut fini, il dit :

– Elle vous a suivie alors que vous portiez le costume d'Antonia. Curieux!

– Oui, j'étais même masquée.

Après un moment de réflexion, Michele lui donna une tape cordiale dans le dos.

– Nous allons défier la Méduse, et rentrer à la maison d'un pas résolu. Aucun monstre n'osera nous attaquer.

Elle avait envie de lui dire que ce n'était pas une plaisanterie, mais elle se sentait réconfortée par son attitude. Elle prit son bras, et ils sortirent.

La Méduse ne se montra pas. En chemin, Michele lui dit :

– J'ai une question à vous poser.

– Laquelle?

– Si vous n'avez pas été enlevée, pourquoi êtes-vous partie?

Oui, pourquoi? Elle eut d'abord du mal à s'en souvenir. Elle pensait que Michele avait volé les lettres de

Brian, puisqu'il les avait citées à Jean-Pierre. Et puis le Pierrot l'avait terrifiée. Elle se contenta de dire :

— J'ai eu peur quand j'ai vu le Pierrot. Je ne comprenais pas ce qui se passait, alors j'ai voulu m'enfuir.

— On ne peut pas vous le reprocher. Et pourtant, Sally, vous avez été mal avisée. Pensant que vous aviez été kidnappée, j'ai prévenu la police. Mais au lieu d'abonder dans mon sens, les policiers ont trouvé que votre fuite était louche. Le Pierrot qui a assommé Sandro vous avait peut-être aidée. Bref, la situation était grave. A présent, elle a encore empiré. Je viens d'apprendre qu'ils ont reçu une lettre vous accusant du meurtre de Brian.

Francine attend

Francine alluma impatiemment une cigarette. Sur l'écran, un homme et une femme vêtus élégamment parlaient avec animation. L'homme offrait un bouquet de roses, elle le regardait avec émotion.

Le garçon en blouse bleue s'agita sur sa chaise, le regard rivé sur la télévision. L'homme à la tête bandée ronflait sur le divan. Francine eut envie de se lever et de quitter la pièce pour monter au premier étage, mais elle se retint. L'actrice jeta le bouquet et tourna le dos à son partenaire.

Voir Michele était plus difficile qu'elle ne l'avait escompté. A sa première visite, il était sorti. La deuxième fois, il n'était pas encore revenu. Maintenant, il était là, mais il allait ressortir. Elle l'avait vu quelques instants alors qu'il traversait précipitamment la salle du rez-de-chaussée costumé en Arlequin, un manteau jeté sur les épaules. Il l'avait saluée avec chaleur, mais il paraissait préoccupé.

— J'ai su que vous m'aviez demandé, dit-il. Nous devons parler, mais pour le moment...

— C'est important.

— Oui, bien sûr. (Il jeta un coup d'œil autour de lui.)

Voulez-vous attendre ici? Vous serez au chaud. Sandro et son fils s'occuperont de vous. Je reviendrai aussi vite que possible.

Pourquoi ne pouvait-elle pas attendre en haut, ce qui aurait parfaitement servi ses desseins? Elle se maudit de ne pas le lui avoir demandé. Elle était donc depuis une heure dans la loge du gardien, devant la télé. Ses compagnons ne parlaient pas français. D'ailleurs, ils desserraient à peine les dents.

Pensant à Ursula, elle frémit. Jamais celle-ci ne croirait que Michele était sorti. Elle serait convaincue que Francine et lui avaient passé une soirée romantique, et elle ferait encore une scène horrible. Peut-être le moment était-il venu de quitter Ursula. Mais parviendrait-elle à récupérer ses affaires sans avoir à la rencontrer?

Sur l'écran, la femme, l'air mélancolique, se tenait sur une terrasse dominant la mer. Francine la détestait, ainsi que la pièce dans laquelle elle se trouvait et ces deux types. Si seulement le jeune s'était endormi comme son père, elle aurait pu se glisser dehors et gagner le premier étage. Elle le regarda : il était fasciné par le film. Pas de danger qu'il s'endorme!

Elle en avait assez. Elle écrasa sa cigarette et se leva. A ce moment, elle entendit la porte d'entrée s'ouvrir.

Le jeune homme sortit, et son père porta la main à sa tête en grognant et se redressa. Francine s'approcha de la porte. Michele était revenu, accompagné de Sally, habillée en Espagnole, qui jetait des regards craintifs autour d'elle. Francine ne voulait pas la rencontrer, surtout maintenant. Pourvu que Michele ne l'appelle pas!

Il n'en fit rien. Après avoir échangé quelques mots avec le garçon, il s'engagea dans l'escalier avec Sally. Le jeune Italien rentra dans la loge et dit à Francine, en lui montrant le plafond :

— *Momento, Signorina. D'accordo?*

Parfait. Elle aurait préféré que les choses se passent différemment, mais tant pis. Sur l'écran, les deux acteurs

s'embrassaient passionnément. Elle attendit d'être invitée
à monter.

Rolf à l'affût

Rolf était accroupi au sommet de l'escalier, hors de
la zone de lumière provenant de l'étage inférieur. Il entendit la voix du comte Zanon. Quand une autre voix, plus
faible, lui répondit, son estomac se serra. C'était Sally,
enfin!

Il avait été près d'abandonner. L'exaltation d'avoir
pénétré dans le palais, de pouvoir s'y déplacer furtivement
comme un animal redoutable, avait duré longtemps. Le
cœur battant, il allait d'une pièce à l'autre. Il écoutait,
observait. Il avait vu une femme dans la cuisine, sans doute
la gouvernante, et senti l'odeur du café qu'elle faisait. Elle
s'était assise en soupirant pour en boire une tasse. Pas une
fois elle n'avait levé les yeux vers la porte de l'office où
Rolf, avec son masque de diable, se tenait dans l'ombre,
immobile. Lorsqu'il était parti, elle buvait toujours son
café, inconsciente de sa présence. Poursuivant son exploration, il avait pénétré dans le salon, une pièce pleine de
tableaux, avec des vitraux et du mobilier tapissé de soie.
De là, il était entré dans la salle à manger, où il avait
rencontré Sally l'après-midi. A l'idée qu'elle pouvait apparaître à tout moment, il avait la chair de poule. Mais à
part la gouvernante et le gardien, le palais était désert.

Il trouva aussi la chambre de Sally. Au début, il n'avait
pas cru que c'était la sienne, parce que la penderie était
remplie de vêtements coûteux, qu'elle n'aurait jamais
portés, mais ensuite il vit son affreux pull jacquard sur un
cintre. La respiration accélérée, il le prit à pleines mains
en se mordant les lèvres.

A présent il savait où la trouver lorsqu'elle revien-
drait, au moment propice. Il était dans le couloir quand
il entendit des pas qui montaient.

Cette fois, le comte Zanon était seul. Heureusement, Rolf avait déjà repéré ce petit escalier menant à un étage supérieur. Arrivé en haut, il entendit Michele appeler :

— Maria!

Il était rentré, mais où était Sally? Rolf avait attendu sur le palier. Le comte avait parlé à Maria, puis le téléphone avait sonné plusieurs fois. Il ne comprenait pas ce que disait Michele, mais il crut percevoir une note de consternation dans sa voix. Il aurait pu, s'il l'avait voulu, affronter le Vénitien tout de suite, et lui faire regretter de l'avoir traité de façon si cavalière. Mais il ne tenait pas à se manifester trop tôt. C'était Sally qui l'intéressait. Il attendrait.

Finalement, Michele était ressorti. Rolf commençait à se demander si Sally ne s'était pas installée ailleurs. Puis il se souvint que ses affaires étaient toujours dans la chambre, et décida d'attendre encore.

Il avait patienté et enfin elle était arrivée. Il s'efforça de l'apercevoir, mais sans succès. Il entendait ses pas. Il avait remarqué que la porte de sa chambre ne fermait pas à clé. Il se sentait plein d'énergie de nouveau. Il n'y en avait plus pour longtemps.

Les deux religieuses

L'ourlet de l'habit de bonne sœur était gorgé d'eau, et se prenait dans le pantalon de Tom quand il marchait. Il avait peine à croire qu'il avait laissé un bon feu et du cognac pour se retrouver dans cette situation ridicule. Après tout, il n'était pas obligé d'accepter. Déjà il avait été très gentil avec Ursula. Mais s'il avait dit non, il savait qu'elle serait partie seule. Comme lui aussi avait des raisons de se rendre là-bas, il lui avait paru plus simple de l'accompagner.

Elle marchait vite, étant plus habituée que lui à ces

246

jupes. Chaque fois qu'elle prenait de l'avance, elle se retournait pour voir où il était, comme si elle craignait qu'il ne se faufile dans une ruelle. D'ailleurs c'était peut-être ce qu'il aurait dû faire.

En ce moment, elle l'attendait, sa cornette claquant au vent, son masque vulgaire luisant sous la pluie. Il se rendait compte qu'il devait être aussi grotesque qu'elle, puisqu'il portait le même costume. Qu'allait penser de lui le comte Zanon, s'il se présentait à cette heure dans un pareil accoutrement? Il avait mal à la tête, et regrettait d'avoir bu tant de cognac.

Ursula, ayant apparemment retrouvé sa bonne humeur, lui avait présenté toute l'affaire comme une blague. Il avait protesté.

— Mais pourquoi dois-je me déguiser en religieuse?

— C'est le seul costume que j'aie qui vous ira. Vous pouvez le passer sur vos vêtements. (Elle avait pris un ton enjôleur.) L'année dernière, on s'est habillé comme ça avec un ami. On a bien ri.

Très drôle! Tom se prit les pieds dans sa jupe. Il pensa à Stéphane. Il mourrait si son fils apprenait qu'il s'était déguisé en religieuse. Sa seule consolation était son beau cahier dans la poche de son blouson. Chaque fois qu'il lui rentrait dans les côtes, il songeait à l'œuvre qu'il était sur le point d'entreprendre.

Plus ils approchaient du palais, plus il se sentait mal à l'aise. Il se demandait si le comte serait furieux d'être dérangé au milieu de ses tendres ébats avec Francine – si Ursula ne s'était pas trompée. Quand il avait soulevé cette question avant leur départ, elle avait haussé les épaules en disant :

— Lui? Il sera ravi de nous voir. Il adore faire des farces. C'est pour ça qu'il s'habille en Arlequin. Quand rien ne se passe, il s'ennuie.

Elle avait peut-être raison, mais dans ce cas, pourquoi tenait-elle à ce qu'il demande à voir le comte pendant qu'elle gardait l'incognito? Cette idée le dérangeait, mais elle avait balayé ses objections :

— Nous allons leur faire une surprise. Ce sera drôle, vous verrez.

Il avait accepté, parce qu'il voulait absolument parler à Francine et au comte. Il espérait ne pas être éconduit. Ursula lui faisait signe. Il releva ses jupes pour marcher plus vite.

Un guetteur sous la voûte

Jean-Pierre se tenait au bord du Grand canal et surveillait le palazzo Zanon par le passage voûté. Il vit deux religieuses approcher du portail, puis se rendit compte qu'il s'agissait de personnages costumés, affublés de masques aguichants. Il sourit. Le comte Zanon donnait peut-être une soirée. Quelque temps auparavant, Jean-Pierre l'avait vu revenir, déguisé en Arlequin, accompagné de Sally en robe espagnole. Il ne les vit qu'un court instant, mais il aurait voulu pouvoir les approcher — toucher Michele Zanon, l'homme qu'avait aimé Brian.

C'est tout juste si Jean-Pierre sentait la pluie, la pierre humide sous sa main gantée. Derrière lui, le canal miroitait, les lumières des palais se reflétant dans l'eau sombre. De temps en temps un vaporetto passait. Mais il entendait surtout le vent, un léger clapotis. *La vase est l'agonie de l'eau. Le désir est défini comme trouble.* Il ne percevait ni le froid, ni la faim, ni la fatigue. Curieusement il était léger, comme s'il allait s'envoler.

Pour se reprendre, il se concentra sur ses souvenirs. Il voulait évoquer Brian, mais le visage de celui-ci se transformait sans cesse, prenant les traits de Michele, puis de Sally, puis de Michele de nouveau. Ensuite il vit la tête du chien Hercule, qu'enfant il avait tant aimé. Il se tenait à la fenêtre de la maison, regardant l'endroit où Hercule venait d'être enterré dans le jardin ensoleillé. Les sommets des arbres étaient agités par la brise. Il oscillait en avant, en arrière, puis il y eut un grondement dans ses oreilles,

248

et l'instant d'après sa mère le rattrapa par la taille en criant son nom, et le tira loin du bord.

Si Jean-Pierre avait sauté, Hercule et lui auraient reposé ensemble dans le jardin. Il n'aurait pas eu à en apprendre davantage sur la mort. Il s'appuya contre la voûte et surveilla la grille.

Une conversation avec Michele

Sally était à l'entrée de la chambre d'Antonia. Elle avait froid et en même temps l'impression d'étouffer. Elle était horrifiée qu'on ait écrit à la police pour l'accuser d'avoir tué Brian. Comment pouvait-elle se défendre? Michele l'avait trouvée près du corps. Elle s'était déguisée et s'était rendue à Torcello quelques heures après le crime. De plus, comme Michele le lui avait fait remarquer, son départ du palais ressemblait à une fuite. Les apparences étaient contre elle. D'ailleurs elle se sentait coupable de toutes les erreurs qu'elle avait commises dans sa vie. Pas d'avoir tué Brian.

Comment se sortir de cette impasse? Elle ne voyait qu'une solution : avoir une conversation sérieuse avec Michele. En se laissant impressionner et charmer, elle avait laissé trop de questions sans réponse. A présent elle allait les lui poser.

Elle songea au gourdin qu'il avait à la ceinture, et dont il pouvait se servir si elle le poussait dans ses retranchements. Elle aurait voulu avoir de quoi se défendre. Le parapluie d'Antonia? Ce n'était pas une arme aussi efficace que le gourdin, mais c'était toujours ça. Elle sourit amèrement en imaginant la scène : Michele et elle se battant à coups de gourdin et de parapluie. Ne crains rien, je me défendrai, maman.

Elle avait vu le comte ranger le parapluie dans un placard sur le palier. Quand elle le chercha, elle ne le trouva pas tout de suite. Puis elle l'aperçut dans un coin,

249

et en même temps, derrière une paire de bottes en caout-chouc, elle vit un tas de satin blanc et de tulle noir. Avant même de l'avoir sorti, elle savait ce que c'était : un costume de Pierrot accompagné de sa collerette et de son masque. C'était le déguisement de l'homme qu'elle avait vu l'après-midi dans la salle à manger. C'était donc Michele en fin de compte ?

Elle roula le costume en boule, empoigna le parapluie, et partit à sa recherche.

Il était dans le salon, un verre de vin aux reflets rubis posé à côté de lui. Il avait ôté son chapeau et son masque. Ses cheveux étaient en désordre.

— Vous voilà, dit-il. Il faut que nous prenions une décision. C'est ennuyeux, parce que Francine est en bas, qui veut me voir...

— Je me fiche pas mal de Francine, dit Sally, en jetant le costume sur une chaise. D'où vient ceci ?

Il leva les sourcils.

— Je ne sais pas d'où ça vient, mais je suppose qu'à l'origine c'était le déguisement de Jean-Pierre. Je l'ai trouvé dans une réserve en bas. L'intrus qui a attaqué Sandro et qui vous a fait peur a dû l'y laisser. Nous ne l'avons pas découvert avant que je parle aux policiers, c'est pourquoi je l'ai mis dans un placard pour le leur donner.

Il la regardait, comme pour s'assurer que son explication la satisfaisait. Il s'amuse bien, pensa-t-elle. L'Arlequin est dans son élément. Elle serra le parapluie.

— Qu'avez-vous fait des lettres, Michele ?

Avait-il rougi ? C'était difficile à dire dans la lumière de la lampe.

— Des lettres ?

— Celles que Brian a reçues. *Le désir est défini comme trouble. La vase est l'agonie de l'eau...* Deux autres qui parlaient de peur et de mort... Je les avais trouvées, mais quand la Méduse m'a poursuivie, j'ai laissé tomber mon sac. Lorsque vous me l'avez rapporté, elles avaient disparu.

— Alors au lieu d'accuser votre ennemie manifeste, la Méduse, vous m'accusez, moi.

— Vous les avez lues. Je vous ai entendu dire à Jean-Pierre : *La vase est l'agonie de l'eau.*

Après avoir hésité, il hocha affirmativement la tête.

— Vous avez raison. Je les ai prises.

Elle se sentit chanceler et s'assit au bord du canapé, en serrant toujours le parapluie.

— Mais pourquoi?

— C'étaient des indices. J'ai jeté un bref coup d'œil dans votre sac, après avoir perdu la trace de la Méduse. Elles constituaient si clairement des indices que je les ai prises.

Il but une gorgée de vin et ajouta :

— Mais je ne vous ai rien offert! Voulez-vous du vin?

Elle secoua la tête. Elle ne comprenait pas.

— Pourquoi aviez-vous besoin d'indices? demanda-t-elle enfin. Vous n'êtes pas policier, n'est-ce pas?

— Non, bien que je pense que j'aurais été un excellent détective. J'ai découvert que Rolf était l'homme au miroir. J'ai aussi appris que Tom avait été éjecté de votre hôtel la veille du crime parce que sa conduite était suspecte. Et Francine...

Sally avait envie de pleurer. Elle leva la main vers son visage, et s'aperçut qu'elle avait encore son masque. Elle l'enleva d'un geste las.

— Ce n'est pas un jeu, Michele. On dirait que vous faites tout cela pour impressionner Antonia.

Il paraissait contrit, mais elle savait déjà qu'il pouvait prendre toutes les expressions qu'il voulait.

— C'est juste, dit-il. J'espère que vous n'allez pas me haïr si je vous raconte quel rôle j'ai joué dans la mort de Brian.

Le poème

Elle ne bougea pas. Michele semblait à bout de forces. Quand il se remit à parler, ce fut d'un ton mesuré.

— Si vous saviez combien de fois j'ai revécu cette soirée avec Brian dans la taverne, en regrettant de m'être immiscé dans ses affaires. Nous nous étions raconté tous nos secrets. Il a copié son poème sur la Méduse et me l'a donné. Nous aurions pu garder un souvenir amical l'un de l'autre. Mais ça ne m'a pas suffi.

Brusquement, son visage s'anima.

— Je voulais faire partie de ce jeu, s'écria-t-il. Je ne pouvais pas laisser échapper une si belle occasion. Me comprenez-vous? En deux mots, j'ai fait l'Arlequin.

— Vous voulez dire que vous avez fait le clown?

— Arlequin est bien plus qu'un clown. C'est un provocateur, un manipulateur. Il sème la confusion, tout en restant à l'écart. Il me fascine. Donc, à la manière d'Arlequin, j'ai tiré les ficelles. Votre jeu boitait déjà, me suis-je dit, je ne risquais guère d'aggraver les choses. Je voulais savoir à quel point il comptait pour ses participants. J'ai dactylographié le poème, avec peine, car je ne sais pas taper à la machine, et j'en ai fait porter un exemplaire à chaque membre du groupe, à l'exception de vous et de Brian. Je pensais semer le trouble, créer des quiproquos et des malentendus, peut-être provoquer des querelles, mais je ne m'attendais pas à ce qui s'est produit.

Enfin, il me révèle quelque chose, pensa Sally. Pendant tout ce temps, c'était lui qui jouait avec nous. J'en étais sûre.

— Comment vous êtes-vous procuré les adresses?

— Facile! Il a suffi de quelques coups de téléphone. Le seul qui m'ait donné du mal, c'est Rolf. Mais Brian m'avait donné le nom du bistrot où il travaille à Paris. J'ai appelé, et on m'a dit où il était. Dans la matinée, les poèmes étaient acheminés. Je comptais bien sur un après-midi divertissant.

Il se frotta les yeux.

— Donc, Rolf, Tom, Francine et Jean-Pierre ont reçu un étrange poème sur la Méduse. Jean-Pierre était le seul à savoir que c'était Brian, la Méduse, mais tous la verraient sur la piazza. Qu'allaient-ils faire? Je voulais les pousser à agir, et en même temps, je voulais savoir si la veille j'avais produit une forte impression sur Brian. J'ai écrit un message que je lui ai glissé sur la piazza, lui demandant de me rejoindre.

— *Le jeu est fini. Venez me voir tout de suite,* dit Sally. Il était dans son gant.

Michele hocha tristement la tête.

— Oui, j'ai fait un croquis pour qu'il trouve le lieu du rendez-vous. Il a obéi et quitté la piazza.

Normal, pensa Sally. Vous pouviez l'obliger à vous suivre à votre gré. N'est-ce pas votre spécialité?

— Je l'ai vu partir, et je lui ai emboîté le pas, dit-elle.

— Oui. Pour quelle raison? Aviez-vous vu une copie du poème?

— Non. Seulement j'ai reconnu Brian, et je me suis demandé ce qui se passait.

— J'ai moi-même quitté la piazza pour me rendre à l'endroit prévu. Je l'avais choisi suffisamment écarté de la foule pour ne pas ajouter à la confusion. J'ai attendu, mais Brian n'est pas venu.

Sally entendait la pluie sur le balcon.

— Au bout d'un moment, je me suis inquiété, dit Michele. Mais évidemment, je n'imaginais rien de grave. Simplement, je ne voulais pas manquer un épisode. Je suis parti à la recherche de votre mari, et c'est vous que j'ai trouvée.

— Penchée sur son corps.

— Oui.

Il se tut de nouveau, puis, prenant une profonde inspiration, il dit :

— Après, vous voyez, j'ai tenté de faire tout ce que je pouvais pour arranger les choses.

Tout, sauf de cesser de s'en mêler.

— Ne pouviez-vous pas raconter cette histoire à la police?

Il fit la grimace.

— Non. Antonia me considère déjà comme totalement irresponsable. Si j'étais impliqué dans une affaire pareille, jamais elle ne...

Sally était fatiguée. Elle se leva.

— Bon, fit-elle.

— Je pensais que si je pouvais trouver l'assassin...

Le téléphone sonna. Michele, avec un geste exaspéré alla répondre. Pendant qu'il parlait, elle quitta la pièce.

Une altercation

Tom détestait cette situation. Jamais il ne s'était senti aussi ridicule. Pour aggraver les choses, Ursula n'arrêtait pas de le harceler pour qu'il suive ses instructions à la lettre.

Ils étaient à la porte de service du palais Zanon. La pluie tombait du toit, s'engouffrant avec bruit dans les gouttières. Un jeune homme en blouse se pencha, tandis qu'un type plus âgé à la tête bandée se tenait derrière lui. Ils paraissaient habitués à voir d'étranges personnages à des heures indues, car ils ne manifestaient aucune surprise devant ces deux bonnes sœurs aux masques de grues.

Ursula poussa Tom du coude, et il dit :

— Michele Zanon, *per favore*.

Le garçon inclina poliment la tête et demanda quelque chose.

— Il veut savoir votre nom, souffla Ursula à Tom.

Il le lui dit.

Le jeune gardien ouvrit la bouche, fit un pas en arrière, mais l'autre homme, au contraire, s'avança et posa la même question.

Sans se démonter, Tom répéta son nom un peu plus fort.

L'homme à la tête bandée poussa un grognement inarticulé. Écartant le plus jeune, il attrapa Tom par son habit et le tira dans la pièce. Puis il le poussa dans un coin et se mit à lui taper la tête contre le mur.

Tom battit l'air de ses bras. Il poussa son assaillant, qui, toujours rugissant, lui fit perdre l'équilibre. Il trébucha contre un banc, et s'étala. L'autre lui sauta dessus. Haletant, se débattant, Tom prit conscience d'un certain remue-ménage autour de lui. Ursula poussait des hurlements. Le garçon tirait sur la chemise du forcené. Tom parvint à dégager sa gorge des doigts épais qui l'enserraient.

— Vous êtes fou? cria-t-il.

Tandis qu'on tirait son adversaire en arrière, Tom lui décocha un coup de poing sur le menton qui lui fit claquer les mâchoires.

— Qu'est-ce qui se passe, nom de Dieu?

Son masque était de travers et il le redressa. L'homme à la tête bandée paraissait considérablement calmé par le coup de poing.

— Tu veux te battre? Attends un peu!

Ursula parlait rapidement en italien. Elle était au téléphone dans une petite pièce. Après quelques phrases péremptoires, elle raccrocha brutalement. Tournée vers les gardiens, qui paraissaient maintenant apeurés et confus, elle débita un flot de paroles. Enfin elle dit à Tom :

— J'ai averti Michele que son gardien vous a attaqué sans raison. Il demande que nous montions tous le voir.

Rolf parvient à ses fins

De plus en plus excité, Rolf sentait Sally lutter contre lui. C'était magnifique. Le dos arqué, elle se débattait de toutes ses forces. C'était aussi bon qu'il l'avait espéré.

Elle respirait spasmodiquement par le nez, car bien entendu, il avait commencé par la bâillonner. D'où la beauté d'avoir exploré le terrain à l'avance! Il savait déjà que le placard contenait des écharpes de toutes les couleurs parfumées au magnolia. Il avait même choisi celles qu'il utiliserait : une bleue parsemée de soleils d'or pour la bâillonner, une autre en mousseline pour lui attacher les mains. A présent, toute tremblante, elle tentait en vain de lui échapper, les yeux agrandis de terreur, comme il l'avait souvent imaginé.

Ses cheveux se défaisaient. Une goutte de sueur glissait sur ses sourcils. Fasciné, il la regarda atteindre le coin de l'œil.

Il avait pensé attendre que la maison soit sombre et silencieuse, mais il n'en pouvait plus. Lorsqu'il avait entendu Sally quitter sa chambre, il s'était faufilé au premier étage. Accroupi dans la penderie, la porte entrouverte, il l'observa quand elle rentra tandis que, pensive, elle jetait son chapeau sur le lit. Lorsqu'elle ouvrit la porte de la penderie, il était fin prêt.

Elle essayait maladroitement de lui donner des coups de pied. « Laisse-toi faire, petite fille. » Sous son masque de diable, son visage brûlait. Il poussa la porte de la penderie et la traîna vers celle de la chambre. Il fallait qu'il la fasse sortir de cette maison. Il avait songé l'emmener au dernier étage, mais s'ils s'apercevaient de sa disparition, ils la chercheraient partout. Il n'était pas inquiet. Tout marchait comme sur des roulettes, il savait qu'ils pourraient sortir.

Elle continuait à se débattre. Il avait encore des écharpes dans sa poche, pour lui lier les chevilles s'il le fallait, mais ce serait beaucoup plus facile s'il arrivait à la faire avancer. Il entrebâilla la porte. Tout était calme, seule Sally émit un couinement étranglé. Il referma doucement la porte, la tira au milieu de la pièce et la gifla, sèchement, pas trop fort, regardant ses yeux s'élargir et devenir rouges.

– Tais-toi, chuchota-t-il d'un ton rauque.

Deux larmes roulèrent le long de ses joues et se perdirent dans la soie du bâillon.

Quand il ouvrit la porte, il entendit des voix lointaines, et quelques minutes plus tard une armée de pas montait l'escalier. Il recula et vit quatre personnes, deux religieuses masquées et les deux portiers, s'engager en file indienne dans le couloir.

Rolf avait du mal à croire sa bonne fortune. La porte

d'en bas, du moins pour le moment, restait sans surveillance. Dès que le groupe eut disparu, il fit marcher Sally de force dans le couloir. Ils descendirent l'escalier de marbre en trébuchant.

Ils étaient parvenus en bas, quand il entendit frapper à la porte du jardin. Il s'immobilisa. Que se passait-il encore? Il y avait quelqu'un, peut-être plusieurs personnes dehors. Il était pris au piège. Il pensa vaguement à la réserve, mais rejeta aussitôt cette idée. Il voulait sortir. C'est alors qu'il vit le bateau renversé à l'autre bout de la salle, les rames appuyées contre le mur. Après tout, cette pièce avait deux issues : celle sur le jardin et l'autre sur le Grand canal.

On allait sûrement descendre, mais Rolf n'entendait toujours rien. Le comte Zanon avait déjà fort à faire avec ses visiteurs. La porte donnant sur le canal était fermée par un long verrou qui glissa aisément quand il tira dessus. La porte s'ouvrit. Bon sang, l'eau était si haute qu'elle atteignait presque le sommet des marches. Il poussa Sally dehors et la menaça :

— Si tu essaies de te sauver, je te jette dans le canal.

Il rentra et tira la barque jusqu'à la porte. Dans son exaltation, elle lui parut légère comme une plume. Il lui donna une poussée, et elle glissa sur la pierre moussue. Les rames sous le bras, il ferma la porte. Il obligea Sally à monter dans la barque et y sauta lui-même. Le bateau tangua quand il l'éloigna du quai à l'aide de la rame. Il s'assit, plaça les rames dans les tolets, et les plongea dans l'eau.

Francine en Pierrot

Essoufflée, Francine se retrouva dans une petite chambre bien meublée, le costume de Pierrot dans les bras. Comment était-elle arrivée là? Après sa longue attente, elle n'avait pas pu parler cinq minutes avec Michele, et à présent elle se cachait comme une voleuse. Elle jeta le déguisement sur le lit où le masque se balança de façon ironique.

Après le retour de Michele et de Sally, elle avait continué à attendre. A la fin, excédée, elle avait demandé par signes au gardien d'appeler Michele et de lui demander si elle pouvait monter. La réponse avait été oui, ce qui l'avait réconfortée.

Michele, toujours en Arlequin, s'était confondu en excuses : il avait été retenu par des affaires de famille. Puis il lui avait offert du vin.

Après cela, la situation s'était brusquement dégradée. Il y eut du bruit en bas et le téléphone sonna. Francine devina d'après le ton de Michele qu'il se passait des choses alarmantes. En raccrochant il dit :

— C'est bizarre! Votre ami Tom est ici avec Ursula, une Vénitienne que je connais, et il s'est produit une formidable bagarre avec Sandro et son fils.

Francine se leva d'un bond.

— Ursula!

— C'est vrai, vous la connaissez. Vous étiez ensemble au bal des Vauriens. Oui, Tom et elle...

Elle imaginait la scène. Ursula avait fait irruption dans le palais, à sa recherche, et elle s'était attaquée aux gardiens.

— Ne lui dites pas que je suis ici! s'écria-t-elle.

— Mais elle est en train de monter, dit-il d'un air perplexe.

— Non! (Elle hésita). Elle pense que... qu'il y a quelque chose entre nous. Elle va faire une scène horrible.

Michele parut un instant amusé. Puis il se dirigea vers une chaise, prit un ballot de tissu noir et blanc, et le mit dans les mains de Francine.

— Dépêchez-vous. Allez mettre ce costume dans une des chambres. Évitez celle d'Antonia, la deuxième à droite, mais n'importe quelle autre fera l'affaire. Si Ursula vous voit partir, je lui dirai que vous êtes un ami venu boire un verre.

Ils traversèrent la salle à manger et il lui indiqua les chambres. Sans réfléchir, elle prit le couloir et pénétra dans la première.

Une fois de plus, Ursula contrecarrait ses projets. Elle regarda le costume de Pierrot. Que pouvait-elle faire, sinon le mettre?

Il fallait dissimuler son abondante chevelure frisée. Elle ferait des nattes qu'elle relèverait. Elle prit un peigne et des épingles dans son sac, se fit une raie, et tira avec colère sur ses cheveux avant de commencer à les tresser. Au bout d'un moment, ses doigts ralentirent. Elle était revenue à Poitiers, et sa mère disait : « Tiens-toi tranquille, Francine, ou tu vas être en retard à l'école. Quels horribles cheveux tu as! »

Elle continuait à se natter, les doigts lourds. Elle se souvenait que sa mère lui donnait des tapes sur les mains avec la brosse pour l'empêcher de bouger. Dans le miroir, elle avait l'air d'une malheureuse enfant.

Ses cheveux relevés, elle passa le pantalon de satin par-dessus son jean. Les jambes étaient beaucoup trop longues et traînaient par terre. La blouse lui arrivait aux genoux et les manches lui cachaient le bout des doigts. Elle avait l'impression d'être une petite fille qui essaie les affaires de sa mère. L'angoisse l'étreignit.

C'était absurde. Essayant de se détendre, elle épingla la calotte de satin sur ses nattes, attacha son masque, roula de son mieux les jambes du pantalon, et quitta la pièce.

En fait, dans ce déguisement de fortune, elle se sentait curieusement protégée. Elle entendait des voix dans le salon. Michele lui avait dit : « Évitez la chambre d'Antonia, la deuxième à droite... »

La porte était entrouverte, et la pièce n'était pas éclairée.

La chance tournerait-elle enfin? Elle savait, parce qu'elle avait vu Sally y entrer, que cette chambre était la sienne en réalité, mais manifestement l'Américaine était ailleurs.

C'était risqué d'entrer, pourtant c'était aussi une occasion inespérée. Jusque-là la soirée ne lui avait réservé qu'une cascade de contretemps.

Elle entra, trouva l'interrupteur, alluma la lumière et ferma la porte. Voyant les meubles sculptés, la cheminée de marbre, les brosses d'argent sur la coiffeuse, la penderie ouverte sur des rangées de vêtements aux couleurs vives, elle eut l'impression pénible de s'être trompée. Après tout, la femme en robe espagnole était peut-être Antonia. Puis elle aperçut le sac en tapisserie de Sally sur une chaise. Elle le prit et se mit à le fouiller méthodiquement.

En voyant une feuille de papier, elle exulta. Il s'agissait d'un exemplaire manuscrit du poème sur la Méduse. Intéressant, mais ce n'était pas ce qu'elle cherchait. Elle posa le sac.

Les tiroirs ne contenaient que les produits de beauté d'Antonia et sa lingerie de soie, à côté d'une petite pile de culottes de coton appartenant probablement à Sally. De plus en plus tendue, Francine se dirigea vers la penderie; Sally risquait de revenir d'une minute à l'autre.

Dans le placard, elle vit les valises. Voilà la réponse! Fiévreusement, elle en ouvrit une. Par chance, c'était celle de Brian. Elle plongea les mains dans les poches, déplia tous les pulls et les sous-vêtements. Elle était si absorbée par sa tâche qu'elle n'entendit rien. Elle ne s'aperçut de la présence de Michele que lorsqu'il lui posa la main sur l'épaule.

— Vous ne trouverez pas ce que vous cherchez ici, mais je peux peut-être vous aider. Voulez-vous que nous parlions maintenant, comme vous le souhaitiez?

Michele se prépare

— Je pensais bien qu'elles étaient de vous. Je vous ai soupçonnée dès le début, dit Michele.

Il essayait son masque d'Arlequin, observant son reflet dans le miroir.

Francine était assise sur le lit, l'air maussade. Les quatre lettres qu'elle avait adressées à Brian étaient posées sur la coiffeuse. *Le désir est défini comme trouble. La peur est une fuite, c'est une défaillance. La vase est l'agonie de l'eau. Être mort, c'est être une proie pour les vivants.* Elle était démasquée, et finalement elle n'aurait pas de conversation avec Michele, parce qu'il ressortait déjà pour chercher Sally. Tout la dégoûtait.

— Ce sont des citations de Sartre, n'est-ce pas? De *l'Être et le Néant.*

— Vous devez bien le connaître.

Il coiffa soigneusement son bicorne.

— Non, à vrai dire, mais ce sont des phrases littéraires. Elles sont menaçantes, mais de façon subtile. Pas comme : « Attention, je vais vous tuer!»

— Je n'avais pas l'intention de le menacer vraiment. Je voulais seulement l'inquiéter, le rendre moins arrogant.

Depuis le début, toute cette entreprise avait été laborieuse et vouée à l'échec. Après mûre réflexion, elle avait choisi ces phrases parce qu'elles étaient courtes avec une tonalité suffisamment sinistre. Ensuite, elle avait dû obtenir de Sophie, la fille de sa propriétaire, qu'elle copie les lettres et écrive l'adresse sur les enveloppes moyennant quelques menus cadeaux. Après les avoir envoyées, elle avait été assez satisfaite de voir Brian devenir nerveux et préoccupé.

La dernière touche donnée à son déguisement, Michele se tourna vers elle.

— Très littéraires, mais détachées et creuses. J'ai pensé aussi qu'il pouvait s'agir de citations du livre de Tom. Mais il n'a pas réagi quand j'en ai prononcé une devant lui.

— C'est sûrement la seule fois où l'on aura confondu l'œuvre de Sartre et celle de Tom, remarqua-t-elle.

— Vous aviez envoyé des lettres à demi menaçantes, et ensuite Brian a été assassiné. Votre position était délicate. Je comprends que vous ayez voulu les récupérer.

Il prit les lettres sur la table, déboutonna sa jaquette d'Arlequin, et les y glissa.

261

Francine ne répondit pas.

— Vous n'avez pas du tout vu Sally? demanda-t-il en regardant autour de lui. Vous ne l'avez pas entendue partir?

— Non.

— Où a-t-elle pu aller? Elle était si bouleversée qu'elle n'a même pas pris son sac.

— Michele...

— Oui?

— Qu'allez-vous faire? Il faut que je sache.

Il était sur le seuil.

— Ce que je vais faire? Chercher Sally.

Avec un petit salut de la main, il s'en alla.

Un malentendu éclairci

Tom, assis dans le salon, regardait Ursula avec rage. Cette expédition qu'elle avait manigancée, avait tourné à la catastrophe, comme il l'avait prévu. A cause d'elle, il s'était fait rosser par un malade mental, il avait été humilié devant le comte Zanon. Ils étaient montés le voir avec les deux gardiens, et comme la conversation s'était déroulée surtout en italien, il n'avait pas tout compris. Au début, Ursula s'était lancée dans une grande tirade. Puis l'homme à la tête bandée avait pris la parole, tout en jetant à Tom des regards accusateurs. Ursula s'en était mêlée de nouveau et ils avaient hurlé en chœur. Ensuite, le jeune homme, d'abord déférent vis-à-vis de ses aînés, avait voulu mettre son grain de sel et le duo s'était transformé en trio. Pendant tout ce temps, le comte écoutait avec une expression mi-étonnée, mi-amusée. Lorsqu'il leva la main pour obtenir le silence, on frappa à la porte du bas.

Le garçon voulut descendre, mais Michele l'arrêta d'un geste, et s'adressa à Tom :

— Je dois vous poser une question. Êtes-vous venu ici cet après-midi, déguisé en Pierrot? Avez-vous assommé

262

Sandro pour ensuite l'attacher et l'abandonner dans la réserve?

— Bien sûr que non! répondit Tom indigné. Je ne suis jamais venu et je n'ai jamais vu cet homme.

Michele hocha la tête.

— Et si vous l'aviez fait, vous ne reviendriez pas ici annoncer votre nom à votre victime. Non, notre Pierrot était quelqu'un d'autre.

Il dit quelques mots à Sandro, qui, pas très convaincu, se tourna vers Tom.

— *Scusi, Signore.*

— Ce n'est rien, dit Tom.

Comme on frappait encore, les deux gardiens se levèrent et Michele les imita.

— Il vaudrait mieux que j'aille voir ce qui se passe. Pouvez-vous m'attendre?

Après leur départ, Ursula dit :

— Ce n'était qu'un quiproquo. Rien de grave.

— Non! répondit Tom d'un ton sarcastique. Rien qu'une petite raclée!

— Oui, dit-elle. Et nous ne savons toujours pas où est Francine.

Tom se retrancha dans un silence hostile. En tout cas son cahier qu'il sentait toujours lui rentrer dans les côtes, n'avait pas souffert dans la bagarre. Il commencerait à travailler demain, c'était juré.

Michele rentra dans la pièce. Il avait remis son masque et son chapeau d'Arlequin.

— Il faut que je vous laisse, annonça-t-il. J'ai reçu un appel urgent.

Tom n'en croyait pas ses oreilles. Après tout le mal qu'il s'était donné, voilà que Michele s'éclipsait.

— Mais pourquoi? bredouilla-t-il.

Et il ajouta pour cacher sa déception :

— Le visiteur vous a apporté de mauvaises nouvelles?

— Quand nous sommes arrivés, il n'y avait plus personne. Non, c'est autre chose. Je dois partir, ne m'en veuillez pas. Ciao.

— Attendez! s'écria Tom.

Michele, qui avait déjà presque passé la porte, se retourna.

— Il faut que je vous demande... Les flics me cherchent, vous savez. Je me demandais si vous leur aviez dit... ce que vous avez appris.

— Sur le barbu qui a été expulsé de l'hôtel de Brian? Qui s'est rasé la barbe? Non. Mais je leur ai dit qu'un homme en costume de Pierrot, qui a donné votre nom, est venu ici cet après-midi. Il a attaqué Sandro, et je croyais qu'il avait aussi enlevé Sally.

— Oh, fit Tom.

Tandis que Michele disparaissait, il ajouta d'une voix rauque :

— Je reconnais que j'ai triché, mais je n'ai pas...

Il se tut, parce que Michele n'était plus là.

Dans la barque

L'homme au masque de diable se penchait d'avant en arrière inlassablement tandis qu'ils glissaient sur l'eau noire. Sally l'observait, couchée au fond du bateau. Quand ils traversaient un îlot de lumière, elle voyait des gouttes de pluie dans les replis de son masque, comme s'il pleurait ou transpirait sous l'effort. Mais la plupart du temps ils étaient dans l'obscurité, et elle ne distinguait qu'une sombre silhouette qui se balançait en cadence, dans un grincement de rames.

Elle se hissa en position assise. Ses cheveux ruisselaient, et le châle d'Antonia, qui était toujours sur ses épaules depuis qu'elle avait quitté le bal avec Michele, était trempé. Elle s'aperçut qu'ils n'étaient pas loin de la rive. Ils passaient devant les palais éclairés ou sombres. L'eau, très haute, débordait sur les marches, léchait les portails, et brillait sous les lampes espacées.

264

Ils n'étaient pas loin de la rive, mais que pouvait-elle faire? Si elle sautait à l'eau, ficelée comme elle l'était, elle coulerait et se noierait. Elle appuya la tête contre la paroi du bateau. Le vent l'assaillait par rafales, la faisant frissonner.

Elle ne s'était pas attendue à être attaquée dans la chambre d'Antonia. Elle pensait à Michele, à l'histoire qu'il lui avait racontée, se demandant s'il mentait encore. Quand elle avait ouvert la porte du placard, une silhouette noire s'était jetée sur elle. A peine avait-elle aperçu son agresseur que déjà elle était sa prisonnière.

Elle bougea la tête. Il fallait qu'elle se débarrasse de ce bâillon dont elle sentait le nœud sur sa nuque. Après, tout irait mieux.

L'homme se penchait, puis reculait. En avant, en arrière. Bougeant encore la tête, elle se rendit compte que le nœud était mou, gonflé d'eau. Serrant les lèvres, elle essaya de le faire glisser.

Au début, rien ne se passa. Elle poussa le tissu de la langue. Était-il un peu plus lâche? Elle frotta encore le nœud contre la paroi, et s'aperçut qu'elle pouvait l'accrocher à une aspérité. Elle insista encore, doucement, et l'écharpe lui tomba autour du cou.

Il n'avait rien remarqué. A présent elle pouvait crier, mais ce serait une erreur. On l'entendrait peut-être, mais il aurait le temps de la jeter par-dessus bord ou de l'étrangler avant qu'on ne la sauve. Non, elle n'allait pas crier, mais tenter de se libérer les mains. Elle testait la solidité de la mousseline qui lui liait les poignets, quand ils passèrent devant un palais brillamment illuminé. Des notes s'en échappaient, le bateau était entouré de musique et de lumière. Sally se figea et tourna la tête, espérant que son ravisseur ne la verrait pas. Le bruit cadencé des rames s'arrêta. A contrecœur, elle lui fit face. A ce moment, elle le reconnut : c'était Rolf.

Il avait les yeux brillants. Se penchant vers elle, il tendit la main vers le bâillon. Elle recula.

– Non, ne me le remets pas, supplia-t-elle.

Elle crut l'entendre rire. Il se redressa et recommença à ramer.

Michele avait déclaré que c'était Rolf, l'homme au miroir qu'elle avait vu penché sur le cadavre de Brian. Il disait qu'il avait tué Brian parce qu'il l'avait pris pour elle. C'était peut-être vrai, et maintenant il allait encore essayer. Il l'avait observée jour après jour au café des Écoles sans qu'elle comprenne pourquoi.

Elle s'éclaircit la gorge.

— Rolf, dit-elle.

Il s'arrêta de ramer. Quand il se pencha vers elle, elle se recroquevilla et lut dans son regard une avidité inquiétante.

Il aime me faire peur, pensa-t-elle. C'est ce qu'il cherche.

Elle se redressa.

— Je sais que c'est toi, dit-elle d'une voix qui se voulait ferme et assurée.

Il se remit à ramer. Ils arrivèrent bientôt à un canal secondaire, où il engagea la barque. Ils glissèrent sur la surface sombre de l'eau, qui passait par-dessus les berges.

— Parle-moi, dit-elle. Si tu dois me tuer, dis-moi pourquoi.

Ils atteignaient un pont. En passant dessous, Rolf saisit le pilier et arrêta le bateau. De faibles reflets jouaient sous le tablier. Du côté de Rolf, la barque touchait le quai, alors que l'autre bout était pointé vers le milieu du canal.

— Je n'ai pas l'intention de te tuer, dit-il.

Elle aurait pu pleurer de soulagement de l'entendre parler. Subrepticement, elle tira sur l'écharpe qui lui liait les poignets.

— Quelle est ton intention alors?

— Je n'ai aucun problème avec les femmes, aucun, dit-il d'un air vantard.

Elle tirait sur la mousseline qui la serrait toujours. Crispant les mâchoires, elle essaya de plus belle.

— Non, je n'ai pas de problèmes.

Il avait pris un ton récriminateur.

— Je ne crois pas non plus, dit-elle d'une voix apaisante.

— Je ne voulais pas lui faire de mal. Elle le savait, que je ne voulais pas lui faire de mal.

Ses poignets étaient douloureux. Cessant de les tordre, elle demanda :

— De qui parles-tu? De Brian?

Il s'esclaffa.

— Brian? Que veux-tu dire?

— La Méduse? C'est à elle que tu ne voulais pas faire de mal?

— La Méduse? Tu es folle?

L'écharpe avait suffisamment tourné pour qu'elle puisse atteindre le nœud du bout des doigts.

Il se pencha vers elle.

— Je croyais que c'était toi, la Méduse.

— Non, c'était Brian.

— Oui, c'est pour ça qu'elle a eu la force de m'arracher le manche du miroir. Parce que c'était Brian.

— Il te l'a arraché?

— J'ai plaisanté sur la Méduse, et il a agrippé mon bâton. Je l'ai repris, lui aussi, et pendant que nous nous bagarrions, quelqu'un m'a sauté dessus par-derrière et s'est mis à me frapper. Je ne voyais rien derrière mon masque, sauf la glace au bout du manche, qui m'aveuglait. Comme ils étaient à deux contre un, je me suis enfui.

Les mains de Sally étaient libres.

— Et tu ne sais pas qui t'a sauté dessus?

— Non, j'ai cru que c'était Brian, qui m'attaquait pour te défendre. Un peu plus tard, je suis revenu pour récupérer le manche et le miroir, et j'ai vu la Méduse dans le canal. Une espèce de mariée cinglée m'a repéré de l'autre rive, et je me suis tiré.

Sally faillit lui expliquer qu'elle s'était déguisée en cadavre, pas en mariée, mais elle jugea préférable de parler d'autre chose.

— Tu n'as pas frappé la Méduse avec le bâton?

— Ah non! Je n'ai pas pu.

Elle se tut un moment, puis demanda :

– Mais pourquoi es-tu venu me chercher?

– Pour une raison différente.

Il parlait d'un ton plus raisonnable. Devait-elle tenter de s'enfuir? Elle pouvait peut-être le dissuader de mettre ses projets à exécution, quels qu'ils soient. Si elle n'y parvenait pas, elle devrait trouver un autre moyen de lui échapper.

Elle réfléchissait encore quand une silhouette se profila derrière lui. Elle ne distinguait qu'un bicorne noir et un costume composé de losanges. L'individu leva une arme – un gourdin de bois? – et l'abattit sur le crâne de Rolf. Quand elle cria, l'Arlequin frappa de nouveau. Rolf tomba à genoux, s'effondra vers elle et resta immobile à ses pieds.

Sally et l'Arlequin

– Comment m'avez-vous trouvée? demanda Sally.

Elle tremblait. Elle se rafraîchit les poignets avec les volants trempés de sa robe.

L'Arlequin au lieu de répondre posa un doigt ganté de blanc sur ses lèvres. Il monta dans la barque, qui oscilla et s'écarta du pont.

Elle baissa la voix, mais elle était trop soulagée pour s'arrêter de parler. Il lui semblait avoir une foule de choses à raconter. Elle jeta un coup d'œil à Rolf, qui gisait à ses pieds.

– Je ne sais pas s'il allait me tuer. Il m'a dit qu'il m'avait enlevée pour une autre raison. Vous l'avez entendu?

Elle hésita. L'Arlequin s'assit, toujours sans un mot.

– Il n'a pas tué Brian non plus, poursuivit-elle. Je suis presque sûre de savoir qui c'est, maintenant. Ne vous fâchez pas, mais je vous ai soupçonné longtemps.

D'une voix étranglée, elle continua :

– Vous êtes différent de tous les gens que j'ai connus. Là d'où je viens, ne vous froissez pas, les hommes ne sont pas du tout comme vous.

268

S'il était froissé, l'Arlequin ne le montra pas.

— Je me suis posé beaucoup de questions à votre sujet. Vous savez vous faire aimer de ceux qui vous approchent. Mais je ne sais pas si vous vous souciez d'eux. Même pour Antonia, on dirait que vous faites semblant. Et la façon dont vous avez joué avec Brian et les autres...

Elle aurait voulu se taire, mais en même temps elle avait besoin de poursuivre. Ils dérivaient lentement sous le pont.

— Vous vous souvenez quand nous avons dansé? C'était presque comme si nous ne formions qu'un seul être. Je ne l'ai pas rêvé, n'est-ce pas? J'avais l'impression d'avoir du pouvoir, un grand pouvoir. Et nous le partagions.

Comment exprimer ce qu'elle avait à dire?

— Quelque chose de fort me poussait vers vous. Je ne sais pas ce que c'était, mais je n'ai jamais rien ressenti d'aussi intense pour Brian.

L'Arlequin ne répondait toujours pas. Elle baissa la tête.

— Je plains tant Brian. Comme il a dû se détester! *La femme dont le visage change les autres en pierre.* C'est étrange, je ne crois pas l'avoir très bien connu, mais à l'instant où je l'ai vu dans ce costume de Méduse, j'ai eu la certitude que c'était lui. Je ne peux même pas l'expliquer. Et ça m'a rendue très triste.

L'Arlequin changea de position. Le bateau bougea. Ils étaient passés sous le pont et la pluie fine qui continuait à tomber mouillait le visage de Sally. La barque vint racler le bord du canal. Brusquement, l'Arlequin se leva, le bâton toujours à la main. Lorsqu'il le brandit pour frapper, Sally se jeta sur le côté et sentit sous ses doigts la pierre glissante du quai.

L'acqua alta

Le bâton s'abattit sur le plat-bord du bateau, qui pencha dangereusement lorsque Sally chercha à s'en échapper. Le bord du canal était recouvert de cinq ou six centimètres d'eau, et le mouvement violent de l'embarcation faisait encore monter le niveau. Sally s'agenouilla et se jeta à plat ventre sur le quai. Elle se dégagea d'un coup de pied, sa jupe traînant dans l'eau glacée, et réussit à prendre appui sur le bord. Une rame, fendant l'air à côté de sa tête, vint résonner sur le pavé. Enfin elle se hissa sur la rive et se mit péniblement debout.

L'Arlequin était encore dans la barque, assez près pour sauter. Elle fila, l'esprit paralysé de terreur. Quelques secondes plus tard, elle l'entendit derrière elle. Ses bottes étaient trempées, les vêtements lui collaient au corps, mais elle fuyait par les ruelles tortueuses. Il n'était pas loin. Il allait sûrement l'attraper, agile comme il l'était.

Essoufflée, elle commençait à ressentir une douleur dans le côté. Elle se mit à penser, insidieusement, que ça lui était égal qu'il la rattrape ou non. Tout le monde paraissait vouloir sa mort, de toute façon. Qu'il la tue, et qu'on en finisse! Pourquoi se donner tant de mal à courir dans ce labyrinthe de cauchemar? Où croyait-elle pouvoir aller? Elle n'avait ni amis, ni maison, ni refuge.

Elle pensa à Otis Miller, derrière son comptoir. Lui l'aimait bien. Si elle pouvait le trouver, il l'aiderait.

On aurait dit que les pas de l'Arlequin ralentissaient. Elle arriva sur un campo. Pour trouver Otis, il fallait qu'elle s'oriente. Elle regarda désespérément autour d'elle, tâchant de savoir où elle se trouvait et quelle direction prendre.

Tout à coup, un hurlement épouvantable déchira l'air. Toute la ville paraissait hurler. Elle se figea, persuadée que le bruit avait un rapport avec ses propres ennuis.

Quand elle comprit qu'il s'agissait de sirènes, elle se rendit compte qu'elle avait cessé de courir. L'Arlequin, sans doute immobilisé aussi par la clameur, n'avait pas débouché sur le campo. Elle aperçut dans un angle un sottoportego, un de ces passages voûtés qui mènent d'une rue à l'autre. Là, au moins, elle pourrait reprendre son souffle. Elle s'y engouffra et s'appuya contre la paroi.

270

Presque aussitôt, il arriva. Les sirènes hurlaient toujours. Ils semblaient enveloppés dans le vacarme. A présent, elle n'entendrait même pas le bruit de ses pas. Elle se faufila vers l'extrémité du passage et tenta de se repérer. Elle savait vaguement où était la piazza. Si elle y parvenait, elle trouverait l'hôtel d'Otis Miller.

Quittant le passage, elle se remit à courir. Aussi abruptement qu'elles avaient commencé, les sirènes se turent. Le silence était total. On n'entendait que le bruit de ses pas, et ceux de l'Arlequin qui la talonnait de près.

Elle reconnaissait les lieux. La place devant l'église San Moisè était inondée. Elle la traversa, faisant jaillir des trombes d'eau. L'Arlequin en fit autant.

Dans la rue près de l'église, elle resta sur l'étroite portion de trottoir qui n'était pas submergée. Elle approchait de la piazza. L'hôtel d'Otis était de l'autre côté. Elle passa devant des boutiques fermées où étaient exposés de la verrerie, des masques de porcelaine de Pierrot et d'Arlequin.

La piazza était transformée en lac. Elle s'y engagea, et s'arrêta, de l'eau à mi-mollet. En face d'elle, les dômes de la Basilique flottaient de manière fantomatique. Sans réfléchir, elle se dirigea vers eux, luttant contre l'eau froide. Au bout de quelques mètres, elle vit que l'Arlequin l'avait devancée et l'attendait sous les arcades des Procuratie Nuove. Elle pataugeait au plus profond, alors qu'elle aurait pu prendre le haut des marches.

Elle recula, mais il bondit sur elle. Lorsqu'il l'empoigna, elle entendit sa respiration sifflante. Ils luttèrent un moment, puis il vacilla contre elle et perdit l'équilibre. Tandis qu'ils tombaient, elle sentit sous ses pieds la bouteille qui l'avait fait trébucher. Il disparut sous l'eau, et elle le sentit perdre le souffle.

L'eau noircissait les losanges de son costume. Elle lui appuya sur le cou. Son chapeau glissa et flotta près d'eux, se balançant sur les vagues provoquées par leur chute.

Le masque noir aux sourcils proéminents s'enfonçait de plus en plus. Elle voyait l'eau s'engouffrer par les orifices des yeux. Elle poussa plus fort, et le sentit se convulser et devenir mou.

Il fallait qu'elle le tire vers les marches. Elle ne voulait pas qu'il se noie. A genoux, elle avait réussi à lui soulever la tête quand elle entendit crier son nom.

La réponse de Sally

Sally était assise sur les marches des Procuratie Nuove, regardant la piazza engloutie. Une brise agitait l'eau où flottait toujours un bicorne.

— Mon Dieu, que je suis bête! disait Michele.

Sally ne répondit pas. Bien qu'elle fût trempée, elle n'avait pas froid. Elle ne sentait rien.

Jean-Pierre toussa et s'appuya sur un coude. De l'eau lui coulait de la bouche, éclaboussant la pierre.

— Ce n'est pas du tout le même costume, dit Sally.

— Son habit d'Arlequin? C'est un de ceux qu'on peut acheter partout. Mais ils se ressemblent tous.

Surtout quand on voit ce qu'on veut, pensa Sally. Alors j'ai cru voir Michele, et pas Jean-Pierre. C'est clair maintenant.

La police arriverait bientôt. Michele avait interpellé un passant courbé dans le froid matinal, et lui avait demandé de l'avertir.

Son masque et son chapeau d'Arlequin lui pendaient au bout des doigts.

— Je me suis complètement fourvoyé, dit-il. J'ai cru pouvoir tout résoudre. J'en étais certain.

Sally le regarda. Il était l'incarnation parfaite du désespoir : tête penchée, yeux baissés, dos voûté.

— Vous arrive-t-il de ne pas jouer, Michele? demanda-t-elle.

Il haussa imperceptiblement les épaules.

— Je ne sais pas.

— Vous aimez vous amuser, brouiller les cartes, mais vous ne voulez pas en supporter les conséquences.

Elle était d'autant plus amère que si elle en avait eu l'occasion, elle aurait encore volontiers dansé avec lui à un bal masqué de Venise.

— Vous vous moquez pas mal des ennuis que vous pouvez provoquer, n'est-ce pas?

Il accusa le coup, mais releva la tête avec une nuance de défi.

— Soyez juste, Sally. J'ai voulu tout arranger. On ne peut pas dire que j'aie réussi, mais j'ai fait mon possible.

— Vous vouliez autre chose, aussi.

— Quoi?

— Occuper vos loisirs.

Il répondit avec une sorte d'avidité :

— Oui, c'est vrai. J'avais besoin de remplir ma vie. C'était le carnaval, le moment où des choses doivent se produire. Si rien ne doit changer, à quoi bon le célébrer?

Ils se turent. De l'autre côté de la place, des hommes arrivaient, portant des planches et des barres de métal.

— Ils installent des plates-formes pour qu'on puisse circuler pendant l'*acqua alta*, dit Michele.

— C'est pour ça que les sirènes ont retenti?

— Oui, pour prévenir la population. D'ici ce soir, l'eau se sera retirée. Jusqu'à la prochaine fois.

Le ciel s'éclaircissait, et le vent fraîchissait.

Jean-Pierre chuchota :

— Sally...

Elle le regarda. Sa figure était marquée d'ecchymoses.

— Dis-moi...

Elle se pencha vers lui.

— Brian n'a jamais fait l'amour avec toi depuis le début de notre histoire? demanda-t-il.

Elle se souvint de la nuit avant la mort de Brian, de son haleine sentant le vin, de son corps sur le sien. Elle savait qu'une seule réponse aiderait Jean-Pierre à affronter le sort qui lui était réservé. Il avait tué Brian, et il avait

273

tenté de la supprimer, elle aussi. Mais elle lui donna ce qu'il attendait.

— Non, jamais.

Le visage de Jean-Pierre se détendit un peu. Elle détourna les yeux pour ne pas constater les dégâts que l'amour peut causer, et mit sa tête sur ses genoux. Quelques minutes plus tard, elle entendit des pas, des voix. La police était arrivée.

Une réconciliation

— Tu m'as menti sans cesse, disait Ursula.

Son expression était si ridiculement tragique que Francine aurait préféré qu'elle porte le masque grotesque qu'elle tenait à la main.

— Qu'ai-je fait pour mériter ça? reprit Ursula.

Elle compta sur ses doigts :

— Je t'ai reçue chez moi. J'ai traduit, copié et porté ta stupide lettre à la police. Je t'ai donné mon plus profond...

Sa voix se brisa, et elle avala une gorgée de vin. Elles étaient dans le salon du palais Zanon. Francine fixait le bout de ses chaussures, qui dépassaient du pantalon de Pierrot.

Lorsqu'elle avait trouvé Francine assise sur le lit dans la chambre d'Antonia, Ursula avait eu une réaction prévisible. Pleine de soupçons comme elle l'était déjà, elle ne s'était pas laissée abuser une seconde par le costume de Pierrot.

— Ah, te voilà! s'écria-t-elle. Déguisée en Pierrot pour jouer à je ne sais quels jeux avec Michele! C'est ainsi que tu mènes une enquête criminelle?

Maintenant, la scène devait toucher à sa fin. Il était temps que Francine trouve une excuse, pour que Ursula lui pardonne et qu'elles se réconcilient.

Mais Ursula reprit :

— Tous tes amants se présentent chez moi en faisant

274

du scandale. Le dernier, le pauvre Tom! Tu n'imagines pas comme il a souffert. Moi seule peux le comprendre.

Francine regarda autour d'elle.

— Au fait, c'est vrai, Tom était là. Où est-il passé?

Ursula esquissa un geste vague.

— Il a dit qu'il avait du travail. Il est dans la bibliothèque. (Elle s'essuya les yeux et continua.) Et ton autre amant, cette brute! Et maintenant Michele...

Francine finit par craquer. Elle jeta le masque de Pierrot par terre en s'écriant :

— J'en ai assez! Tu n'as pas cessé de geindre, de me suivre comme un petit chien, de m'humilier! Je ne peux plus le supporter. Fiche-moi la paix!

Ursula prit une attitude hautaine.

— Très bien, dit-elle froidement. Quand les policiers voudront savoir qui leur a écrit une lettre mensongère accusant d'un crime une innocente, ils seront sûrement très intéressés par ce que j'aurai à leur dire.

— Dis-leur! Dis-leur! cria Francine. Ça m'est égal.

Ursula la toisa et sortit de la pièce avec une dignité exagérée. Quelques minutes plus tard, Francine l'entendit parler avec Tom en descendant l'escalier.

Elle resta dans la chambre jusqu'à ce que sa fureur se dissipe. Elle commençait à regretter d'avoir été si expéditive avec Ursula. Quand celle-ci avait menacé de dire ce qu'elle savait à la police, elle avait paru sincère. Francine était déjà dans une position délicate, à cause des lettres qu'elle avait écrites à Brian. Si la police apprenait qu'elle était aussi l'auteur de celle-ci, elle aurait du mal à s'expliquer. Elle se leva, se demandant si elle devait chercher à revoir Ursula cette nuit, ou attendre le matin.

Toutefois lorsqu'elle descendit, elle vit une bonne sœur au masque aguichant assise sur un banc dans la salle du rez-de-chaussée. Elle tenait un cahier relié de papier marbré. Francine se força à adopter un ton joyeux.

— Ah, tu m'as attendue, tant mieux! dit-elle en lui passant les bras autour du cou.

— Oui, je t'ai attendue, répondit Tom, ravi. J'avais vraiment hâte de te voir.

Après le carnaval

Quelques jours plus tard, après la fin du carnaval, et la disparition de l'*acqua alta*, Sally traversait Venise pour aller prendre le thé au palazzo Zanon. Elle s'était installée à l'hôtel d'Otis Miller. C'était une grise journée d'hiver, quelques flocons tournoyaient. Les parents de Sally lui avaient acheté un manteau à col de fourrure, une robe et des bottes. Elle avait honte de les voir dépenser tant d'argent, mais ils ne voulaient plus s'arrêter. Ses cheveux étaient relevés en chignon sur sa nuque, et elle portait les boucles d'oreille en or de sa mère.

Du givre recouvrait le jardin, la margelle du puits et les feuilles du lierre. Sandro la fit entrer, et elle monta au salon où Michele l'attendait. Des cernes s'étaient creusés sous ses yeux, et il paraissait plus ridé. Cependant elle constata qu'il n'avait rien perdu de son charme, quand il dit :

— Sally! Mais vous êtes adorable!

Il l'embrassa en disant :

— Je suis si heureux que vous soyez venue, que vous ayez accepté mon invitation.

— Mais je tenais à venir.

Il prit son manteau et lui versa du thé, puis il demanda :

— Vous allez bien?

— Je fais des cauchemars, c'est à peu près tout.

Un seul cauchemar, en vérité. Elle courait dans un corridor obscur en direction de Michele, et plus elle s'approchait de lui, plus elle avait peur.

Le visage de Michele s'assombrit.

— Vous devez savoir que Jean-Pierre a enfin pu parler à la police.

276

On le lui avait dit, mais elle n'avait pas bien écouté, car elle évitait de penser à Jean-Pierre.

– Je suis un peu au courant, dit-elle.

– Il a suivi Brian à partir de la piazza, comme vous l'avez tous fait. Mais Brian a échappé à tous, sauf à Jean-Pierre. Il s'est accroupi près du pont, sans doute pour se cacher. Rolf a surgi, et ils se sont bagarrés. Jean-Pierre a frappé Rolf, qui s'est enfui. Après son départ, Brian et Jean-Pierre se sont disputés et se sont battus. Jean-Pierre a perdu le contrôle de lui-même et il l'a tué.

– Il l'aimait tellement, pourtant, dit Sally.

Sa voix se brisa, et elle dut s'éclaircir la gorge.

– Jean-Pierre est fou, vous savez. Et pourtant, tout ce qu'il a fait était extrêmement réfléchi. Composer un costume de Méduse, s'habiller en Arlequin...

– Tout ça parce qu'il me tenait pour responsable..., dit-elle.

Jean-Pierre s'était déguisé en Méduse pour la menacer, puis en Arlequin pour pouvoir l'approcher. En pensant à cette haine, elle voyait un abîme s'ouvrir devant elle.

– Il m'a suivie, il a su exactement où j'étais tout le temps.

Elle se leva, marcha jusqu'aux panneaux de vitrail qui donnaient sur le balcon, et regarda le canal à travers le verre déformant. Michele la rejoignit et posa une main sur son épaule.

– N'en parlons plus.

Elle chercha un mouchoir dans sa poche et se moucha. Au bout d'un moment elle dit :

– Ça ira.

Puis elle ajouta :

– Rolf n'a pas repris connaissance.

– Non. Il n'y a pas grand espoir.

– Alors je ne saurai probablement jamais pourquoi il m'a enlevée.

– Sans doute pas. (Michele hocha la tête.) Rolf avait le don de créer des complications. Quand on a frappé à la porte l'autre soir, c'était le mari d'une femme de la ville avec qui Rolf a eu une brève aventure. Sous la contrainte, cette femme lui a dit que Rolf me connaissait, alors il s'est saoulé et il est venu ici pour s'expliquer avec moi, ou Rolf, ou n'importe qui. Comme nous ne répondions pas, il s'est endormi dans la remise du jardin. Sandro l'a trouvé le lendemain.

Sally sourit tristement.

— Nous avons tous été attirés ici, d'une manière ou d'une autre.

Michele lui toucha la joue.

— Sally, me pardonnerez-vous jamais le rôle que j'ai joué dans tout ceci?

Elle s'attendait à cette question.

— J'y ai réfléchi, mais je ne peux pas encore vous dire oui. D'abord parce que je ne peux pas vous permettre de vous en tirer à si bon compte. C'est trop grave. Je sens que je dois à Brian, aussi, de ne pas minimiser ce que vous avez fait.

Elle avait parlé d'un ton plus véhément qu'elle ne l'aurait voulu.

Il hocha la tête et serra les lèvres.

— J'avais tant de choses à vous dire! s'écria-t-elle. Je vous les ai dites, d'ailleurs, mais...

— Redites-les-moi.

— Je ne peux pas. Plus maintenant.

Il la prit dans ses bras, et elle appuya la tête contre son épaule. Quand elle s'écarta, elle demanda :

— Que va-t-il vous arriver?

— La police a décidé d'être indulgente. Mais pas Antonia. Cette fois, je crois qu'elle va vraiment divorcer.

— Je suis désolée.

— Vous devriez savoir que les Arlequins sont résistants, dit-il, mais il paraissait affecté.

Ils finirent leur thé et parlèrent encore de choses et d'autres. Ils rirent même une ou deux fois. Puis Sally dit que ses parents l'attendaient. Il l'aida à passer son manteau, et ils se dirent au revoir.

Le spectacle de marionnettes

La déchéance de Jean-Pierre était totale. Le même flot de pourriture qui avait étouffé Brian lui montait à la gorge. Jean-Pierre sentait ses propres membres le lâcher, comme Brian s'était décomposé.

Il se levait, s'asseyait, répondait aux questions si des réponses lui venaient, mais il était avec Brian. Quand une femme à cheveux gris se penchait vers lui, le visage baigné de larmes, et l'appelait son fils, il la voyait par les yeux de Brian. Il préférait être avec Brian dans cette vie glauque que sans lui. Il était mieux là que mort, parce que Brian aurait disparu avec lui.

On l'interrogea sur le rio della Madonna. Quelque-fois, à travers son brouillard glacé, il voyait la scène représentée dans un théâtre de marionnettes qu'il avait aperçu sur un campo. Des enfants assis en rangs riaient quand il faisait son entrée en Pierrot, le clown triste. Brian, la Méduse, jetait le miroir au bout du manche, qui se brisait. Les enfants poussaient des cris ravis.

Pierrot s'approchait en ondulant de la Méduse, il la suppliait, s'agenouillait devant elle, toute son attitude disait : « Je t'en prie », et « Je ferai comme tu voudras », et « Je n'en peux plus ».

La Méduse, au bout de ses fils, prenait des poses signifiant : « J'en ai assez », « Laisse-moi tranquille », et pire encore, « Non ! ».

La Méduse tournait le dos à Jean-Pierre, les serpents s'agitaient avec mépris. Le pauvre Pierrot attrapait le manche. Dans la représentation, cette partie était au ralenti – il saisissait le bâton, visait, faisait semblant de frapper une fois, deux fois, trois fois, tandis que les enfants criaient à la Méduse de faire attention. Enfin, malgré les avertissements, la Méduse basculait comme un jouet, de l'eau

279

jaillissait de la scène, et le rideau tombait, malgré les protestations enfantines.

Dans le Minnesota

Autour de Rolf, l'air était froid et humide. Les feuilles mortes collaient à ses chaussures. Elle l'attendait déjà. Il voyait sa silhouette tout emmitouflée appuyée contre un arbre. Son estomac se noua.

Personne ne pouvait les voir ici, dans la forêt. Elle avait le bout du nez rougi par le froid. Elle parlait, mais ses paroles ne signifiaient rien pour lui. Comment aurait-il pu l'écouter?

Ses mains se refermèrent sur la gorge de la fille. La manière dont son sang battait contre ses pouces le rendait fou.

Soudain, d'un mouvement du corps, elle s'arracha à son emprise. Il tenta de la retenir, mais elle se débattait, lui glissait entre les doigts. Il avait envie de crier, mais il ne pouvait que gémir intérieurement, ne rencontrant que le vide.

Il était dans le Minnesota, au bord d'une petite rivière aux eaux vert sombre, près d'un vieux pont de pierre. Il s'agenouilla sur les dalles de la berge, pleurant de soulagement que la fille lui ait échappé.

Retour à Paris

Tom était sur le quai de la gare, sa valise et celle de Francine devant lui. Il restait dix minutes avant le départ du train, et elle était partie acheter du chocolat pour le voyage. Qu'elle se dépêche! Il ne tenait pas à se coltiner les bagages tout seul. Il regarda vers le bout du quai, mais ne la vit pas. Elle ne devrait pas manger du chocolat de

280

toute façon, elle avait déjà tendance à grossir. Mais à ce stade de leurs relations, il n'était pas en mesure de le lui faire remarquer.

« Relations » était un bien grand mot. Ils avaient passé pas mal de temps ensemble ces derniers jours, agrémentés de quelques intermèdes au lit, mais Tom devait reconnaître qu'elle n'avait pas vraiment répondu à son attente. Pourtant, il l'avait imaginée comme une femme capable de mille et une inventions délicieuses, mais bien qu'elle fût assez experte, il avait été un peu déçu. Il se demandait aussi si elle y mettait du cœur. Elle paraissait parfois distraite, ses gestes étaient mécaniques. En fait, le romantisme était absent. Le moment le plus romanesque avait été celui où elle lui avait passé les bras autour du cou pour la première fois.

Ils n'avaient plus fait allusion à Ursula. Il pensait que Francine l'avait revue, mais quant à lui, il ne lui avait pas reparlé depuis ce soir-là. Il l'avait aperçue une fois au marché aux poissons près du Rialto. Elle était accompagnée de deux jeunes femmes brunes et minces, au teint mat, qui auraient pu être jumelles. L'une d'elles portait un panier d'osier, et l'autre tenait en laisse un lévrier. Ursula, qui examinait des anguilles et des oursins, ne l'avait pas remarqué.

Les jours précédents avaient été éprouvants. Le pire, pour Tom, avait été de reconnaître devant la police qu'il avait triché au jeu, et qu'il avait été chassé de l'hôtel de Brian parce qu'il furetait. Heureusement que Francine, elle aussi, avait quelque chose à avouer : elle avait envoyé à Brian des citations de *l'Être et le Néant* qui pouvaient passer pour des menaces.

Elle avait intérêt à se dépêcher. Il fit quelques pas vers la salle d'attente, puis revint près des valises.

Ni lui ni Francine n'avaient été autorisés à rendre visite à Jean-Pierre. Tom avait insisté, en disant que c'était nécessaire pour son travail. On lui fit comprendre qu'il ne pouvait pas compter sur un traitement de faveur. Il ne se décourageait pas pour autant. Il allait écrire son livre,

281

qui ferait sensation. Jusque-là, il n'avait pas beaucoup avancé, mais une fois de retour à Paris, il disposerait de la distance nécessaire. Le livre s'écrirait pratiquement tout seul.

La famille de Jean-Pierre avait engagé une armée d'avocats. Il serait probablement interné dans une maison de repos et on n'en parlerait plus.

Rolf n'avait toujours pas repris conscience. Il avait son compte. Personne ne saurait jamais pourquoi il avait attaqué Sally. Pourtant, il l'avait bel et bien attaquée. Jean-Pierre l'avait frappé à la tête, parce qu'il voulait tuer Sally lui-même, au lieu de laisser l'initiative à Rolf, quelles que soient ses intentions.

Pauvre Sally! Tom la plaignait. Elle lui avait paru très abattue. Il avait aperçu ses parents, des gens polis, inquiets, dont la présence semblait incongrue dans la ville.

Tom et Francine n'avaient pas beaucoup vu Michele non plus. Sa femme Antonia avait débarqué à Venise quand le scandale avait éclaté. Tom l'avait rencontrée une fois avec lui. C'était une jolie femme blonde, à l'expression un peu pincée, drapée dans un manteau de fourrure. Elle ne devait pas être ravie du rôle que Michele avait joué dans cet imbroglio.

Francine apparut enfin au bout du quai, une barre de chocolat à la main. Ils montèrent dans un wagon pour fumeurs avec leurs bagages, que Tom hissa dans le filet. Ils s'assirent et Francine se mit à manger son chocolat sans en offrir à Tom.

Il regarda par la fenêtre, impatient que le train se mette en marche. Ce soir il serait avec Olga et Stéphane. Cette idée ne l'accablait pas autant qu'il l'aurait cru. Sa femme et son fils, qui avaient été tenus au courant par téléphone, voudraient entendre l'histoire de vive voix. Stéphane serait peut-être impressionné par le projet de son père. Il se frotta le menton, geste qu'il ne faisait plus beaucoup. Finalement il avait décidé de continuer à se raser. Sa barbe n'était plus qu'un souvenir.

Olga et Stéphane... Il verrait comment les choses se

passeraient. Après toutes ces émotions, il se remettrait sérieusement au travail, il en était sûr. Il y avait Francine, aussi. On verrait bien. Il s'installa plus confortablement. Dans une minute ou deux, le train allait s'ébranler.

Épilogue

Plus d'un an après, par une belle journée du début de l'été, Sally rentrait par la rue de Varenne de son travail près des Invalides. Des géraniums rouges pendaient aux fenêtres. Les portes cochères imposantes étaient ouvertes, révélant des façades sobres et majestueuses et des cours plantées d'arbres où jouaient des taches de soleil. En passant devant une de ces portes, elle vit Michele.

Elle ignorait pourquoi il était à Paris. Debout sous un arbre, il était en pleine conversation avec un homme qu'elle ne connaissait pas. Il portait un costume bleu, une rose jaune à la boutonnière. Il ne tourna pas les yeux vers elle pendant les quelques instants où elle l'observa, avant de reprendre sa marche.

Elle n'habitait plus dans l'appartement qu'elle avait partagé avec Brian, mais dans un minuscule studio situé dans une rue tranquille de Montparnasse. Elle n'était pas retournée à Tallahassee, parce qu'elle avait compris qu'il était trop tard. Des événements terribles avaient marqué sa vie et elle avait choisi Paris. Pour le moment, elle travaillait pour un universitaire américain qui passait une année sabbatique à Paris, à réunir de la documentation, faire du classement, corriger les épreuves de son livre. Son français s'améliorait et elle lui était de plus en plus utile. Elle avait eu de la chance de trouver ce travail. Le professeur et sa femme avaient été très bons pour elle. Elle avait quelques amis aussi, des Américains et des Français. Elle restait fidèlement en contact avec Otis Miller. En revanche, elle ne voyait jamais Tom ni Francine.

Sally était toujours prudente. Un jour, qui sait, elle n'aurait plus besoin de l'être. Pour l'instant, elle poursuivait son chemin. Il était encore trop tôt pour qu'elle revoie Michele.

CET OUVRAGE A ÉTÉ COMPOSÉ
ET ACHEVÉ D'IMPRIMER SUR ROTO-PAGE
PAR L'IMPRIMERIE FLOCH À MAYENNE
EN MAI 1988

Nº d'édition : 38. Nº d'impression : 26706.
Dépôt légal : mai 1988.
(Imprimé en France)